[日] 西尾维新 著
王李蕙 译
take 绘

十二階段

ネコソギラジカル（上）

完全过激（上）

十三阶梯

作者
[日] 西尾维新

插画绘制 take　封面设计 稚梦

ネコソギラジカル（上）
十三階段
西尾維新 NISIOISIN

完全过激 十三阶梯（上）

[日] 西尾维新 著
[日] take 绘　王李蕙 译

国文出版社
·北京·

千本樱文库

前　言

文库，原本是指收纳书物的仓库和书库，也指收纳书与记事簿，以及不常用物品的小箱子。以前者为例，京滨急行线的"金泽文库站"就是以前镰仓时代北条氏用来收藏汉书的，"金泽文库"名字的由来便是如此。东京都的世田谷区也存在收集珍贵汉书的"静嘉堂文库"。后者更多地被称为"手文库"。

江户时代以来，可以放入袖袂的小开本书籍逐渐流行起来，被称为"袖珍本"。明治三十六年（1903年），富山房发行了小开本的丛书，起名"袖珍名著文库"。随后，明治四十四年（1911年），讲述日本战国时代的猿飞佐助和雾隐才藏系列故事的讲谈社"立川文库"出版发行。讲谈是一种日本民间艺术形式，以口语化的方式讲述历史故事。而"立川文库"则是将讲谈收录成册集中出版的丛书。据统计，当时刊行量为200册左右。从那时起，文库就脱离了原本的释义，逐渐演变成了现在的类书集丛。

文库说法借鉴了日本出版业界的传统说法。而千本樱源自日本奈良县吉野山樱花盛开的奇景，世人皆用"一目千本樱"来形容樱花美景。千本樱文库纳入的作品皆为日系作品，题材包括推理、悬疑、幻想、青春、文化等，正如千本樱满山盛开的绝景。

现代日本，以"文库"命名刊行的丛书系列有 200 种以上，所谓"文库本"只不过是统称而已。日本传统的"文库本"常用的是 A6 尺寸的 148mm×105mm，也叫"A6 判"。千本樱文库的所有书籍将在"文库本"的基础上提升，达到 148mm×210mm 的开本标准，在追求还原的前提下，力图带给读者更清晰的阅读体验。

　　从 20 世纪 70 年代以来，日系推理小说逐步进入中国读者的视野。随着时代更替，涌现出了各种不同风格的作家。日系推理能够长久不衰的原因之一在于设立的各种新人奖。这些新人奖能为日本文坛输送新鲜血液，不断地创作优秀作品。其中，以"自由度"著称的梅菲斯特奖独树一帜。梅菲斯特奖是讲谈社旗下的公募新人奖，其特色在于不限题材，不设字数限制，能够充分发挥作者的想象力和创作力。因此，获奖作品都具有鲜明个性。同时，如森博嗣、京极夏彦、辻村深月等人气作家也都出道于梅菲斯特奖。梅菲斯特奖作家系列的引进出版，会给读者带来更多的个性之作。

　　西尾维新作品的风格，即使放在梅菲斯特奖的历史上看，也是独具一格的。2002 年至 2005 年期间刊行的"戏言"系列兼具文学性与娱乐性，打破了本格推理小说以解谜为主、不注重登场角色的传统。其作品中，经常出现形形色色、个性怪异的角色形象：喜爱自言自语的大学生、醒来就会失忆的侦探……千本樱文库会陆续为各位读者带来他们的故事。

千本樱文库编辑部

RENAISSANCE OF LIGHT NOVEL

轻的文艺复兴

　　轻文艺是介于轻小说与纯文学之间的分类。与轻小说一样，轻文艺较多使用配色浓烈鲜明的背景与人物形象的立绘作为封面。而在内容方面，除了汲取轻小说中"剑与魔法""异能""机械"等常见要素以外，更加注重构筑世界观，合理搭建人物关系，使其充分服务于剧情发展，因此更加具有逻辑性，作品完成度更高，并非只依托"角色力"。而与纯文学相比，其天马行空的想象力，更受年轻读者喜欢的角色，以及融入流行文化的余味，都充分诠释了"轻"的概念。作为类型文学的重要分支，"轻文艺"不仅体现着文学的功能性，更将娱乐性发挥得淋漓尽致。

　　说到轻文艺的起源，离不开轻小说的发展。21世纪初，轻小说曾经涌现出大量内容丰富的杰出作品，读者群体涵盖甚广，题材百花齐放，文学性与娱乐性都非常高，当时堪称轻小说的"黄金时代"。但随着动画市场的商业化运作愈发成熟，轻小说逐渐受到形象商务与媒介联动的影响，"萌文化"与"角色力"逐渐占据主导地位，如今轻小说的受众群体范围在逐渐缩小。近年，轻文艺的涌现也正是适应了读者的需求与时代的改变。

　　"轻的文艺复兴"旨在再现当初轻小说"黄金时代"的繁荣，遴选当下具有代表性的轻文艺作品，其中既有口碑甚好的名作，也有个性鲜明的新作，宛如文艺复兴运动，将曾经辉煌过的流行文化，推荐给这个时代的读者们。

千本樱文库

时间能治愈世间的一切创伤。——夏目漱石

我（第一人称）
主角

此刻，我身处墓地。

墓地。
从很久以前开始，我似乎便置身于此。
想必今后，我也一直会停留在此处吧。
不知何时存在于此的我，
大概永远也无法从这里逃离。
周围环绕着层层叠叠的墓碑，
那景象令人触目惊心。
墓碑自然没有个性，
仅是井然有序地排列着。
我幡然醒悟。
啊，这是至今为止，
我杀死的人们的墓碑。
至今为止——
因我而死去的人们的墓碑啊。
眩晕。

我的身体开始晃动。

包围着我的墓碑也开始晃动。

那是风的缘故吧。

狂风正猛烈地吹着。

狂风——

像是为谁而呼啸,

像是为谁而怒号。

不,这不过是我荒谬的妄想罢了。

风只是风。

石只是石。

亡者也只是亡者。

死人,终究是无法复生的死人。

就像无关的人,终究是无关的人。

我思忖着迈开了步伐。

行走在墓碑与墓碑之间的石板路上。

缓缓地,我踱着步,

仿若迷踪失路,

犹如荆棘丛生。

越是前行,我越是迷惘。

越是前行,我越是困惑。

我像是被谁的声音引诱着一般。

它告诉我那边的水苦涩,

告诉我这边的水甘甜。

这也同样是荒谬的妄想。

而我却周而复始,

重复着这荒谬的妄想。

亡者。

他们因我而亡。

然而他们必定,

然而她们必定,

不想因为我而迈向死亡吧。

察觉到这点时——

面前的道路仿佛豁然开朗。

我精密地、小心翼翼地走出迷宫,

我严密地、一丝不苟地越过障碍。

他。

她。

那个男孩。

那个女孩。

那个人。

那个人——

他们一定至死为止都竭尽全力地活着,

从未想过要将生命半途而废。

既然如此,

那么我，这样的我，

又怎能不竭尽全力地活着呢。

他。

她。

那个男孩。

那个女孩。

那个人。

那个人——

即便他们不抱期望，

纵然他们不抱希望，

只基于个人的意志，我也必须活下去。

啊，够了。

差不多也该像个成年人的样子了。

不再执拗孤僻，不再意志消沉。

和过去的自己做个诀别吧。

否则——

我一定连苟延残喘都无法做到。

终于，我在一座墓碑前停住了脚步，

走到了路的尽头，

没有岔路的尽头。

这儿就是终点了吧。

在这里结束吧。

世界的终结。

故事的终结。

无可替代的故事在此终结。

那是一块没有墓志铭的墓碑。

不刻有任何文字。

不刻有任何语言。

它究竟是谁的墓碑?

是蓝发的天才圣少女学者的吗?

是红发的人类最强承包人的吗?

是橙发的人类最终替代品的吗?

抑或——

那是我的墓碑吗?

我从梦中醒来。

一如往常,迎接朝日。

这里不是墓地。

我的周围也没有墓碑。

我深深地叹了口气。

整理刘海,调整呼吸,

然后,我会像平常一样,

寻求着留在我身边的人。

来吧。
这是最后的故事,
即将结束的完结篇。
每一寸土地都在喧闹。
每一个角落都在狂欢。
从下至上,从内至外,
全面疯狂的故事。
一如既往,
更近一层,
轻松坦然地、不卑不亢地,
去试着讲述吧。
纵使那个世界已经消亡。
故事依旧可以存续。

Nekosogi Radical

目录

第一幕	休息的伤痕	1
第二幕	密谈	57
第三幕	复苏的回忆	91
第四幕	十三阶梯	147
第五幕	肌肤的温存	199
第六幕	搜索与置换	239
第七幕	宣战	277
第八幕	医生的忧郁	333
第九幕	中断的结局	383

登场人物介绍

赤神伊梨亚	大小姐	绫南豹	凶兽
班田玲	女仆长	式岸轧骑	街
千贺彩	三胞胎女仆・长女	滋贺井统乃	尸
千贺光	三胞胎女仆・次女	木贺峰约	副教授
千贺明子	三胞胎女仆・三女	圆朽叶	实验体
伊吹加奈美	画家	匂宫出梦	杀手
佐代野弥生	厨师	匂宫理澄	名侦探
姬菜真姬	占卜师	浅野美衣子	剑客
园山赤音	学者	紫木一姬	少女
逆木深夜	侍者	暗口崩子	少女
贵宫无伊实	学生	石凪萌太	死神
宇佐美秋春	学生	隼荒唐丸	唱片骑师
江本智惠	学生	七七见奈波	魔女
葵井巫女子	学生	石丸小呗	大怪盗
佐佐沙咲	警察	零崎人识	杀人者
斑鸠数一	警察	架城明乐	二垒手
市井游马	病蜘蛛	一里塚木之实	空间制作者
萩原子荻	策师	绘本园树	医生
西条玉藻	暗黑突袭	宴九段	架空兵器
槛神能亚	理事长	古棺头巾	刀匠
斜道卿一郎	研究者	时宫时刻	操想术师
大垣志人	助手	右下露蕾洛	人偶师
宇濑美幸	秘书	暗口濡衣	暗杀者
神足雏菩	研究者	澪标深空	杀手
根尾古新	研究者	澪标高海	杀手
三好心视	研究者	杂音	不协和音
春日井春日	研究者	奇野赖知	病毒使
兔吊木垓辅	害恶细菌	想影真心	苦橙之种
日中凉	双重时间	西东天	最恶
梧轰正误	最恶夜行	哀川润	赤色
栋冬六月	永久立体	玖渚友	蓝色
抚桐伯乐	狂喜乱舞	我（第一人称）	主角

奇野赖知
KINO RAICHI
病毒使

第一幕 休息的伤痕

0

找不到可以爱的人。

1

西东天。

三十九年前的三月,他作为父亲西东贤悟和母亲西东真实的长子,继两位姐姐之后,诞生于京都市内的医院里。他的父亲是高都大学人类生物学的教授兼开业医生[1],母亲则是一位音乐家。两位姐姐是双胞胎,比弟弟年长十岁。

从幼年开始,他便接受贤悟及他身边助手所施的英才教育,每日大多数时间都在高都大学的研究室里度过。这位未曾读过一本学术书籍,便能在脑内构筑出科学理论的神童,在当时的媒体间炙手

---

[1] 开业医生指不从属于医院或政府机关,独立运营诊疗所的医生,通常既是主诊医生,又是诊疗所的经营者。——译者注

可热。同一时间，贤悟也在学术界开始崭露头角，然而之后经过内部消息才知道，原来他大部分的——不，甚至可说是几乎全部的学术成果，均出自其子之手。

在六岁那年的四月，他正式进入高都大学研读人类生物学。同年七月毕业，接着九月进入高都大学研究院，次年三月博士毕业。七岁的一整年，他辗转于高都大学的各个学科与研究院，进行无边界的研究和学习。

八岁时，他终于以助手的身份进入父亲贤悟的研究室。当时的贤悟正在研究"论集团生命走向灭亡的过程"这一含糊笼统，且罕见，或说是不可思议的课题。研究过程中并未发生异常，也没有获得任何值得一提的成果，只是正常地进行着研究。

正常地。

过于正常。

事后回想，这一切实在是太过正常了。

正常到显得异常。

接着，他到了十岁。

十岁那年的七月，他的两位姐姐失踪了。

当时二十岁的她们，都是就读于高都大学的大学生，虽不及弟弟，但也共同参与了父亲的研究。彼时的西东家凭借长子在各领域的活跃，一时家境相当富裕。有坊间传言说她们是被绑架了，然而西东家从未收到来自绑匪的任何要求或索取。最终，姐妹二人的名字只是被单纯地、简单地列入日本失踪人口名录。至此，西东家的子嗣，只剩他一人。

十一岁，他升为副教授。

十三岁，父母双亡。

几乎同时，他向高都大学递交了辞呈。

在那之后，他前往美国，并加入得克萨斯州的研究团队——大综合全一学研究所的 ER2 系统（现为 ER3 系统）。当然，他并非以学生身份，而是作为研究员，在那位被誉为"世界头脑最高峰"的休莱特副教授身边从事学术研究。

然而——ER 时代对西东天来说，是他人生经历中一段值得大书特书却又不为人知的暗黑期。

ER 系统虽一直莽撞地扩张着势力范围，但在某些方面异常封闭，几乎不对外公开其研究成果，将所有视为机密，把一切锁入暗箱。当然，对崇尚封闭学术环境、厌恶外界烦扰的学者来说，那里自然是最佳的研究场所，世人也将西东天的选择归结于此。

然而事实并非如此。

十八岁那年一月，西东天独自回国。

次年三月开始，他作为教授在高都大学人类生物学科复职，同时成为开业医生。至此为止，他完全复制了父亲贤悟的经历与轨迹。

当然，这不过是表面上的。

可以推测，西东天正是从那个时候开始和仍是高中生的木贺峰约及圆朽叶秘密地进行生命研究——"不死的研究"。

就在两年之后——

二十一岁那年四月，他再次赴美。不过他并非返回ER2系统，而是与两名协助者共同创建了独立组织。

那二人的名字亦留存于记录中。

一人是架城明乐。

另一人是蓝川纯哉。

虽说是独立组织——五年后，这个组织便被ER2系统收编合并，名字也根据三人的日文名首字更改为MS-2，像某种型号名一样。

被并入ER2系统后，他的动向再次进入暗黑期，湮没无音——无人知晓他在ER2系统内究竟属于怎样的地位，唯一能确定的是，当时的西东天——与少年时代格格不入的他，必定在系统内处于完全不同的位置。

这个时期的他，已学成归来。

这个时期的他，亦已完成研究。

是时候该实践了。

是时候该试验了。

暗黑期即将迎来终结。

三年春去秋来——二十九岁的夏天。

西东天再次回到日本。

只是，这一次他并非独自一人，而是与两位协助者——架城明乐和蓝川纯哉、一名仆人，以及一名少女一起。

至今仍无人知晓他突然回国的目的——但他的谋算显然是落了空。因为同年冬天，当初一同回国的五人全部死亡。

架城明乐。

蓝川纯哉。

那名仆人。

那名少女。

他本人。

他们均难逃一死。

五人皆是被人所杀。

很显然，这是他杀。

然而犯罪嫌疑人，至今身份不明。

西东天享年二十九岁。

这大约是十年前的事情了。

"为了今日的早安与明日的晚安，暗口崩子，累计第七次前来看望戏言哥哥。"

带着语气毫无起伏的问候，与我同住在一栋公寓的邻居——十三岁的离家少女暗口崩子，拎着水果篮来看望住院的我。我刚好完成了今日份的康复训练，以及来自护士形梨拉芙米那令人抓狂的地狱式检查，正百无聊赖地胡思乱想着，所以崩子虽没有事先联络，来得唐突，但让我有些意外之喜。

崩子身着纯白色连衣裙，踩着凉鞋，头戴遮阳草帽，摘下草帽则是有些朴素的黑色娃娃头。不愧是累计第七次探病，崩子对病房熟门熟路。只见她顺手将水果篮置于储物柜上，又径直从橱柜侧面拉出一张椅子，随后在床边稳稳坐下。

"刚才我在一楼的柜台附近遇到了形梨护士,听她说哥哥就快要出院了,可喜可贺。"

"啊……你遇到拉芙米小姐了啊,受罪了吧?"

拉芙米小姐原本就精力旺盛,况且还对崩子十分中意,崩子要是不幸被她逮住,必定很难脱身。可没想到崩子却仿若无事地回应道:"不,我很快就逃走了。"

嗯……

虽然也并非长久未见。

但这个年纪的女孩子啊,几天不见感觉就不一样了……

她看起来变得越发可爱了。

人偶般精致的脸庞,唇红肤白。

"嗯,是的,按计划二十日就可以出院了。不对,我恢复得可比计划还快呢,原本说痊愈大概需要两个月的时间,不过我感觉二十日出院的时候就能活蹦乱跳了,虽然估计还是不能剧烈运动。"

"那真是太好了。"

"我的恢复能力一直都很强哦。"

"的确如此呢……前段时间刚剪过的头发,现在看起来已经恢复得和原先一样长了。"

"这个发型可不是默认设定啊……"我拨弄着变长了的刘海,对崩子回应道,"之前我也说过吧?以前我的头发可比现在更长哦,在崩子你这个年纪的时候还编过麻花辫呢。"

"对不起,我无法想象。"

崩子耸了耸肩。

"下次哥哥想要理发的时候，请务必让我来。"

"也好。"

"毕竟姬姐姐她——已经不在了。"

"……是啊。"

距离紫木一姬离世已有一个月。

自她遇害至今，已经过了一个月时间。

不管谁离世，无论何物消亡，时间只会自动地、自律地，一如既往地流逝。这一个月的时间自然也与任何一个月相同，不会随我个人的意志缩短或延长，我清楚地知晓这一点——

总而言之，一个月过去了。

我却仍然，为了疗伤——住在京都市内的医院里。一个月前，我们被卷入木贺峰副教授与她名为"不死的研究"的不祥事件，小姬遇害，而我也负伤。

还好，我早已习惯负伤（拜其所赐我恢复得也很快），自小也对住院生活习以为常，所以住院生活对我来说也很无趣。因为我住在独立病房，所以只有偶尔来探病的客人，或偷懒过来的拉芙米小姐能陪我聊会儿天——说无聊也真是够无聊的。

穷极无聊，我便做了些调查。

调查上个月遇到的那个男人。

他名为西东天。

他本人并未亲自报上名来。

自始至终，他都未曾介绍过自己。

也许是时机未到吧。

话虽如此，但既然木贺峰副教授是他的学生，我便将这一点作为线索，展开秘密调查——而根据我十分有限的调查能力所得，西东天已经不在人世。

也就是说，他已经死了。

他不是早就死了嘛！真是叫人大失所望。

要是去拜托玖渚，或她那个叫绫南豹的朋友，应该能得到更多详细的情报……尽管如此，我还是不想让她卷入这件事。

毕竟——这种程度的调查也没什么意义。

充其量不过是打发时间。

最多也就是消磨空闲。

那个人——

那个狐面男子，与我约定好再度见面。如果能再会，我也不用如此辛苦调查了。只不过现在的我们，甚至没有对方的联络方式。

无论如何期待，无缘便无法重逢。

"对了哥哥，有什么需要我帮忙做的吗？"

"需要你帮忙的？"

"难得来看望哥哥，我想着能为哥哥做点什么就更好了呢。"

"嗯……崩子可真是细致入微，值得称赞啊。那可以像以前一样帮我擦拭身体吗？说实话，我刚才一直在睡觉，出了不少汗。"

"好的，毛巾还是放在储物柜里吧？"

"嗯，拜托了，擦上半身就好。"

我解开病号服，脱下衬衫。崩子则从储物柜里取出毛巾，在独立病房所配备的洗脸池里接好水，接着爬上病床并转到我身后。

"……不过啊。"

崩子一边用拧干的毛巾在我背后来回擦拭，一边低声说。不知道是因为她年纪尚小，还是她的说话风格就是如此，我总觉得很难从她声音里听出任何感情，因此也无法判断她接下来要说什么，只能等她继续开口。

"仔细看的话……哥哥的身体真是伤痕累累啊，遍布着新伤旧疤。"

"是啊……对女生来说有些难以接受吧？"

"我倒不这么觉得。"

"好在脸上的伤没有留下印记。真是谢天谢地！我是无法理解在脸上刺青的家伙都在想些什么。"

"那大概没有人能理解吧。"

接着崩子的音调微沉。

"萌太的身上也有不少伤痕，只是没有哥哥这么夸张。"

崩子口中的萌太是年长她两岁的哥哥，与她姓氏不同，全名是石凪萌太。

"因为弱小，所以容易受伤，起码我的情况是这样。"

"或许是这样吧。"崩子毫不留情地说。

"可即便如此，哥哥。"

"怎么了?"

"哥哥的身体对哥哥来说是无法替代的,所以请好好爱惜自己。"

"……"

无法替代的身体吗?

崩子的话令我不禁开始联想。

代替可能(Jail Alternative)。

万物皆有其替代。即使某人不做某事,也会有另一个人来做这件事——这个世界上不存在无法被替代的事情。

时间收敛(Back Nozzle)。

即便是此时看来毫无征兆、尚未发生的事情,若它注定要降临,便不可避免总有一天会发生。又或是看起来并未发生,实际上早就在遥远的过去发生过了——这个世界上不存在可以避免的事情。

代替可能,时间收敛。

这两个理论,实为上个月事件的画龙点睛之笔。

对命运的存在加以承认。对故事的存在加以肯定。

并且,否定个人,否定个人的世界。

"用耍帅的说法来说——即使我不受伤,也会有其他人受伤。所以啊崩子,由我来承受伤害不是挺好的吗?"

"哥哥为什么要想得那么残酷呢?"崩子说,"这样有些卑鄙呢。"

"卑鄙?"

"是姑息。"

"姑息……"

"还是应该说，狡猾？"

"……狡猾……"

为什么把我说成这样？

"仔细想想，哥哥总是这样呢。也许是我多管闲事吧，我觉得哥哥应该多为身边的人着想。"

"我也挺为他人着想的啊。"

"你可以忍受自己身心的痛苦，可无法感知别人的痛苦并替他承受。不知道戏言哥哥能理解吗？"崩子说，"我的意思是，请哥哥好好爱护自己的身体，不要让身边的人担心。"

"……原来你是在为我担心啊，崩子。"

"当然会担心啊。"

崩子一脸吃惊地叹了口气。

这举止不适合少女，自然更不适合美少女。

"我真是看不下去了啊！就像是在底下观看没有平衡杆，也没有安全带的人在走钢丝一样。虽说哥哥是在上面走的那个人——可是要目睹那摔得稀烂的尸体的人是我啊。"

"这比喻还真是既真实又令人讨厌啊……"

"对了，戏言哥哥。"

"怎么了？"

"听说哥哥向美衣姐表白了。"

"……"

哎呀，她怎么会知道。

"嗯……没有表白那么具体啦，毕竟美衣子小姐一直都很照顾我，上个月也为我加油鼓劲了。"

美衣子小姐——浅野美衣子小姐。

她与崩子一样与我住在同一栋公寓里，是二十二岁的自由工作者。她扎着像武士头发一样的马尾辫，气势凛然，是一名日常穿着甚平（一种日本传统服装）的剑术家。美衣子小姐作为公寓内最资深的房客，受众人喜爱，唯独荒唐丸爷爷是一个例外。可那两人虽表面不和，但每日对斗嘴吵闹乐在其中。

美衣子小姐……

我最近都没有见到她啊。

自我住院以来，她一次也没来看望过我，算起来我们大概有一个月没见面了。

……

那虽然称不上是表白。

可是，也的确接近表白了。

而她却至今未曾来看望我——

我总觉得有些绝望。

心情跌至谷底。

虽说我在内心深处松了一口气，可对方竟没给我任何回应，也实在是叫人大失所望。

"看你的样子,是还没有收到她的回复吧,戏言哥哥。"

"是啊……"

"我从没想过戏言哥哥会产生喜欢某个人的感觉。"

"是吗?我可是很容易陷入爱河的哦。"

"这可不是什么值得夸耀的事情吧。"

"……真是毫不留情啊。"

"可是,如果真的能喜欢上某个人——就应该明白吧。"

"明白什么?"

"请举起双手。"

"好、好。"

我乖乖地举起双手。崩子在洗脸池重新拧干毛巾后开始为我擦拭侧腹部。她的手指纤细,让我觉得有些发痒。

"姬姐姐去世的时候。"

"嗯?"

"哥哥很伤心吧?"

"……当然很伤心啊。"

紫木一姬——小姬。

虽然她与我只相处了短短两个月时间。

但她的离去在我心中所留下的空白无法填补。

我也无意填补。

"既然如此,哥哥就不应该继续沉湎于赎罪、后悔,或自我牺牲的感情中——应该少让身边的人伤心。"

"……"

"换作是我,即使是强迫自己,也绝不会让喜欢的人伤心,让喜欢的人担心。"

崩子罕见地,用坚定的声音说,仿佛宣告一般。

"如果有人会因为我受伤而伤心的话,那么我就用钢铁般的意志来抵御一切伤害。为了不让我喜欢的人伤心——我绝不会受伤。"

"……"

"我希望哥哥也能做到。"

崩子替我擦完了另一边的身体。我放下双手,叹了口气,反复回味她刚才那番话的含义。

虽说一味被说教让我有些难受,但她说的确实有道理。

这丫头也真是……说话毫不留情啊。

"……谢谢了,前面我自己擦就好。"

"那还用说,我才不会帮你擦前面。"

"把毛巾给我。"

"好。"

崩子嘴上答应着,却没有把毛巾递给我。我有些奇怪,想转过身看看,却因为背部传来的重量而无法转身。

"崩子?"

"就一会儿。"

崩子从背后轻轻搂住我,用她柔软的双臂环绕我的颈部。她以几乎听不到的微弱声音说。

"像现在这样,一会儿就好。"

"……崩……子?"

"保持这个姿势,再等五秒。"

"……"

我能听到心脏跳动的声音。

我的及崩子的心跳声。

心如鹿撞,怦怦直跳。

无话可说。

无言以对。

甚至无法转身。

我只能维持这个姿势,等待时间的流逝。

一秒。

两秒。

三秒。

四秒。

然后第五秒——

"……打扰到两位了吗?"

美衣子小姐推门进来。

心脏的跳动声顿时消失。

不,要是真的消失,人就死了。

我差点以为自己要死了。

"……"

情况说明。

单人房。

床上。

上半身赤裸的十九岁男性。

从背后环抱他的十三岁美少女。

美衣子小姐冰冷的视线。

……

我们之间不需要言语。

即使没有解释，我们的心意也能彼此相通。

"……那么。"

崩子松开搂着我脖子的双臂，走下病床，穿好凉鞋。

"戏言哥哥，虽然才刚来不久，但我现在得去图书馆了。美衣姐，接下来是你们的独处时间。"

"好……"

"……"

崩子绕过美衣子小姐准备离开病房。我用求救的眼神望向她，可她一改平时帅气的风格，用食指戳着脸颊，摆出一副可爱娇俏的姿态。

"戏言哥哥，"崩子说，"人家也是有嫉妒心的。"

"……"

"那么，祝身体康健，人际和睦，再会。"

伴随着告别的声音，房门关闭。

病房里仅剩两人。

我与美衣子小姐。

阔别一个月的美衣子小姐。

令人发寒的气氛充斥着病房。

面对这冰冷的气氛，美衣子小姐只是呆呆地望着储物柜上放着的水果篮。

她看起来一脸困倦。不过她平时就是这副样子，木讷少言，面无表情，让人看不透她在想些什么。在这一点上倒是和崩子有相似之处。

总之我先套上了衬衫，重新穿好病号服。

"伊字诀。"

"……在。"

"对十三岁少女出手，不太妥吧。"

"不……不是那样的……"面对美衣子小姐的责难，我极力否认，"崩子刚才只是帮我擦汗而已……"

"嗯。无所谓，反正和我没关系。"

"……"

美衣子小姐在生气。

对性格坦率的美衣子小姐来说，这是十分少见的动怒方式。

我竟一时无法应对。

"呃……美衣子小姐是和崩子一起来的吗？"

"嗯，我们在柜台被奇怪的护士缠住了，崩子顺利逃走了，把我留了下来。"美衣子小姐回答道。

原来如此……

崩子的"我逃走了"原来是这个意思。

这么说来……崩子是故意的啊。这该不会也是七七见那家伙教的吧……不，那个魔女出手的话恐怕更加狠毒，崩子这次应该是个人行为。

她刚才提到"嫉妒心"。

嫉妒吗？

嫉恨，妒忌。

也是，毕竟公寓里的住客都很喜欢美衣子小姐，崩子也对她十分亲近。在崩子看来，我的表白无异于是抢先一步，嫉妒也不奇怪啊。

"伊字诀真是受欢迎啊。"

"……"

"刚才的护士看起来就对你相当中意，你还经常和蓝头发的女孩抱抱充电，还把同班同学带回公寓。"

"……"

美衣子小姐对我展开了挖苦。

我只能心甘情愿地接受。

"打工的内容是辅导女高中生读书。"

"我已经被炒鱿鱼了……"

都住院一个月了，被解雇也是应该的。

不过小姬去世之后，大部分的学费都返回到了我的银行账户，我的生活倒是恢复了宽裕。

"还经常和打扮奇怪的红发女人玩在一起。"

美衣子小姐继续奚落我。刚才崩子的行为明明是冲着美衣子小姐，并非我，而她却全然不觉。美衣子小姐实在是迟钝，明明对他人的事情异常敏锐，可一旦放在自己身上就变得格外迟钝。怎么会迟钝到这个地步，真是无法理解。

"成天和女刑警联系，上个月还和痴女同居，那个痴女还带回来一个女孩子。"

"痴女……"

那是指春日井小姐吗？

美衣子小姐原来是这么看她的啊……

"而且，而且……"

"不，已经够了……"

"而且，还对我表白了。"

"……"

"表白之后，却一直不回来。"

我尝试读取美衣子小姐的表情，却什么也看不出来。

她一如平常地面无表情。

"……你也看到了，我住院了啊。"

"嗯。"

"虽然还有四天就出院了。"

"嗯，我刚才听说了。"美衣子小姐点点头，"还好没有什么大碍。"

"虽然当时情况也挺危险的……"

听说是相当的危险。

一只脚踏进了鬼门关。

这并非比喻，而是事实。

这也能从侧面说明，上个月的事件是有多么不正常。

"不过美衣子小姐既然都知道我住院了，至少也来看望一下我啊，真叫人伤心啊。"

"确实是我不对。"没想到美衣子小姐轻易地低头了，"只是，用崩子的话来说——我也会感到迷茫。"

"迷茫？"

"不知该如何回应你。"

"……"

是在说表白的事吗？

就像我对崩子说的一样，我自己都没搞清楚那究竟算不算表白。并非与往常一样用戏言逃避现实，蒙混过关，我真的无法确定。

在那种情况下。

在那种场合下。

在那种时机下。

我说了什么？

我说的话又包含了何种意义？

当时的情况实在是太特殊了啊。

放到回归日常的现在。

果然，想想还是有些后怕。

就这个意义而言，我这不还是在逃避吗？！

对回答感到害怕。

对结果感到恐惧。

无论何时我都是这副样子。

怯懦无能，一味逃避。

和小姬去世之前的我相比。

我毫无长进。

"请你好好考虑后给我答复。"

我的的确确对美衣子小姐这样说过。

我究竟想让她考虑什么？是不想让自己受伤吗？用一颗伤痕累累的心，拖着这伤痕累累的身体，怀着这伤痕累累的精神。

这可真是戏言啊。

我如果受伤会有人伤心吗？

"伊字诀，我啊，"美衣子小姐说道，"是一个很不中用的人。"

"……啊？"这句话真不像美衣子小姐的风格啊，我脖子一歪，"你说什么？那是什么意思？"

"除了挥剑，我别无所能。"

"以前我好像也听你说过这句话。"

"尤其不擅长恋爱。"

"……"

"极度迟钝。"

"这点我知道……"

"反正也没有什么隐瞒的必要，我就告诉你吧，"美衣子小姐几乎没有任何表情变化，"我曾经和四个人交往过。"

"嗯。"

意料之内。

毕竟是比我年长三岁的女性。

在这方面我还是有觉悟的。

"这四个人都常常被周围人欺负。可能我就是喜欢被欺负的家伙吧。不，准确地说……我应该是喜欢弱小的家伙。"

"令人不舒服的总结呢……"

"我是认真的，没和你开玩笑。"美衣子小姐说，"总而言之，我就是喜欢帮助别人的那种人。'见义不为，无勇也'。这句话是很好听，但并不是什么好事。"

"是啊……"

"就因为见义勇为过了头，高中时候我才会被退学吧……这件事我提过吧？"

"嗯……但还是第一次听到细节。也就是说——你是为了保护那个被欺负的人才被退学的吗？"

"是的。要只是这样倒也还好。拜与我交往所赐，那四个人不仅毫无成长，反而变得越来越弱了。"

"原来如此。"

"变得越来越弱了。"

"严重到值得重复两遍吗？"

想想也是，溺爱一个被别人欺负的孩子，只会让他越来越弱吧。虽然很可惜，但这就是事实。我自己身上就有这种倾向，所以感同身受，可以理解。

我自己？

是啊……

没错，这就是我。这不仅是发生在美衣子小姐身上的事，同时也是发生在我身上的事。

"也就是说，"美衣子小姐面对着我，"我会让没用的人变得更加没用，我在这方面的能力是一流的。"

"那可真是令人讨厌的一流啊。"

"所以，我很迷茫。"

"……"

"和我这样的人交往，没关系吗？"

"说什么有没有关系的……"

"真的没关系吗？"

直截了当的提问。

美衣子小姐直直地盯着我。

真后悔让崩子先回去。现在的气氛比刚才更加紧张——我与美衣子小姐之间仿佛有火花要瞬间引爆一般。

"……美衣子小姐。"

"我了解自己的弱点。铃无也数落过我很多次了——唉,我大概是个烂好人吧,总是多管闲事……我知道即便我不管,那个人也可以靠自己站起来,可我就是忍不住要伸出援手。"

"……"

"我无法坐视不管,这就是我的弱点。"

"可是,美衣子小姐……"

"所以,我时常注意与他人保持距离。"美衣子小姐无视我的话,自顾自地继续说,"若即若离地计算着与他人的距离。"

美衣子小姐带来的距离感让人很舒心。

不做无用的干涉。

不抱无用的关心。

但并不是毫不干涉,也并非毫无关心。

美衣子小姐总能与大家保持自然又舒服的距离。也正因如此,美衣子小姐才能在那个怪人成堆的公寓里被众人倾慕着吧。

一言以蔽之,美衣子小姐是一个能令人感到舒服的人。

"但是——一旦和某个人开始交往,那个距离多半会被打破吧。我划下的边界也会随之失效。"

"……"

"我一定会……把你宠上天,把你该做的事全部抢过来做。说真的——你的确是我相当喜欢的类型。"

"是说我是一个任人欺负的废柴吗？"

"嗯。"美衣子小姐点头认可。

"可是啊……"她接着说，"可是你却一直在努力。"

"……"

"姑且不论你是否有这个自觉。"美衣子小姐双手抱胸，斟酌着语言。她原本就是不善言辞之人，所以总是沉默寡言。

"嗯，虽然上个月受了不小的挫败，但你还在继续努力。"

"努力是在努力，可是搞成这副样子也真是够丢脸的，就像崩子之前说的，我都把医院当成家了。"

"……我不想成为你的阻碍。"

美衣子小姐丝毫不理会我的玩笑话，说完这句话后便陷入沉默。

发言没有后续。

话题就此结束。

以不想成为我的阻碍这种话作为结尾吗？

真是让人头疼。

"那个……也就是说……"

"嗯？"

"单说结论的话，你的回答究竟是什么？"

"嗯……"

美衣子小姐颔首，接着给出她的回答："我不能与你交往。"

"……"

呜哇。

我明明确确地被甩了。

堂堂正正地。

避无可避地。

毫无玄虚地。

我被甩了。

这打击让我天旋地转。

……什么嘛,那你上个月的态度又算是什么……

"虽然我也很犹豫,但是,我并不能和你交往。"

"不可以吗……"

"对彼此而言都不好。"

这种理由……真是过分。

"我不想变得没用。而且,我也不想让你变得没用。因此,双重否定。"

"……"

"我会对你过度保护,会原谅你的一切,这不是什么好事吧。虽说刚才崩子从背后抱你的事多半是开玩笑,但是那种程度的玩笑即使是放在宽容之人的身上,也会想'杀'了你吧。可我做不到,我一定还是会予以纵容。所以我,无法与你交往。"

"但是……"

我对试图继续纠缠的自己,优柔寡断、踌躇不决的自己,稍感有些诧异。

被甩了所以伤心？

没成功有些可惜？

不，我只是不想就此放弃而已。

此时此刻我才察觉到。

啊，原来如此。

我是真的很喜欢美衣子小姐啊。

不管经历多少苦痛，我依然很想陪伴在她的身边。

"我只是想和美衣子小姐交往，不行吗？"

"——我觉得你和我很合适哦。"

"那为什么……"

明明拒绝了我，却又向我煽动着希望。

这样的言语，根本无法给予我丝毫安慰。

"想被他人喜欢的你，与想要喜欢他人的我，的确很合适。但仅仅合适，是无法在一起的。作为朋友也许可以相处得很好，但关系若是更进一步，我们之间的平衡就……"

"平衡？"

"不……该说是我所构筑的距离，那让人感到舒适愉悦的距离是会被打破的。我现在就能想象我一天到晚二十四小时黏在你身边的样子哦。"

"……"

我倒是无法想象。

真的会变成那样吗？

两个人在一起，就是这么一回事吗？

我倒并非期待着这些，只是希望美衣子小姐……

"那样大概也有那样的幸福吧——可是，拜过去的经历所赐，我很讨厌这种黏糊糊的人际关系。"

"那样的话……"

我也一样不喜欢。

可是我和美衣子小姐也并非这种关系。

嗯……不一样。

不一样，完全不一样。

对啊，这本是很好理解的事情。

想要喜欢上某个人。

想要被某个人喜欢。

那句话——那种形容。

恰如其分。

正中靶心。

虽然崩子认为我无法喜欢上他人，可事实并非如她所想。我并不是无法喜欢上他人——我是无法被人喜欢。

我无法令人产生好感。

恰好相反。

南辕北辙。

爱情的反面是憎恶，喜欢的反面是厌恶，这不会有错。

如果我仅仅是想被人喜欢，如果我所选择的对象仅仅是美衣子小姐——如果我渴望着被美衣子小姐所爱,那么——

"那么,美衣子小姐。"

"嗯?"

"如果我——"

如果有一天,我不再是现在这个样子,而是能成为一个脚踏实地的男人。

如果我能变成那样的人。

那个时候,你能否——

突然,门开了。

是崩子回来了吗?

回来的时机也掌握得太好了吧。

她该不会是一直躲在门外偷听吧?

不,并非如此,大错特错。

我瞬间切换至戒备状态。

因为破门而入的是一个陌生男子。

一个从未见过的陌生人。

"本大爷超帅气地从天而降,接下来给我用每两行空一行的心情好好听我说话!"

男子指着我和美衣子小姐。

他用右手指着美衣子小姐。

他用左手指着我。

"我的大名是奇野赖知——十三阶梯的第十二阶,欢迎你们拿出全部的热情与亲切,叫我一声奇野知知!"

病房的门在男子背后缓缓关上。

仿佛要将我们囚禁一般。

我不禁倒吸一口凉气。

"十三阶梯"。

那是开始的信号。

2

十三阶梯。

这个词不仅单纯指十三级台阶。它对我及极少数人来说有着另一层特殊的含义。

好比上个月的事件。

我之所以至今还躺在医院里,是拜那"两人"所赐——而那"两人"各自在十三阶梯内占有一席之地。

匂宫理澄。

匂宫出梦。

"汉尼拔"理澄与"饕餮者"出梦。

人称"餍寐奇术匂宫兄妹"。

那份恐惧,令人作寒。

然而，我并非因此而害怕。

此刻，我对"十三阶梯"这四个字抱有的战栗感并非来自那两人。

病灶不在此处，而是在更加直接的地方。

毕竟——"十三阶梯"这四个字的意思虽模糊不清，但归根结底，那是狐面男子，那个与我相约再会的西东天的直属部队。

真真正正属于他的"阶梯"。

而他的阶梯现在却接二连三地闯入我戏言跟班所在的坐标。

该来的终究要来。

该发生的也终要发生——

这份临场感，令我不寒而栗。

终于，终于要开始了吗？

上个月的延续，不对——

一切的终结要开始了吗？

"奇野赖知。"

名为奇野赖知的男子身材相当紧绷。他平时应该也在锻炼身体，但他并非肌肉结实，只是单纯地看起来紧绷而已。大概因为衣服单薄吧，他的身形远远看去很是消瘦——然而，却完全不会给人靠不住的感觉。

长长的黑发被发箍箍起。

双眼被自行车赛车手般造型夸张的墨镜所遮，令人无法辨识他的表情——不过嘴角倒是放荡不羁地歪着。下身穿着松垮垮的裤子，自行车链条则作为腰带缠绕于腰间。双脚踩着木屐，与病房里的毛毡地毯极为不搭。

"对了。"

奇野赖知来回打量我与美衣子小姐。

"我啊，从狐狸先生那儿听了不少关于你的事哦——现在面对面，有一种终于得以相见的感觉……虽然你不见得会这么想。对你来说，这应该是一场相当唐突的邂逅吧？你却神情不改，眉毛都不动一下，真是了不起啊。"

"……"

并非如此。

我从很久以前，从上个月在医院里恢复意识的那个瞬间开始，就意识到了这场邂逅。

因此，也说不上有多惊讶。

要说的话也只是有些疑惑。

为什么狐面男子不亲自过来，而是派手下的十三阶梯前来——仅仅是这种程度的疑问罢了。

这是否说明狐面男子口中的"那个时刻"还未来临——还没到向我正式报上大名的时候？

既然如此——这个男人——奇野赖知，究竟是来做什么的？

视情况而言，事情也许会变得相当糟糕。

而比任何事情都糟糕的是，此时此刻，美衣子小姐正在此处。

美衣子小姐是完完全全的局外人，平平凡凡的普通人，是玖渚口中居住于表面世界[1]的普通居民，别说是十三阶梯了。美衣子小姐恐怕连西东天的名号都不曾听说过。因此，我绝不能将她牵扯进来。

无论如何也不能将她牵扯进来。

必须让她逃离此处。

只不过——这并没有想象般简单啊……

十三阶梯。

第十二阶。

上个月明明连一半都还没凑齐……现在狐面男子那边已经是万事俱备了吗？

第十二阶吗？

他看起来不像是能和出梦一个等级的敌人……应该也不可能与出梦拥有同级别的能力。

毕竟出梦——"饕餮者"出梦，是能与那个哀川润匹敌的狂战士。

"你在揣测我的来意吧？阿伊。"奇野先生背靠着门，并未打算向我走近，只是继续他的发言，"不过呢，你可以暂且放心，我可没有什么别的意图，只是作为狐狸先生的使者前来看望你罢了。"

使者……

奇野先生扑哧一笑。

"原来如此啊——你就是狐狸先生的'敌人'吗？"

---

[1] 表面世界是代表竞争与和平的世界，即主角生活的普通世界。该世界视普通为一切的基础，其中ER3系统为最极端的存在。——译者注

"……"

"我这个星期一直都在翘首企盼着瞻仰你的尊荣。毕竟你是那位狐狸先生千挑万选的敌人——不过，不愧是狐狸先生啊！挑选敌人的眼光也是别具一格的，真是让我大吃一惊呢！"

说完，奇野先生摘下了墨镜。

紧接着，他恶狠狠地瞪了我们一眼。

"没想到，阿伊居然是个女人。"

"……"

"……"

我斜眼向美衣子小姐瞥了一眼。

美衣子小姐也向我瞥了一眼。

——啊？

他是不是误解了什么？

我的头发是变长了，但也并没有比以前长多少，虽然穿着宽松的病号服看不出身材——但怎么也不可能，把我看成女性吧。

那么，答案就只有一个。

"不过，虽说是个女人，长相倒是相当精干——这一双视死如归、毅然决然的眼睛，即使是在我们那个世界也是罕见啊，阿伊。"

"相比之下，你边上那个一脸穷酸相的小鬼，该不会是被本大爷的登场给吓尿裤子了吧！别害怕啊，我可不会欺负你，我不知道你是什么玩意儿，也不想知道，毕竟我只是来见你身边的这位阿伊的啦。"

"……"

"……"

糟糕……

这又是个白痴。

这家伙……到底从狐面男子那儿听来了什么?

不管怎么看,我才是一个住院患者吧。

明明是我躺在病床上。

明明美衣子小姐还坐在椅子上。

你怎么还会产生这种误会!

……

啊!

我明白了,这家伙是以貌取人吧。

"嗯?"

还好,他还不至于蠢到这个地步。大概是察觉到我们的态度有些可疑,奇野先生朝着我与美衣子小姐,露出一副狐疑的表情说:"怎么?从刚才开始一直一言不发的……总不可能是我认错人了吧?"

"不。"开口回答的是美衣子小姐。

"我的的确确是阿伊。"

"……美衣子小姐?!"

"因为我的名字是美伊子,所以大家都叫我阿伊。"

美衣子小姐说完,默默起身。

"你给我闭上嘴好好看着,铃木太郎。"

"……"

又是这种明显得要死的假名……

话说回来,美衣子小姐究竟想做什么?

"所以呢?呃……奇野——这个奇野,到底找我'阿伊'有何贵干?不只是探病那么简单吧?故弄玄虚说自己没有意图的家伙,一般不都是来找麻烦的吗?"

"哼,看你这副天不怕地不怕的态度,一定就是阿伊没错了。"

"没错,我就是天不怕地不怕。"

美衣子小姐挺起胸摆起了架子。

……我给人这种印象吗?

可是……这就很棘手了。

我担心的事情,轻易地发生了。

考虑到美衣子小姐的性格,我可以预想到她一定会挺身庇护我,可万万没想到布置了这一切的竟是对方。若这是他的策略,那奇野先生恐怕就是一位能与子荻并驾齐驱的高位策师了。不,我想这大概只是运气不好吧?

运气……不,是命运吧?

因为是命运,所以无可避免,避无可避。

但是,美衣子小姐不行。

我绝不能让美衣子小姐卷进来。

我该呼救吗……

紧急呼叫的按钮就在我身后，但是对方可是十三阶梯，他的身后还有狐面男子，对外呼救也太危险了。

"嘿嘿嘿……不过你可真是问了个蠢问题啊，阿伊！居然问我有何贵干，这种问题在脑子里想想就好了，竟然还问出口来了——哎呀，你可真是个门外汉，一点都不像个专业玩家。"奇野先生嗤笑道，"先别管我是干什么来的，可是阿伊，我接下来打算做什么，这不是显而易见的吗？既然是个女人，就要像女人一样善解人意啊。男人和女人像这样面对着面，还能做什么？"

"……"

奇野先生重新戴上了墨镜，接着提高音量大声吼道："除了互相厮杀，还能做什么！"

"互相厮杀吗？原来如此。"

"砰"的一声。

瞬间，美衣子小姐出现在奇野先生的正对面。

从床侧到门前，像瞬间移动一般。

"哎……哎哟……"

奇野先生慌慌张张地想往后退，奈何背后是门，左边又是墙壁，无处可退。只一瞬间，他就像是被美衣子小姐封锁在病房的角落一般，动弹不得。

"你，你这家伙——"

"没想到吧，这个距离的话，你可就什么也做不了了哦。"

奇野先生与美衣子小姐之间的距离不过几厘米。这个距离的确太近了，令人无法采取任何行动，且就算对方想要拉开距离，也有门与墙阻隔着。

"呃……怎么回事，刚才你那个奇怪的动作——"

"一点都不奇怪哦，只是剑道中普通的步法罢了。"

说着，美衣子小姐向后退开——解放了奇野先生，可还未等对方喘息——

她又"嗖"地挥起右手。

病房内回响起轻快且连续的挥棒声。

美衣子小姐右手紧握着的是她日常配持的防身武器——黑得锃亮的五段伸缩型铁棒。似乎刚才她是趁奇野先生滔滔不绝讲话时偷偷从包里拿出来的。

美衣子小姐真是不可小觑。

对现在的情况，她早有应对。

"我劝你还是把墨镜啊、发箍啊都摘掉吧。"

紧接着，美衣子小姐摆好了架势。

双手举棒过顶。

"戴着那些东西正面接我一棒，你可是会失明的。"

"喂喂，你不是一个体弱多病的战斗白痴吗——"慌张之间，奇野先生赶忙离开门与墙壁，向美衣子小姐寻找着距离，"你说剑道？哼，剑道啊——"

"……"

完全……把我丢在一边。

我好像……无法参与其中。

也是。

美衣子小姐相当强。

至少，那是我无法与之匹敌的强。

不仅如此。

她还十分容易与人起争执。

血气方刚。

明明都二十好几的人了，骨子里却还是那么暴躁，与平常沉默寡言的形象完全不符。即便是那位被称作"暴力音音"的铃无小姐，在美衣子小姐面前也经常充当劝解者的角色，可见她的脾气有多暴躁。

剑道——在听到这两个字后，奇野先生收起了原本轻浮的姿态，变得谨慎起来。

他应是察觉到了吧。

剑道。

会在中学里作为竞技课程出现，稀松平常的两个字，看起来很容易被忽视。

然而，剑道与一般的格斗技能可谓截然不同。

七月的事件后，我在与美衣子小姐一同晨练时，曾经恳求她教我一两招，毕竟美衣子小姐也在指导附近的小孩。可那时的美衣子小姐却说："你要只是像孩子们一样为了强身健体倒也无妨——但要是为了防身，还是别选择剑道了。"

没错。

剑道并非防身术。

它更不是格斗技能。

它是杀人的手段。

当然，修炼剑道亦是为了磨炼高洁的精神。

追随剑道之人，多少抱有着相当程度的觉悟——美衣子小姐曾这样说过。

"……呃。"

然而现在的情况可不是开玩笑的啊。

就算美衣子再厉害，即便她的剑道水平是日本顶级水平，纵使剑道是杀人利术——

可对方是十三阶梯。

即使不如出梦，这位奇野先生的战斗力也必定远超一般人。

"……嘿嘿嘿。"

奇野先生从腰间抽出原本作为腰带的车链，将其卷于手腕，像十多年前的不良少年一般——他是想把链条作为武器吗？看到美衣子小姐手中的铁棒，所以才选择了最适合应对反制的铁链吗？

无论如何，现在的情况很棘手。

事情在向越来越糟糕的方向发展。

事已至此，别无他法。现在只有我表明身份，才能将奇野先生的注意力从美衣子小姐身上转移开。如果我一个人的话，总能想办法逃走，可身边还有美衣子小姐，我别无他选。只要奇野先生当真是那个狐面男子的部下，那么他就不可能把我这个与狐面男子约定再会之人给杀了。

毕竟——现在的情况。

与上个月相比，那还算不上糟糕到极点。

"你可别多嘴，铃木太郎。"

正在我打算呼喊奇野先生之时——美衣子小姐目不转睛，却用足以斩断一切的声音呵道："我也不是傻子，凭感觉也知道这家伙非同寻常，可是没办法，这就是我的弱点啊！"

"美衣子小姐……"

"我总是忍不住想去保护。"

说着，美衣子向奇野先生靠近。

"明明除了挥剑别无所能，却总爱多管闲事。我没办法看到有人在我面前受伤，无法忍受。"

没办法看到他人受伤。

而我的肉体、我的精神伤痕累累。

"所以我和你绝无可能。"美衣子小姐说，"只要看着你，我就会深切地感知到自己的弱点——因为你与我正拥有着同样的缺点啊。"

同样的缺点。

我与任何人都有相似之处。

因为我没有个性。

同时，我却拥有着一切缺点。

我具备他人的一切缺点。

此时此处。

美衣子小姐的缺点——

"与其让他人在我面前受伤,还不如让我先受尽创伤,流尽鲜血。"美衣子小姐再进一步,"我只是单纯地想要喜欢别人而已啊!"

"……"

"那么,开战吧!"

呼吸之间,美衣子小姐疾步踏入敌方领域。

以方才所言"剑道的普通步法",伴随着咆哮声,她举起铁棒。

斩裂空气一般迅速。

动作却出奇地流畅。

挥棒——

叩击!

"唔,呜哦!"

面对攻击,奇野先生的应对则是——

该怎么说呢,那实在是相当粗糙。

为了躲避美衣子小姐的斩击,只见他抛开链条,笨拙地向一边跃去。不,把他的表现称为"躲避"可能太过美化——在旁人看来,他的姿势和摔倒没什么区别,毕竟他跌倒时头部还重重地撞在储物柜上。

"喂喂,你有没有搞错啊!居然真的用那种铁棒砸人的脑袋!你是白痴吗?这样真的会死人的!就算是杀之名的那群家伙也不会不假思索地干出这种事来！你这浑蛋是疯了吧！"

"……"

面对奇野先生惊恐失措、呼天抢地的嘶吼，美衣子小姐只片刻，仅仅一瞬间，向他投去冰冷的目光——

紧接着，开始第二轮的攻击。

就剑道而言，持剑人自然不会攻击倒地的对手——然而剑术则另当别论。美衣子小姐不仅是剑道家，更是一名剑术家。

"噫！"

伴随着惨绝人寰的悲鸣，奇野先生再度狼狈地跌倒在地。

铁棒的前端，狠狠砸向了储物柜。

不锈钢制的储物柜顿时——

随着美衣子小姐挥剑的轨道应声裂开。

"……等下，喂，这可不是开玩笑啊！"奇野先生不断大声呼喊着，"要、要死了！真是要死了！狐、狐狸先生那浑蛋，还说什么'绝对不会死'的，搞成现在这样真是死几次都不够啊！"

绝对不会死？

他在说什么？

这是什么意思？

然而奇野先生已经失去继续呼喊的空闲，只得蜷缩着身体，在这并不宽敞的病房里来回匍匐逃窜。好不容易回到房门正准备站起身来，却再次跌倒在地，只得朝着已经追过来举着铁棒俯视着自己的美衣子小姐举起双手，表明投降之意。这并非演技，他是真的对美衣子小姐充满着恐惧,甚至能看到惊恐的泪水在他双眼里打转。

"骗、骗你的啦!"

"……"

"都是骗你的,是我编的假话!说什么互相厮杀,都是我在虚张声势、胡言乱语啊!我只是为了耍帅才那么说的。虽然我也是十三阶梯的成员,可我不是战斗派啊,真的不擅长打架!我和你之前碰上的匂宫兄妹可完全不是一个类型的啊!"

"……不对。"

美衣子小姐继续保持着战斗状态。

"我怎么知道你是不是在骗我。"

"什么?"

"我很容易被骗,所以必须万分小心。"

"现在这情况我拿什么骗你啊!啊,不对,小弟我怎么会骗您呢!"

奇野先生对美衣子小姐用起了敬语。

真是惨不忍睹。

虽然我可以理解他的心情……

嗯,虽说是杀人的剑道,但老实说我也没想到美衣子小姐居然会如此毫不留情地连续攻击对方的要害。美衣子小姐的这份坦率……我也是好久没有看见了,真想对铃无小姐说一声辛苦了。

话虽如此。

这也算是十三阶梯的成员吗?

是想要将世界终结的那个集团的一员吗？

"喂，喂，那边的小鬼也别一声不响的，快说句话啊！你可看到了吧，这个大姐真的很危险啊！难道你要对现场行凶视而不见吗？！"

"你到底是来干什么的呀？"

面对他这副惨状，我像往常一样没忍住吐槽，而奇野先生则像是突然想到了什么似的，从衣服里摸索着掏出了一封信件。

信件由白色的信封装着。

奇野先生将信封递给美衣子小姐。

"我、我是给您送这个来的……"

"……"

"这、这是狐狸先生，给您的信。"

"……"

"不过，狐狸先生说也可以随便玩玩，所以我才稍微玩过火了一点……这、这是小弟的错，我向您道歉，对不起，我本意不是这样的。对了，恶作剧！这是恶作剧啦，摆明了是开玩笑的啦！吓到您了吧！对不对，阿伊？"

"……"

美衣子小姐沉静片刻后，从奇野手上接过了信件。

"快走吧。"她说。

"啊？"

"我说，这回放你一马，快走吧。"

"多、多么宽广的胸怀啊！"奇野先生向美衣子小姐跪谢般，双手相握，单膝下跪，"您简直是女神！圣光普照！那、那么鄙人奇野赖知，恭敬不如从命，就先告退了……"

"奇野先生。"

"在、在！请问您有何贵干？"

他对我都用起了敬语，真是凄惨的杂鱼角色。

虽然我也没有什么资格对他评头论足，但是像他这样彻彻底底的杂鱼角色也是许久未见了……至少这几个月以来没见过。这要是轻小说里的一个场景，那他铁定连出现在插画里的资格都没有。

"你……是狐狸先生的同伙吧？"

"……"

从我，而非"阿伊"的嘴里听到了狐狸先生。奇野先生果然露出了诧异的表情。而我却无视他的惊讶，立即追问道：

"究竟是为什么呢？"

"……什么为什么？"

不知是不是因为说到了狐面男子，奇野先生的声音变得不再狼狈，而是透露出坚毅与沉重，令人不禁有些胆寒。

"那个人为什么执着于世界的终结？"

"……"

"明明是一个抱有着越界的、危险的、最恶的思想之人，为何你还会想要追随他呢？"

我并未问过出梦，亦未问过理澄，也没能得知木贺峰副教授或朽叶的想法。

他们究竟意欲何为？

为何，他们选择追随那个男人？

为何，他们愿意与他生死与共？

"倘若世界终结，你们的生命也会一同消逝。或许你们可以见证世界终结的那一刻。可与此同时，你们也会迎来生命的终点。我倒并非完全无法理解那种心情——可是，所谓终结，就意味着再也无法存续——你不可能不知道这点吧？"

"……嘿嘿嘿。"

奇野赖知站起身来。

他从地板上捡起刚才跌倒时掉落的墨镜，重新戴好。这么一来，我又看不到他的表情了。接着，他又拾起铁链，将它重新绑于腰间。

"老实说，我对什么世界的终结连半点兴趣都没有，也不觉得有什么好看的。"

"……"

"不过呢，我对狐狸先生倒是很有兴趣。"

奇野先生推开房门，步入走廊，接着转过头看向我与"阿伊"——美衣子小姐。

"没什么为什么的，我是不太清楚十三阶梯的其他成员是怎么想的，反正我本人——纯粹是因为对狐狸先生无比崇拜。"

说着，奇野先生的嘴角露出了一丝羞涩的微笑。

"那么——就让我们有缘再会吧！阿伊……还有旁边的小鬼。"

房门自动合上。

奇野先生的身影就此消失。

病房内再次只剩下我与美衣子小姐两人。

"……呼。"

美衣子小姐长吁一口气，收起铁棒并叼在嘴里，接着毫不犹豫地把奇野先生给的信封撕了个粉碎。

"等等，美衣子小姐！"

"怎么了？"

"这、这是给我的信吧……"

"是我收到的。"

"话是这么说没错……"

"我想怎么处置我收到的东西是我的自由吧。"

"……"

"嗯，虽然说这也是我多管闲事吧。"

美衣子小姐一边说着，一边打开窗户，将撕碎了的纸屑扔向窗外。她没有选择将它丢进垃圾桶里，压根儿不给我任何回收的机会。

不过，就算收下这封信的人是我，美衣子小姐也必定会采取相同的行动吧。

来自狐面男子的信件……

十三阶梯。

奇野赖知……

他不属于战斗派吗?

仔细想来,匂宫兄妹中的"妹妹"理澄,也不具备丝毫战斗能力——即便如此,她也毫无疑问是十三阶梯的一员。大概是出梦给人的印象太过强烈,所以我才会误以为十三阶梯全员都是他那种类型的,然而事实显然并非如此……

不过,话虽如此,奇野赖知——

那家伙究竟是怎么回事……

仅仅作为狐面男子的信使或说是传令兵,他的任务实在是完成得不怎么样。还有那像是把"杂鱼"二字写在脑门上的表现,也实属异常。

他简直就像个三流角色。

就算美衣子小姐不在,即便让我一个住院中的病患孤身应战,我大概也能全身而退吧——奇野赖知大概就是这种程度的三流角色。

不过……

尽管如此,可是……

话虽如此——奇野赖知。

"那家伙也并非等闲之辈啊。"美衣子小姐说。

事实也正如她所说。

虽然他在病房内四处逃窜着向美衣子小姐求饶的样子着实惨不忍睹,可我依然无法对他等闲视之。并非因为他是十三阶梯的一员,而是因为最后的最后，在我提到狐面男子之事时，他对我还以的那番回答。

那便是他非比寻常的最佳证明。

我环视着病房内的惨状：除了奇野先生在病房内东碰西撞时多少撞落了些东西以外，真正损失的倒只有那个被美衣子小姐一棒劈开的储物柜。

从结果来看可说是万幸。

当然，我也并不认为这就是结果。

万事的终结才刚刚开始。

"美衣子小姐……"

"嗯？"

关上窗后，美衣子小姐转过身来。

她与我四目相对。

她淡定的面容显露出一丝难以言说的表情。

"啊，那个……好像，动静有点大呢，趁护士或者其他人赶过来之前还是回去比较好吧，要是被禁止出入就麻烦了。"

"也是，你说得对。具体的事情我不会多问，知道得太清楚说不定又会想要出手……虽然有种如鲠在喉的感觉，总之就先这样吧，出院的时候我再和崩子一起过来帮忙。"

"那真是太好了。"

"唔，"美衣子小姐拿起行李，"再会了。"

"等一下……美衣子小姐。"

"怎么了？"

"无论如何都不行吗？"

死皮赖脸，穷追不舍。

明明我已经彻底被甩了。

我被美衣子小姐明确地拒绝了。

我却仍然害怕被她盖棺论定。

"……"

美衣子小姐对我回以淡淡的微笑。

"如果有一天，你可以成为一个让我再也无须多管闲事的认真的人，那么也许我们可以不再互相拖累，也不是互相依赖，而是互相支撑，我与你也并非完全不可能。"

"真是含糊啊，那怎样才算是认真的人？"

"嗯，具体地说呢……"美衣子小姐将目光从我身上移开，凝视着天花板，"比如说，能像刚才那家伙一样抬头挺胸、满怀骄傲地袒露自己对他人的感情吧。"

"……"

不是被某个人喜欢，而是可以坦然表露自己的内心。

只要拥有爱的能力，就算是认真的人吗？

喜欢。

它听起来像是被喜欢的反面。

可若是被对方喜欢，自己也会对对方产生好感。

因为被人喜欢而欣喜。

因为欣喜而喜欢对方。

这么说来——

喜欢和被喜欢不就是一回事吗？

那么，倘若我可以直言不讳地说出我爱上某个人，满怀骄傲、抬头挺胸地将自己的爱意说出口。

我……

我究竟会变成一个怎样的人呢？

"那么，请多多保重。"

话毕，美衣子小姐转身离去。

房门开启，又关闭。

从一人变成两人，从两人变成三人，一人离开后变成两人，增加一人又变成三人，减少一人变回两人，最后剩下我一个人。

真是匆忙的一天，而且发生了一堆事。

让崩子帮我擦汗都好像已经是三天前的事了……啊，不对，崩子经常来看望我，搞不好只是我的记忆发生了错乱。

崩子。

美衣子小姐。

奇野赖知。

狐面男子。

今日之事虽说是事发突然，出乎意料，最终也并未酿成大祸，美衣子小姐的卷入对我来说却是一个契机或提示。

说实话,刚才最令我感到不妙也最令我意外的是那个男人——奇野赖知竟然叫我"阿伊"。

这听起来旁无大碍——却实属异常。

因为无论是在上个月我与狐面男子的对话间,或在出梦、理澄、木贺峰副教授和朽叶的面前,都从未有人用这个昵称称呼过我,我也未曾那样自称过。

会用那个昵称称呼我的人,自始至终仅有三人。

已然离世的我的妹妹。

生死相隔的我的好友。

以及——

玖渚友。

狐面男子之手已然触及玖渚友。

"……"

是时候了。

是时候真真正正地做一个了断了。

不可再故步自封,亦不能瞻前顾后。

"……伊伊,不给我一个合理的解释,我可不会让你活着走出医院哦!"

不知道是算好了崩子和美衣子小姐大概离开的时间,还是单纯听到了打闹的声音,门也没敲就闯进病房的护士形梨拉芙米小姐,脸上挂着前所未有的苦涩笑容,指向储物柜的残骸。

影子化作恶魔的形状。

"我只是发泄了一下长期住院生活所累积的青春期冲动,比如攻击储物柜什么的……"

"给我去死吧。"

"那个、呃,拉芙米小姐。"

"干吗?"

"我爱你。"

"那就把钱拿来。"

唔。

原来如此。

这可真是难为我了。

第二幕 密谈

千贺光
CHIGA HIKARI
三胞胎女仆·次女

0

愿你之心，常怀地狱。

1

九月二十一日——
平安出院的第二天。
我与一位老友相约会面。
原本想要更早些见面的，但我因住院之事未能如愿，对方也有诸多事情要忙（是一位相当忙碌的人），因此一直拖延至今。
约定时间是上午十点。
约定地点是京都站前的阶梯。
说约在阶梯听起来有些含糊不清，因为京都站前的阶梯相当长，一直延伸至屋顶，阶梯的下方则是一座舞台，因此它也常被用作观众席。它的正式名称叫作"大阶梯"，名副其实，但这个名字仍然有些不好理解，所以我周围的朋友又擅自给它取了一个"万里阶梯"的名字。

从下往上数第十三级阶梯。

我将它定为我们的重逢之地。

"哥哥，看起来心情很不错呢……"

"嗯？"

"一副兴致勃勃的样子。"

我结束了与美衣子小姐重新开展的晨间锻炼，在附近的澡堂（二十四小时营业）冲好澡并换好衣服时，刚好是上午九点。乘坐巴士到京都站大概需要三十分钟，从计算来看会比约定时间提早到达，不过早到也没什么坏处。而正打算离开公寓的我，却被头戴草帽的崩子逮了个正着。

她还说我一副兴致勃勃的样子……

"……早上好，崩子。"

"早上好，哥哥。"

"你在做什么呢？"

"我在杀死虫子。"

"……"

我说啊……

明明还有"驱除害虫"之类别的说法。

"哥哥，你要出门吗？"

"嗯，跟人约好了。"

59

"是约会吗？"

"不是啦。"

"可是你一副心花怒放的表情哦。"

"才没有呢。"

"呵！"

崩子一记漂亮的扫腿袭来。

正中我的脚踝，我身受重伤。

"……你想干吗，崩子。"

"因为哥哥的兴致勃勃让我的神经中枢受到了接受范围外的压力，判断为紧急情况，必须迅速解除压力。"

"不必解释得那么清楚……"

"哥哥还是快出发吧。"崩子微微噘起嘴，"你我各有两条腿，而我的压力还没有完全释放完呢。"

"……"

我听从崩子的忠告赶紧离开公寓，大步迈向不远处的巴士站。

是发生什么事了吗？

先不管我心情如何，崩子看起来倒是不太开心。明明昨天我们一起去新京极吃饭的时候她还高兴得不得了……难道是和萌太吵架了吗？

总之，我是完全搞不懂这个年纪的女生都在想些什么。

兼职家庭教师的时候也是如此。

小姬也是个令人难以捉摸的女生。这么看来，这可能是这个年龄段女生的共性吧。

不过,即便度过这个年龄段还依然让人摸不着头脑的也大有人在。

年龄。

时间。

停滞。

停止。

加速吗?

"真是戏言啊……"

短短几分钟的等待,我便乘上前往京都站的巴士。大概因为是工作日上午,巴士里空空荡荡的,我不自觉地坐到最靠前的位置上。

巴士的引擎声。

重低音。

京都市内的道路依然到处都是红绿灯,马路虽不拥堵,巴士的速度却慢悠悠的——大部分时候,在市内开车反倒不如骑车方便——话虽如此,巴士还是准时到达了目的地。

九点半。

因为还没吃早饭,我原本打算先吃点东西再去万里阶梯的,可即便是几分钟我也不想迟到,所以姑且还是忍一忍。

接下来,我展开了思考……

眼前最大的问题是——

究竟谁会应约而来呢?

对此，我并未事先打听清楚。

虽然此时此刻，我正在约定之处静静等待，但我还不知道我所等待的人是谁。

当然，对我来说无论来的人是谁，我都已准备好用宽大、广阔的胸襟接受那人的到来，然而……

我内心也抱有希冀。

最好来的是她。

嗯，如果是她那也可以。

可是，对她我也不想舍弃……

"……"

搞了半天，果然谁来都可以吗？

我吐槽着自己那毫无意义的思考，进入京都站，搭乘两段自动扶梯，朝约定的阶梯前进。

时间是九点四十分。

对方已然抵达。

吊带衫，迷你裙，白色乐福鞋。

双手提着一只大行李箱。

阶梯平常也被用作观众席，原本是可以坐着等待的，但迷你裙确实有些不太方便。为了不妨碍他人，她选择站在从下往上数第十三级阶梯平台的再上一级阶梯等待，站姿端庄，亭亭玉立。

发型与上次见面有所不同。

是因为夏天吗？

"嗯嗯……"

并没有佩戴眼镜——那么首先将她排除。

至于剩下两个可能,至少要打过招呼才能判断,这就是所谓"薛定谔的猫"[1]吗?但是反过来说,就此揭晓答案也会感觉有些可惜……不如再多享受一会儿当下的不确定性。

我正犹豫是否要打招呼——

"啊。"

对方也察觉到了我。

"原来您已经到了啊,怎么不打个招呼呢,真是坏心眼。"她走下阶梯,正对着我,深深地、端庄地鞠了一躬,"好久不见,看到您这么精神真是太好了。"

"谢谢……"

嗯,就是这样。

应约而来的是千贺光小姐。

千贺光——

侍奉鸦濡羽岛主人、赤神伊梨亚的女仆之一。除她以外还有三位女仆,她们分别是女仆长班田玲(也就是光小姐的上司),以及光小姐的两位三胞胎姐妹——千贺彩与千贺明子。

---

[1] 奥地利物理学家薛定谔于1935年提出的有关猫生死叠加的量子理论思想实验,即在一个盒子里有一只猫及少量放射性物质,有50%的概率放射性物质将会衰变并释放出毒气杀死这只猫,同时有50%的概率放射性物质不会衰变而猫将活下来。在量子的世界里,当盒子处于关闭状态时,猫生死未知,即生死叠加。——译者注

四月。

差不多在半年前，我与玖渚友曾一同拜访鸦濡羽岛，并在那里被卷入了一起出乎意料的杀人事件。我与玖渚虽并未直接陷入危机，可在那座岛上发生的事件，也是我结束 ER 项目回国至今所遭遇到的印象最为深刻的事件之一了。

记忆犹新。

刻骨铭心。

时至今日，我仍未理清头绪。

毕竟那不是一起简单的案件。

虽没有像杀人者或杀手登场的故事般简单明了，但也没有晦涩到像高中女生一样令人百思莫解。

难以理解。

但也并非无法理解。

就是那种程度。

归根结底，问题就在那位犯罪嫌疑人身上。

那个她。

无名的她。

没有姓名的她。

谁也不是，无名无姓的她。

那个人，她的思考方式才是最关键的问题点。

话说回来……也拜那起事件所赐，我与玖渚才和哀川润建立起了直接的联系，我也不至于后悔当初去了那座岛。

虽然不至于后悔，可是也仅此而已了。

言归正传。

总之，我原本就推测赴约之人不会是玲小姐，那么就只能是光小姐、彩小姐和明子小姐三人之一了，其中可能性最高的是光小姐，结果也正如我所料。

"……"

换谁来猜都能猜中。

彩小姐厌我如蛇蝎，明子小姐则拒绝与他人有丝毫的沟通。

"这是我第一次看到光小姐穿便服呢。"

"是吗？啊，对了，"光小姐点了点头，"毕竟女仆装打扮在市内实在太过显眼了，所以出岛的时候我就换成了便服。"

"唔，原来如此。"

"啊！但是是不是不太好呢。"

"嗯？为什么？"

"因为我以前听友小姐说过……"光小姐的双颊微微泛红，有些难以启齿地说，"您似乎很喜欢女仆装……"

"这是误解。"

"是误解吗？"

"虽说社会上也有那种奇怪的家伙，可本人绝非此类，请务必放心。"

真是的，玖渚喜欢乱说话，我才不是喜欢女仆装，只是对女仆这一职业心生尊敬而已。穿什么服装不过是些细枝末节的问题，是否用心才是关键。

……

不，戏言而已。

"那么接下来怎么办呢，光小姐？"

"啊，对，总之先去一个能好好说话的地方吧。这儿人来人往的，不太方便。"

"可以好好说话的地方吗？嗯，哪里比较好呢？午餐时间还早，不如找个咖啡店边喝边聊吧……"

"啊，不用了。"光小姐转向我的左侧，"地点我已经选好了。"

"不愧是光小姐，想得真周到啊……"我颔首道，"那么，接下来我们要去哪里呢？"

"去酒店。"

"啊？"

"我在酒店订好了房间。"

2

当然是正当的酒店。

据光小姐说，这座位于乌丸高辻的大型国际酒店隶属于赤神集团，十分适合密谈。

话虽如此，伊梨亚小姐毕竟已经脱离赤神家族，行事不能太惹人注目，此番光小姐离岛亦是秘密行动，因此她并未预订最顶楼的高级套房，取而代之的是一间普通的双人间。

光小姐先使用客房服务点了一些餐点，待餐点送达，锁上房门后，才终于坐了下来。我则隔着茶几，坐在占据房间大半面积的双人床上，面朝光小姐。

"嗯……日本本岛的阳光果然很强烈呢。"

"是吗？"

"才几个小时时间，就感觉皮肤被晒得刺痛。"

"买件外套穿会不会好点？"

"也是呢——毕竟我都这个年纪了，就算穿得暴露一点也没什么魅力吧。"

虽然很想告诉光小姐绝非如此，但我并不是为了说这些才把她约出来的。

更不是崩子以为的那种约会。

我是有事相谈，才与她相约于此。

光小姐也是。

"那么——就请光小姐先说吧。"

"啊，好的。"

光小姐端正了坐姿。

"呃……虽然有诸多事项要向您报告，总之，首先是小姐想让我邀请您与玖渚小姐一同再来岛上做客，虽然感觉已经像是客套话了。"

"和玖渚一起再去那个岛吗?"

"是的。"

"我不要。"

"嗯……"光小姐露出了苦笑,"我也知道您会拒绝,所以只是客套话罢了。"

"客套话吗?嗯,我自己是无所谓……但是玖渚对那座岛大概已经完全丧失兴趣了吧,光是要把那个家里蹲带出门就得大费周章,没什么大事发生,那丫头是不会出门的。"

"还得发生什么大事才行吗?那可真是伤脑筋。"

光小姐玉首侧倾。

她真是可爱。

"不过即便是您独自前来,我想小姐也会相当欢迎的。"

"嗯……"

说的也是。

想想也的确不坏。

那座岛屿可谓隐居的绝佳场所。

料理美味,房间洁净,还有女仆环绕。

我注视着面前的光小姐,思忖片刻。

"果然还是不行啊……"

"不行吗?"

不愧是专业的女仆,面对我的拒绝丝毫不显露自己的失望。

"其实呢,还有一件事,我不知该不该说。"光小姐猝不及防地扭转话题,"姑且还是向您报告吧。"

"'报告'?'姑且'这种说法有些奇怪。"

"因为小姐让我来判断是否要告诉你。"

"原来如此……难怪要用这种说法。嗯,所以发生什么事了吗?和刚才的话题有关系?"

"嗯。"

光小姐老实地点了点头。

"您还记得姬菜真姬小姐吗?"

"不可能忘记吧。"

"她被杀害了。"

"……"

一瞬间,我哑口无言。

呼之欲出,却张口结舌。

"果然您还不知道啊,我还想友小姐那边是不是已经调查过了。"

"开玩笑的吧……"

姬菜真姬。

那个人被杀害了?

姬菜真姬。

空前绝后的占卜师。

过去、现在、未来,她对一切了如指掌。

不存在她不知悉之事。

不存在她见不到之事。

不存在她听不到之事。

鸦濡羽岛发生的事件因为她的存在变得更加棘手,对一切真相了然于心却面带嫣然之色沉醉于酒精的那个人——

她怎么会死呢?

开什么玩笑,这简直愚蠢至极。

即便是玩笑我也笑不出来。

倘若是现实,我就更加笑不出来。

"事情也已经有段时间了——"光小姐不顾我内心的动摇,冷静地解释道,"她大概是一个月前去世的。"

"那个时候我还在住院吧……"

"嗯,那是一起密室杀人事件。"

"又是密室杀人吗?"

"我已经不想去数这是第几起密室杀人案件了。"

"……对了,那位厨师小姐……她没事吧?"上次的事件恐怕还惊魂未定,岛上却再度发生了杀人事件……也不知道她那脆弱的神经能否经受得住。

"死因是什么?"

"据说是被活活打死的。"光小姐说,"直接死因是脑部受到重击,出血过多……让人不愿回想。"

"面目全非……吗?"

"您怎么知道……"

"因为是从她本人那里得知的。"

离岛前,我听她说的。

从她本人口中,我得知她的死状。

伴随着大彻大悟的微笑。

伴随着一了百了的微笑。

可是问题是——

那个时候她曾经说过——她的死亡将于两年后降临,两年后的三月二十一日,下午三点二十三分。

事实却全非如此。

距离那个时间点明明还有很久。

她却迎来了死亡。

"要是把这件事告诉玖渚——她说不定会答应再去一次鸦濡羽岛,如果她还不知道的话。"我说,"毕竟是姬菜小姐的事情,而且还是密室杀人事件。"

"我也是这么想的,不过基于现在的情况,小姐更希望能邀请到哀川大师。"

"……哀川小姐吗?她的存在本身也是一个疑问啊。"

哀川润。

人类最强的承包人。

红色的秀发,时尚的西装。

狂放里带着些嘲讽的语气,一双满是杀气的三白眼。

自鸦濡羽岛事件与她结识以来,我没少受她关照,也给她添了不少麻烦。

然而此刻,她却行踪不明,杳无音信。

"赤神财团为了追明她的下落已经倾尽全力……可到现在连个影子都没有找到。"

"你们很担心哀川小姐吧?"

"是啊,小姐为此痛心疾首。我虽不及她,却也心神不定。实际上,从调查内容也看到不少她已经死亡的说法……本来,哀川大师根本不需要我这种小角色替她担心,可这一次的情况毕竟不同往常……"

"……"

我在住院期间听说了哀川润失踪一事。

八月二十日的周六,天色未亮的清晨,哀川润在清水寺本堂留下她最后的足迹——清水寺舞台化作断壁残垣,至今尚在修复中,禁止一切游客参拜。

曾在那里对战的两人。

哀川润与匂宫出梦销声匿迹。

"杀之名吗……"光小姐轻声说道,"我自小就侍奉赤神家族,倒也听说过杀之名,可我一直以为那是传说中的故事……"

"我倒是见过两个人——不,是'三个人',不仅见过,还实际遭遇过。所以对我来说,比起传说,倒不如说那是一场梦。"

梦境——并且是噩梦。

匂宫出梦、匂宫理澄,还有……

零崎人识。

那家伙现在也行踪不明，据说已经死了。

尽管如此。

出梦、零崎，当然还有哀川小姐。

"他们是杀不死的人……担心也是多余的。虽然听起来像是鼓励或安慰……但这至少有一半是我的真心话。"

"你是说他们是非人的存在吗？"

"正是如此。"我对难以苟同的光小姐点头示意，"不过说实话，哀川小姐的失踪对我来说也很困扰，我有事想找她商量，一件不得不找她商量的事情。"

"不得不找她商量的事情？"

"嗯，是一件必须告诉她的事情，所以我也正在想方设法与她取得联络……"

"这样啊……"

"对了，关于真姬小姐遇害的事件……既然你们联络不上哀川小姐，那最后事情是怎么解决的呢？少了哀川小姐，你们找到犯罪嫌疑人了吗？"

"不……还没有。"光小姐欲言又止，"和上次的情况不同，这次的事件怎么看都是外人所为。"

"外人所为？"

"这是我们调查了目击者证词、现场物品和不在场证明后得出的结论。毕竟……我们也算是经验丰富了。"

"说得也对……"

四月之前也是多事之地。

因此我们经验丰富。

这听起来有些刺耳,却如她所说。

"会不会有伪造证据的可能性?"

"也并非没有可能……可是事件发生时,岛上并不存在犯罪嫌疑人。除去小姐与我们女仆们,当时岛上就只有姬菜小姐与其他两位客人。"

"两人……"

其中一人,是那位厨师小姐吧。

她自然不可能是杀害真姬小姐的犯罪嫌疑人……那么值得怀疑的就是另一位客人了,只要有证据能证明那个人的清白,那么犯罪嫌疑人就必定来自岛外。

嗯……

推理过程太过唐突。

我总觉得事情不会那么简单。

那个性格恶劣的占卜师竟然会突然死亡,我实在无法认同。

嗯。

密室杀人事件吗?

"那么关于这件事,请容我日后再听你详谈,必要的话我会再与玖渚一同登岛拜访。"

"那小姐一定会非常高兴。"

"不过决定权还是在玖渚那边……"就这样，我结束了上一个话题，"那么接下来就轮到我这边了，可以吗，光小姐？"

"好的。"

光小姐点点头，等待我继续说下去。

她摆出一副仿佛无论我说什么都能应对自如的得体姿态。

说来也是。

毕竟这次会谈原本就是由我发起的，虽然光小姐也寒暄般地邀请了我，并向我提供了情报，但那都是些电话里就可以说的事情。

然而我想要说的，无法通过电话实现，必须在现在这样的私密环境里才可以。

"最近，我正在调查一个男人。"

"一个……男人？"

"他的名字叫西东天，他是哀川润的父亲。"

这句话仿佛击中了光小姐的痛处。她的脸上流露出痛苦的表情。

可话从口出，已覆水难收。

"我从住院开始就在调查了。但是怎么说呢，独自调查对我来说实在力所不及，怎么查也就只能查出他的家庭情况和一部分经历，而这些记录也全部停滞在了十年前——近十年的信息是一片空白。"

根据调查结果，西东天死在了十年前。

可是——

这是不可能的。

如果西东天早在十年前就死了的话——

那么上个月的事件就不可能发生。

小姬也不会丧命。

"但是光小姐,以我目前为止对西东天的了解,他应该不可能与鸦濡羽岛的主人伊梨亚小姐毫无交集,而伊梨亚小姐也与哀川小姐因缘不浅,所以我想应该可以从你这里获得一些我不知道的信息。"

"……原来是这样。"

光小姐郁郁地叹了一口气。

"想要调查的话……拜托友小姐才更为妥当吧。如果请友小姐或她提过的那位朋友帮忙,应该很快就能查出一个结果。"

"我也这么想过。"

可在遭遇过奇野的攻击之后——

我便再也无法保持从容。

我无法将狐面男子的事情当作消遣,继续悠闲地打发时间。

虽说这次并没有受到太大的损失,充其量也就是差点被拉芙米小姐绞杀而亡,但下一次就不得而知了。

那个狐面男子……

他若是真心将我视作敌人,那我也必须下定决心向他应战。

一个人的能力终究有限。

"可是——我还是不能让玖渚卷进来。不能,也不愿,毕竟这次的确事态严重。"

"唔。"光小姐半信半疑，"的确有这方面的原因吧……可我倒觉得不只如此呢。"

敏锐的直觉。

不愧是那座岛上的女仆，看遍各种异能，比一般人心明眼亮。

"好吧……说实话，玖渚现在也是诸事缠身。玖渚机关——玖渚本家现在一片混乱，虽说和玖渚没有直接的关系，但她的哥哥已被牵连其中。"

"我应该不方便多问吧？"

"恐怕是的。"

"那关于友小姐的事，就到此为止吧。"

"嗯，正确的判断。不过，我听说那场内乱好像也快结束了……"

玖渚机关发生的类似于组织内乱的问题，对我和玖渚而言遥不可及，可对玖渚友的哥哥玖渚直来说则至关重要，因此我现在也没办法随随便便与她取得联系。

想来，这场内乱刚好是在我住院后发生的。嗯……也就是说，玖渚机关的内乱与哀川润的失踪发生在同一时期。对了，这么一想——真姬小姐遇害也刚好是在一个月前，刚才光小姐是这么说的吧？

……这也太过凑巧了吧。

简直不可思议。

不……这也没什么奇怪的，不过是三件事情恰巧发生在同一时期——仅此而已。

这不过只是巧合罢了。

一定只是偶然而已。

"不过，我也是真的不想让玖渚卷进来，毕竟她对我来说非常重要。说实话，我也一直在犹豫该不该找你们商量，但是现在玖渚和哀川小姐都不在，我只能找你们帮忙了。"

"嗯……"

光小姐双手抱胸，面露难色。

她闭上双眼，眉间紧蹙。

这倒像是三胞胎姐妹中的彩小姐会露出的表情，我变得有些不敢继续搭话。

"我是不是，有些太爱自说自话了……"

"不，我倒觉得这是很好的转变。"光小姐说，"四月的时候我就发现了——您是那种喜欢把所有事情都揽给自己的人，能够变得去依赖他人，是一件好事。"

"我的确不习惯接受他人的帮助。"

那时，美衣子小姐帮我击退了奇野赖知。

我虽然对她感到万分抱歉，却没有半点感谢。

内心深处没有一丝谢意。

甚至，我还感到有些愤怒。

她为什么不逃跑？

她为什么不把问题交给我来解决？

我忍不住想要责备她。

我忍不住想要呵斥她。

她无法坐视不管，喜欢多管闲事的她。

她伸出的援手恐怕不是出于温柔。

诚如她本人所言，甚至更为严重。

我从很久以前就开始觉得——美衣子小姐的性格几乎与温柔无关，而是一种具备了坚决与厚重的严苛，在严苛之下矛盾而又必然地包含着溺爱。

溺爱不同于温柔。

她说我们俩很合适……

的确如此，在这世上恐怕没有比我更有溺爱价值的人了。然而也正因如此，我们的这种合适才糟糕透顶。

唉……

反过来说，美衣子小姐并未跟随感觉，自始至终都严于律己，这便是她的过人之处。

换我就做不到。

正如光小姐所言，我的确喜欢独自背负一切，但也仅限于我能力所及范围以内——我其实是那种能轻易向他人寻求帮助的人。

这可是千真万确的。

"我可不敢苟同。"

光小姐松开双手，把它们放在膝上。

"这些先姑且不论……关于您所提出的问题——这对我们双方而言都相当危险，我想您应该明白吧？"

"大概吧。"

"只是大概吗？那就伤脑筋了啊……"光小姐真的露出一副伤脑筋的样子，"毕竟我所能回答的不过是些细枝末节的事，说不定您还是不知道更好。"

"这是什么意思？"

"虽然您问的是西东天，可难免会谈及哀川润。"光小姐说，"多半还会涉及哀川大师的私事。"

"呃……可以的话，我倒也想直接去请教哀川小姐……"

唉，我怎么没趁哀川小姐与出梦对决前，就把与西东天相遇的事情告诉她呢。

"比起最近的这十年，我现在更想知道西东天在美洲大陆度过的那两段暗黑期里究竟发生了什么，在与ER3及ER2系统起纠葛的时期，他到底做了些什么。特别是考虑到他的年纪，如果他真是哀川小姐的亲生父亲，那他第一次赴美就十分关键……"

"那个……小姐与我都从未见过西东先生，与哀川大师相识也是在'沙龙计划'开始之后，到现在不过数年……所以，我接下来要说的内容未必全是真的，不过是小姐与我们出于兴趣的调查结果——荒唐不稽的流言蜚语罢了，充其量只是一些传言，还请您务必不要太当真。"

"可以将那些都告诉我吗？"

"我虽不想谈及于此，却也不得不说，毕竟这恐怕与姬菜小姐的死也有某种关联。"

瞬间,心脏停跳了半拍。

光小姐轻描淡写的一句话,竟令我有些动摇。

那句话是什么意思?

我无法理解。

我百思不得其解。

可眼前的氛围令我无法发问。

我只得默默等她开口。

"哀川润——人类最强的承包人。"

光小姐以出奇流利的语气开始她的讲述。

我屏息凝神,仔细倾听。

"她有三位父亲。"

"三……三位?"

"架城明乐、蓝川纯哉,以及西东天。"

"……"

我知道这三个名字。

架城明乐。

蓝川纯哉。

他们是西东天第二次赴美时的同行者。

他们也是日后与他共同组建 MS-2 的协助者。

只是,与他二人相关的信息如白纸般苍白,我的调查也停滞于此。

说起来——那二人中的蓝川纯哉。

姓氏的读音与哀川小姐相同。[1]

"对了。"光小姐点了点头,"哀川润这个名字多半是继承自蓝川纯哉。"[2]

"可是——三位父亲是什么意思……是指养父吗?"

"嗯,据说哀川大师是由那三人共同抚养长大的,当然,那个时候她还未开始使用'哀川润'这个名字。"

"这又是什么意思?"

"她是在成为承包人之后才以哀川润一名自称的——大概从十年前开始。"

"十年……"

那个人在十年前就已经成为承包人了吗?十年前的我不过九岁半……还未曾与玖渚、直先生和霞丘先生相遇,甚至连妹妹的存在都一无所知。

那是我不愿回想的童年记忆。

不,这不重要。

我的回忆无关紧要。

不过,说起十年前——

"没错,十年前——架城明乐也好,蓝川纯哉也罢,抑或是西东天——均难逃一死。"光小姐微微俯首,"根据官方记录,包括

---

[1] "蓝川"与"哀川"的日文发音相同,都读作"Aikawa"。——译者注
[2] "润"与"纯"的日文发音也都读作"Jyun",阿伊此时认为哀川润的名字完全取自蓝川纯哉。——译者注

女儿在内的那四个人全员死亡，犯罪嫌疑人身份不明——然而根据更加可靠的信息来看，杀死那三人的，也许正是那个实际上存活下来的女孩，也就是哀川大师。"

"……这倒是第一次听说。"

弑亲。

当时的哀川小姐十四五岁吧。

"也是……哀川小姐实际上并没有死，唯一的幸存者就是犯罪嫌疑人吗？倒确实有这个可能性。"

"只不过……我们已无从判断那三人抚养的女儿，究竟是不是我们认识的'哀川润'。"

"为什么这么说？"

"因为谁也无法证明这一点——纵使这世上存在知道真相之人，那个人也只能是哀川大师自己。"

光小姐话毕，保持短暂的沉默。

她像是在观察我的反应。

而我不会退缩。

"那哀川小姐真正的父亲呢？是他们三人之一吗？啊，不……应该说是'亲生父亲'。她的亲生父亲是西东天吗？还是那个叫作蓝川纯哉的人？"

"无法确定。"

"怎么会……"

"不过，她应该不是西东天的亲生女儿——我是这么认为的。

他第一次回国后便当上了高都大学的教授,关于这一点您应该也调查到了吧?"

"嗯,没错。"

"……他在诊疗所工作并生活的那段时间,谁也没有见过那个女儿,连传闻都不曾有过。当时他正被冠以从 ER2 系统学成归国的神童之名,整日暴露于媒体的关注下,如果他有孩子,我想应该是瞒不住的。"

"但是,那个孩子若不与他住在一起也就没人知道了吧?"

比如,他在首次赴美时有了孩子,把孩子放在美国,自己回到日本——这也不无可能。我在调查时的确也看到架城明乐和蓝川纯哉这两个名字,可万万没想到他们居然与西东天同为哀川小姐的父亲。只是,不管光小姐怎么说,我还是认为哀川小姐与西东天——那个狐面男子之间,有着血缘关系。

毕竟,那两个人的脸实在是太相像了。

"……您怎么了?"

"啊,没事。"我含糊其词地蒙混道,"请继续说吧。"

关于我与西东天已经见过面之事——

我实在无法向光小姐坦言。

若是向她坦白,说不定会把她也牵扯进来。说实话,仅仅是像现在这样与她交谈,我已感到万分不安,甚至时刻担心着是否会有狐面男子派出的刺客突然破窗而入。

虽说这座酒店受赤神财团庇护,但是那个狐面男子就连玖渚机关的防御也能视若无物，以悠然自若的步伐层层突破。

在狐面男子面前，任何事物的防御都是自我安慰。

无论设置何种屏障，都无法确保万无一失。

"哀川大师生母的身份，也同样无法确定。"

"但是生母的存在是必然的吧，毕竟二十多年前还没有试管婴儿的技术。"

"嗯，不管是生父也好，生母也罢，他们的存在都是必然的。但是她的生父并不是西东天，从各方信息推测来看，也并不是架城明乐或蓝川纯哉。"

"那么哀川小姐的身世到底是什么呢？"

"也许她就只是个孤儿吧，这在美国也是司空见惯了——孤儿哀川大师被那三人捡到，然后抚养长大。"

"这么说有什么依据吗？"

"一个幼儿不可能突然间长大，总需要成长的时间，可谁都没有见过她与他们三人共同出现过，更没有人知道她的童年时代。"

"……"

所以，"哀川润"没有经历过童年时代吗？

原来如此，倒是合情合理。

可是，我依然对此不置可否。

我有怀疑这番理论的原因。

真相先姑且不论。

可倘若真如光小姐所说——架城明乐、蓝川纯哉、西东天，三人同时是哀川润的父亲，那么此处便诞生了一个命题，一个不得不去辨明真伪的命题，或说是一个令人毛骨悚然、超乎想象的妄想。

"赤神家所属的四神一镜与ER3系统因缘不浅。所以我想，光小姐，你应该听说过一个名叫MS-2的团体。它隶属于ER3，曾干过一些耸人听闻的事情。因为我的挚友与那个团体有所关联，所以我对它也很清楚……"

"……是。"

"我也是调查后才知道，原来MS-2的创建者是西东天。一开始我以为那只是我的错觉，你想啊……就像刚学会一个新词语，又恰好在书本或新闻报道上看到它时，就会觉得它出现的频率尤其高。可事实上，它的出现频率并没有改变，只是大脑对这个新词语特别敏感罢了。是我对它太敏感了——当我在调查时看到MS-2的时候，也一度这样安慰自己。"

"……"

"但是，话题进展到这个阶段，我已无法再将它视作偶然——虽然我并不喜欢这种说法，可我只能将这种过分的偶然称为命中注定！光小姐，请告诉我，最后再回答我一个问题——哀川小姐，是否以某种形式与MS-2有所关联？不——应该说，她是否被迫参与了MS-2？"

"……恐怕如你所说。"光小姐如此回答。

这真是滑稽至极，让人想放声大笑。

究竟在搞什么嘛……什么超展开剧情。

这也太不切合实际了吧。

难道想告诉我这一切都是命运吗？

一切故事都是被安排好的吗？

真是笑死人了。

笑死人了。

笑死人了。

它又令人怒不可遏。

四月与哀川小姐邂逅之事。

五月与零崎相识之事。

六月与小姬相遇之事。

七月与兔吊木会面之事。

以及八月——

我与木贺峰副教授、朽叶及狐面男子遭遇之事。

这一切都是计划好的吗？

不，不仅如此。

从很久之前、很久很久之前开始。

与妹妹重逢之事。妹妹离世之事。与玖渚相遇之事。破坏玖渚之事。

还有——

还有与那家伙相识又相别之事！

愚蠢如我，竟到现在才发现。

这一切皆有定数。

所有的沉淀。

所有的破绽。

如石碇般、似铁锭般注定。

至此,全部的伏线环环相扣。

荒唐不稽,却在我心中久久不能平息……

"那、那个……"

"……"

"没、没事吧?您的脸色……"

没事吧?

我当然没事。

对这些——我早已有了觉悟。

与狐面男子对立,层层挖掘他的经历,终究会反噬于己。

在得知他曾服务于 ER3 系统,又创建 MS-2 之时,我便早已下定决心。

只不过,这实在太过残酷。

这正如一场恶意满溢的闹剧。

不堪入目,令人作呕。

没让玖渚去调查这件事——

真是万幸。

只有这一点,是不幸中的万幸。

是的……我从一开始就意识到了这个结果。我确实不想让玖渚卷入,玖渚机关也的确正遭遇着内乱,可这些都不是最重要的理由——要说真正的原因，我只是不想让玖渚看到这个结论，见证这个结果。

不愿让她见到我此刻的表情。

"这是何等的戏言啊……"

不过这么一来，我总算完完全全地理解了。

如果这就是真相，那么我的确是你的敌人。

西东天。

你并没有看错人。

我的人生至今十九年有余，一直被重复卷入他人的故事……而这一次，却并非如此。

绝非如此。

这一次，我并不只是被怪人盯上那么简单。

你是哀川润的父亲，而哀川润又是 MS-2 的参与者，那么我这个戏言跟班会与你为敌也是理所当然的结果。

不偏不倚。

因果报应。

恶因，恶果，自作自受。

"光小姐……"

"……您有什么吩咐吗？"

我可以感受到，光小姐对我的回应包含着某种恐惧。我也可以理解——因为现在我的表情和脸色一定很可怕吧。

"你对世界的终结……有没有兴趣？"

"我不太懂您的意思……"

"假如我们这个生存着的悠远长久到令人恍惚的世界会迎来它的终结,光小姐,你想看到最后的那一瞬间吗?"

"世界对我而言——"

她不带一丝犹豫,亦不加一刻思考,以出乎意料的速度,仿佛心中早有定论一般,清楚分明地、满怀骄傲地回答道。

"就只有那座鸦濡羽岛。赤神伊梨亚小姐对我来说就是全世界。我的人生,只为侍奉伊梨亚小姐而存在。因此——世界的终结,等同于小姐的终结。作为仆人的我,理当守候主人直至最后一刻。"

"……"

原来如此——完美的回答。

并且,这大概就是问题的正解。

这样就好。

毋庸置疑。

破绽全无。

"光小姐。"

"有何指教?"

"我爱你。"

光小姐嫣然一笑。

"谢谢您。"

这又是一个无可挑剔的回答。

第三幕
复苏的回忆

玖渚友 蓝色
KUNAGISA TOMO

0

只要有人牺牲，便无法获得幸福。

1

时至今日，我总算可以坦然接受。

玖渚机关会注意到并找到当时不过是普通城市里一个普通初中生的我，是极其理所应当且顺理成章的。

玖渚机关。

壹外、贰栾、叁榊、肆尸、伍砦、陆枷，以及跳过柒之名的捌限，这些家族囊括无遗地占据着西日本。而统领着这些组织，并凌驾于顶的那个怪物般的团体，便是玖渚。说它盘踞着世界的四分之一也不为过——毕竟它早已具备这般实力。

本部位于兵库县东南部，跨越神户市、西宫市和芦屋市。

自小居住在神户温泉街的我，可以说是在玖渚机关的支配下长大的。更准确地说，我的出生与成长，甚至我的一切都在玖渚机关的掌控之中。而当时年少的我却对它的庞大毫无认知。

然而玖渚机关并非如此。

他们心知肚明。

他们了然于胸。

他们深知自己就是世界的支配者。

并且，他们对此抱有觉悟。

压倒性的觉悟。

而我呢？

当时十三岁的我对自己有所认知吗？

不，别说是对自己了——

当时的我能认知到任何一件事吗？

能确切地察觉到任何一件事背后的深意吗？

答案昭然若揭——我一无所知。

不过，我也有疑问。

我也会感到疑虑。

就算不知道答案，我也知道问题在哪里。

因为那时，妹妹死了。

为什么？

为什么会这样？

为什么我的身边，总有人轻易死去？为什么我的周围，总是事故频发？为什么我的身旁，不断地伴随着争吵？

为何争执？

为何厌恶？

为何迷茫？

为何忧郁？

为何困惑？

为何吝惜？

为何诅咒？

还有，为何杀戮？

所有人都在发狂。

我曾对这一切置之不理。

我像一个讨人嫌的孩子般，轻视旁人，以此取乐。

我自以为是旁观者的失败者。

我自以为洞察一切，却比任何人都无知。

那便是十三岁时的我。

话虽如此——当时还未掌握戏言之道的我，比起现在还是要勤勉几分的。

正因勤勉——

我才会被玖渚机关发现。

以前的我并不自知。

而现在，我已经清楚地认识到。

一切绝非偶然，而是必然。

玖渚机关理所应当般地找到我——

而我，如奇迹降临般与玖渚相遇。

人类的幸福。

幸福的条件。

但凡生存在这个世界上的人，多多少少都无法避开这些概念，即便有人从未深刻地考虑过这些问题，那也是寥寥无几。

没有人不希望得到幸福——这么说可能有些偏差。如果单纯地将幸福当作"不幸"的反义词来看，人们大概只是"不想变得更不幸"吧。

不想变得不幸，所以努力。

不想变得不幸，所以不努力。

这样考虑就好理解了。

人们极尽普通地、理所应当地生存于世，"生"对人类来说实在是稀松平常。所以，人们开始不再渴求"生"，而是极力地去避免"死"，并滑稽至极地误以为生命的意义就是那样。

深陷泥潭。

不能自拔。

可如果那真是误解，一切也许会变得更加滑稽。

维持现状之所以能让人安心，是因为不会跌入更深层的不幸。避开结果，将可能性与选择留到最后，也是为了暂时不变得更加不幸。

然而这个论点不足以支撑世界。

这个论点传达不到世界。

就像我时常思考的那样,希望与绝望、爱情与憎恨,以及幸福与不幸,它们并非单纯的二元论,无法简单地被视作事物的两面。

既"幸福"又"不幸",并不"幸福"却又"幸福"着——诸如此般意义不明、自相矛盾、不可思议的状态——

那种模糊不清且无法定义的状况的确存在。

正如此刻我所处的状态。

我向美衣子小姐借来了菲亚特轿车,正前往京都首屈一指的城哄高级住宅街——玖渚的"家里蹲"现场。

能够去见玖渚,当然是毋庸置疑的幸福。

可是如果说,后排座位坐着崩子,驾驶室里又坐着光小姐的话,那就有些状态不明了。

"……"

为什么她会在这里?

为什么她也会在这里?

"嗯?您怎么了?"

光小姐转头看我一眼,对我嫣然一笑。

"不,没什么。"说着,我避开光小姐的视线,目光转向后排。坐在后面的崩子,正像天使一般沉睡着,香甜地、舒服地睡着。不管是轿车还是电车,崩子只要一乘坐交通工具,就会立马进入睡眠状态。像她这样的美少女要是在电车里不小心睡着了还是挺危险的,不过这是她的习惯,没办法纠正。公寓距离城哄并不远,现在睡着了怕是待会儿很难叫醒她……

话说回来，那么光小姐呢？

为什么她会在这里？

为什么她会驾驶着菲亚特？

为什么我会坐在副驾驶座上？

还有，为什么她会穿着女仆装？

我早就觉得奇怪，当天来回的光小姐为什么会携带着那么庞大的行李，可我没想到那里面居然装着一整套女仆装。

据光小姐所说，伊梨亚小姐似乎已经忍无可忍。

她对再三推脱，一直拒绝前往鸦濡羽岛的我忍无可忍。根据我对伊梨亚那大小姐性格的了解，她的忍无可忍当真能让我恐怖到后背发寒。

因此——

有人向她献上计策。

"那个戏言跟班是个无可救药的女仆控，所以你可以派出一个女仆试一试，不出十日他绝对忍不住跑来岛上。"

也就是说，从她们的角度来看，我这次主动的邀约无疑是正中下怀。

不过……谁是女仆控啊。

真是有辱人格。

小心我告你们名誉侵犯。

我原以为那是真姬小姐在生前留下的遗言，但事实并非如此。按光小姐的话来推断，为她们出谋划策的应该是在真姬小姐被杀害时，在岛上除了厨师小姐以外的另外一位天才。

那是谁啊？

那是春日井春日小姐。

"那个女人……"

这是打算报恩吗？

明明临走前都还在给人添麻烦。

……

这不还是有优点的嘛。

总而言之，言而总之，二十一日从酒店出来后，光小姐并未乘坐电车离开京都，而是与我一同坐着巴士回到了骨董公寓。

"很抱歉，看起来像是在暗算您一样……"在坐巴士回去的路上，光小姐对我说。

不，不是看起来像，这分明就是精彩的暗算——和歌山县级别的奇袭。[1]

密谈。

与鸦濡羽岛居民的情报交换。

多少会伴随着危险，我早有心理准备。

"……这还真是相当残破不堪啊……"

光小姐驻足于骨董公寓前，一脸愕然。

"真没想到您居然会住在如此破旧的地方……"

---

[1] 和歌山县在1871年废藩置县前属于纪州藩，而"纪州"与"奇袭"的日文发音同为"Kishuu"。这里是阿伊的一个冷笑话。——译者注

光小姐双臂颤抖。

她像一名临阵的战士。

光小姐有洁癖。

她酷爱打扫房间。

搞不好，这算是尽其所长。

"不过……光小姐，你是认真的吗？"

"没错，我是认真的。"

光小姐握紧了拳头。

"请允许我，称呼您为主人！"

"……"

正中靶心。

总之就是这样——

继上个月的春日井之后，本月的同居对象是千贺光小姐。这么一来，无论再被美衣子小姐说什么都无法反驳了。不，美衣子小姐对此并没有说什么，倒是被七七见好好地讽刺了一番。那家伙的调侃着实让我备受屈辱。可我毫无招架之力，只能默默承受。

关于光小姐的事情就解释到这里。

那么，言归正传。

今天——九月二十六日——

我接到了玖渚友的呼唤。

她一早就打电话给我。那丫头还是一如往常地在电话里表达不出个所以然，于是加上我个人的想象，玖渚机关的那场内部抗争到昨天为止好像是完全结束了。与此同时，机关对玖渚友严格的警卫等级也随之降低——总算久违地可以与我见面了。

与玖渚见面自然属于幸福的那一边。

那甚至是无可比拟的、毋庸置疑的幸福。

可是从现状来看，此刻，我正是被瞄准的猎物。

与她见面，反而会将她卷入其中。

在这个层面上，原本我是无论如何也要让光小姐回鸦濡羽岛的，更别说是玖渚了，万一有个好歹便会招来致命的后果——这是无须多言，也无须多想的。

可是，既然玖渚说想见我，说对我有话想说，那我就无法拒绝，我就是这样意志力薄弱的人。

并且，还有现实的问题……

我现在不能将所有的精力都集中在西东天的身上，我必须对玖渚友多作考虑。

从前，我总是对玖渚置之不理。

一个月前是，六年前也是。

现在或许是个好机会。

我这样认为。

"……虽然只是戏言而已。"

总之，我并未拒绝玖渚的邀请。

为了能早点到达城咲，我抛弃了伟士牌摩托车，选择了菲亚特轿车。

"我绝不能让主人拿比筷子更重的东西，就算是方向盘也不行！"光小姐如是说。

"戏言哥哥最近的举动实在是让人看不下去……需要暂时接受我的监视。"

崩子说着也跟了上来。

……

所以说，这究竟是什么状况？

这就是美衣子小姐所谓"受欢迎"？

那我宁可不受欢迎。

"……不过，说到春日井小姐……我还在想她去哪儿了，原来是去了鸦濡羽岛啊……"

对那个社会边缘人来说，那里倒的确是个极乐天堂。没有春日井小姐钟爱的年轻少男也许是唯一的遗憾……说起来，春日井小姐住在公寓的时候，我好像不小心把鸦濡羽岛的信息透露给她了……还记得她离开公寓的时间是八月二十一日的夜晚……也就是说，她离开后就直接去了鸦濡羽岛吗？

还是那样难以捉摸啊。

"既然这样，就早点告诉我呀。"

"嗯……可是怎么说呢……感觉春日井小姐是那种很难在话题里被提起的人。"

那倒也没错。

她的确像光小姐说的一样。

总之，也算是一桩疑虑被解开，不自然的地方也说得通了。正因为春日井小姐在岛上，所以光小姐也大致能猜到我想要问些什么吧，毕竟她与上个月的事件有所关联，也知道我这半年来经历了些什么。

所以，光小姐才能提前预测到。

她知道我想要获取西东天的信息。

因此，她才能预先准备好我想要的情报，并滔滔不绝地转达给我。

不过……

她虽是有备而来，但她应该反倒希望自己的预测有误吧。

"……也就是说春日井小姐来岛之后不久，真姬小姐就被杀害了吧？"

"是啊。"光小姐点头，"但是，虽然是我个人的推测……我并不认为春日井小姐是犯罪嫌疑人。"

"嗯，不会是她。"

那个人不是会动手杀人的人。

她的脑子里不存在杀戮的概念，亦不存在杀或不杀的选项。

她是选择"不选择"的人。

"外部犯罪吗？"

就远海的孤岛而言，照理说那是不可能的。

说起来……对真姬小姐心怀怨恨的人也不在少数，想从杀人动机入手确定犯罪嫌疑人无疑是大海捞针。即便是我，和她的关系也算不上好，在那个岛上停留的一周里还一直与她纷争不断。

所以，听闻她被害时我也只是惊愕而已。虽说有些无情，可我并未感到悲切或哀伤。

无须惊讶。

我原本就是这样冷漠的人。

不过……

我依然感到困惑。

因为，那个人不可能被杀。

她起码还有一年半的生命。

之后，光小姐向我详细讲述了真姬小姐遇害时的密室状况——老实说，听完她的叙述，我依然云里雾里。

密室现场是真姬小姐的房间。

我与玖渚于四月访岛时，真姬小姐就住在这个房间里——窗户与门都从内侧被打上厚厚的木板，并以五寸钉加以固定，如同抵御台风来临一般。

在那样一个密不通风的密室里死亡，显然只能是自杀。

然而从死亡方式来看，这又明显是他杀。

"……唔。"

四月告别时，她曾对我说。

如果那个时刻降临，你可得揪出杀死我的犯罪嫌疑人哦。

可是为什么呢？

洞悉未来的她，应该知道自己是被谁所杀吧？可奇怪的是，为何她还可以坦然自若地选择被杀的命运呢？

她是为命运牺牲吗？

她是为故事殉葬吗？

不，等一下……

说到故事的话——

时间收敛，代替可能。

遇害时间是两年后也好，半年后也罢；犯罪嫌疑人是他也好，她也罢，其实都是一回事——是这个意思吗？

如果是这样……

故事正在加速。

这么一来，她的预言根本就不准。

原来如此，这就是根本原因吗？

纵然洞悉一切，也无法言说。

哎呀……事到如今我终于确定。

我笃定得无以复加。

姬菜真姬小姐。

我对你的确……非常讨厌。

"差不多快到了哦。"光小姐说。

望向前方，我已经可以清楚地看到那座三十二层的高级住宅——玖渚的根据地。光小姐初次过来丝毫没有迷路，实在是了不起，于是我对她夸奖了一番。

"谢谢。"光小姐娇羞一笑，"开车比我想象的还要简单呢。"

"……"

不只是第一次走这条路,而且还是第一次开车啊。

想来也是,在那座岛上生活压根儿就没有开车的机会……不,这不就成了无证驾驶了吗?

"我把车停在哪儿比较好?"

"毕竟是向美衣子小姐借的车,不能像摩托车一样随便停在路边,还是停到地下停车场吧——虽然不太情愿,但我也没有别的解决办法。"

"遵命,主人。"

"……"

"嗯?怎么了,主人?"

"……"

"是我有什么做得不到位的地方吗,主人?"

"……"

我真想听光小姐再多喊几遍。

光小姐将车驶入地下停车场。她扫了一眼其他住户停放的高级轿车,稳稳地将车倒入车位,接着熄灭了菲亚特的引擎,坐在驾驶室内静静等待。

崩子还在熟睡中,光小姐犹豫着不该把一个小女孩独自留在车里,而我也同样担心崩子的安全。四月登岛之时,光小姐就与玖渚相处融洽。这次既然来了,我也希望让光小姐能见见玖渚。

"您与友小姐有一个月没有见面了吧?"

"啊,是这样没错。"

"既然如此,我也不会那么不识趣。"

"……"

"请放心去吧,主人。"

如此这般,我又变成了一个人。

姑且不论光小姐,不用把崩子介绍给玖渚还是让我心存侥幸,虽然没有什么值得隐瞒的,但这类场合还是能免则免。

办理完访客手续的我乘坐直梯从地下一层的停车场直达玖渚所在的三十二层。我在进入停车场的时候和警卫员做了登记,所以玖渚应该已经知道我到了……现在时间是上午十点整。

不紧不慢。

我通过指纹锁打开了房门。房间内的景象比我一个月前来时更乱——地板上、天花板上、墙壁上到处都铺设着电线与电子设备,仿佛某种生物盘踞在此处一般。要在这样一栋房间数众多的庞大住宅里寻找身材娇小的玖渚可不是什么轻松事,我穿过被电线层层包裹的走廊,寻找着玖渚的身影。

"……咦?"

紧接着——我被吓了一跳。

玖渚出现在一间几乎尚未被机械侵占的房间里,房间内只有一台巨大的等离子电视机、一个茶几和几张沙发,连地毯都还未铺设。

然而,她并非独自一人。

还有另外一个人在。

"啊！阿伊来啦！"玖渚友转向我，给了我一个无懈可击的笑容，"哈哈！阿伊果然被吓了一跳！"

"……那是当然的吧……"

我一边回答着玖渚，一边将目光移向房间内的另一个人。那个人正盯着电视屏幕，可电视并未播放任何节目，黑黑的屏幕只能倒映出她的脸庞。

我认识她。

尽管我曾以为无缘再与她见面。

但我的确认识她。

"……你看起来——"

她开口了。

维持着原本的姿势，她开口说。

"比半年前有所成长了，少年。"

"赤音小姐……"

不，不对。

她并非园山赤音。

她并不是ER3系统的七愚人——"最接近世界知识之巅的七个人"之一的园山赤音。

赤音小姐死于鸦濡羽岛。

四月，在那座岛上，被人所害。

园山赤音已经不在了。

而身于此处的——

是在鸦濡羽岛上犯下杀人罪行的犯罪嫌疑人。

她残忍地杀死了两个人。

她杀死园山赤音，然后成为园山赤音。

代替她，成为她。

不知姓名的她，谁也不是的她。

"叫我赤音就可以，目前为止我还在用这个名字。"她的视线总算离开电视屏幕转向我，"才一阵子没见，你就像变了一个人一样，少年。你真的是成长了，变成了一个可靠的男人。"

"好久……不见。"

"别那么紧张嘛，我又不会对你或者小玖渚做什么。你应该很清楚我不是那种人吧。"

"是啊是啊，小赤音只是过来玩的啦！"

玖渚的语气欢愉得有些不合时宜。

"她昨天才刚回到日本。"

"我说呢……"我在玖渚身边坐下，小声嘟囔着，"还以为是大白天撞见幽灵了。"

"幽灵吗？正中要害的比喻啊，用来形容我算是恰如其分。"她笑着说，"不过可以与你重逢，我可是很开心哦，少年。"

"……"

以赤音小姐的口吻。

以赤音小姐的态度。

以赤音小姐的举止。

侃侃而谈的她，宛若园山赤音本人。

没想到她竟然可以复制到这种程度。

四月的事件。

虽然哀川润向我解释了全部的真相，我也得知了"她"是可以将他人取而代之的存在，可在心底某处，我依然无法认可。

心中仍存有芥蒂。

心结尚未被打开。

然而——此时此刻我见到她本人。

看到她真实存在于我面前——才不得不承认。

谁也不是的她，无名无姓的她。

此时此刻，仅限今时今刻，她无疑是在那座岛上被斩首的七愚人之一——

园山赤音本人。

"别用那种怀疑的眼神看着我嘛……少年，放宽心，反正我也快走了。"

"……你准备回去了吗？"

"嗯，电视节目也刚好结束了。"

原来电视是刚关上没多久。

无名的"她"站起身来。

"那么小玖渚，我就先告辞了哦。"

"嗯，拜拜啦，小赤音。"

玖渚若无其事地用园山赤音的名字称呼她，仿佛将她视作园山赤音本人，用园山赤音的名字，称呼并非园山赤音的她。玖渚不可能不知道这称呼背后的意义，可她仍然与她相谈甚欢。

谁也不是的"她"亦是如此。

这让我深刻地感受到，再一次深切地感受到，我与她们二人的差距是多么遥不可及。

"啊，对了，"正准备离开的她又转过身来，"少年，让我告诉你一个秘密吧。"

"……什么秘密？"

"关于接下来，我想要取代的对象。"

"她"恶作剧般诡邪一笑。

"我差不多也快厌倦园山赤音这个名字了，对园山赤音的存在也已经失去兴致，这个名字最多也就还能再用三个月了吧。"

"……没想到你如此缺乏耐心。"

"我就是这么贪得无厌嘛。"她爽快地脱口而出。

"下一个目标是哀川润。"

"……"

玖渚的神情不见一丝惊讶。

她大概不是第一次听到了。

而我却无法掩饰内心的战栗。

"四月时她看破了我的企图，让我记忆犹新——这还是我第一次被人看穿，第一次被他人复制到我的思考路径。"

"……"

将复制他人作为人生价值的她来说——

这的确是莫大的屈辱。

"所以这一次——我打算成为她。"

"真是乱来……"我俯首小声说,"这怎么可能办得到……"

"为什么你会这么认为?"

然而她毫不怯懦,与在岛上对话时别无两样。

既视感。

"根据我的调查,哀川润现在好像下落不明吧。没有人知道她身在何处——甚至无人能证明她此时生命尚存。少年,哀川润现不存在于这世上任何一处,在这样绝好的条件下,取代她也比四月的时候简单多了。不管怎么说,毕竟不需要我动手杀死她本人了。"

"可是……"

可是哀川小姐——

人类最强的承包人哀川润。

"身为人类最强承包人的哀川润——我能感觉她与我有几分相似哦,少年。我将自己的存在完全抹杀,把取代他人作为人生至高的目的,而哀川润则总是以承包人的身份,以他人的代理品、他人的代替品为标准苛求着自己。在这点上,我与她十分相似。"

将他人取代的她。

为他人代理的她。

二者有着共通性。

那么的确不无可能。

如果是这个谁都不是、无名无姓的"她"。

如果是拥有着替换的能力与才能的"她"。

说不定,她真能将哀川润取而代之。

"人类这东西啊,少年,""她"说,"本来就可以变成自己想要成为的样子。"

"……"

"我知道你对现在的自己有什么不满之处——在那座岛上我们大致聊过。那么从结果来看,现在的你不就是从前你期望的未来的自己吗?"

未来的自己。

过去的眼中的未来的自己。

"然而——在我看来,哀川润并非如此。她一定和我一样,与我相似,与我相同。"她洋洋自得地说,"不过,她一定不想成为任何人吧。"

"……不想成为任何人。"

"正因为不想成为任何人,所以才有可能变成任何人。"

不想成为任何人,所以不会被束缚。

她可以变成任何人,亦能取代任何人。

"每当我变成某个人的时候,我总会这样认为,所以这一次也未必能一语中的——然后此时此刻,我想我可以确信……我也许,正是为了成为哀川润才诞生于世。"

"……"

"永别了，我们不会再见面了。"

她留下了告别之语。

不知姓名，谁也不是的她就此退场。

背过身去，头也不回地离开。

玄关门开启的声音，接着是关闭的声音。

宛如一口气用尽般——

我失去了力气，几近瘫软在沙发上。

"喂……"

我瞪着玖渚，像迁怒于她一般。

"既然有客人来就提前告诉我啊，你给我打电话的时候她就在了吧。"

"抱歉抱歉，人家还在想阿伊会不会吓一跳呢。"

玖渚完全没有感到歉意。

多半她也没有别的心眼。

她只是想看看我会不会被吓到，就对我隐瞒了。

玖渚这丫头净喜欢这些恶趣味的恶作剧。

她还丝毫不以为意。

"不是啦，小赤音也说想要见见阿伊，反正机会难得，就刚好把见面的时间设置在一起了。"

"设置吗？"我有些丧气，"唉，反正她多半也在等着玖渚机关的警卫解除，这么想的话我与她也必然会见面……所以她究竟是来干吗的？总不会只是来看这巨型屏幕电视机的吧，也不可能单单为了来见我或者你一面。她真的没有伤害你吗？"

"我没事啦。"玖渚微笑着说，"她只是问了我一些关于小润的事而已。"

"哀川小姐的事吗？"

"小赤音好像是认真的哦。"玖渚闭上一只眼，向我吐了吐舌头，"人家的想法也和阿伊一样，觉得多半是成功不了的，可是小赤音根本听不进去，真是对牛弹琴。"

说到底——

那只是她与哀川润之间的问题。

四月的事件，原本也是她们二人对决的舞台，并没有我与玖渚介入的余地。

尽管无能，尽管无力，但我不得不承认，那场对决与我们毫不相关。

"小友，如果是你，你怎么看？你知道哀川小姐现在人在哪里吗？不知道的话可以调查到吗？我不是想让你去查，只是随便问问，想知道你有没有办法。"

"嗯，这可不好说啊，小润的事情本来就充满着例外，没办法一概而论。虽然可以拜托小豹去查，不过小润的事嘛……小豹那边搞不好也会刻意隐瞒。说到底，小润如果是自己想藏起来的话，那谁也不可能找到她啦。"

"唔……"

"不过，就像小赤音刚才说的那样……小润就算是死了也不奇怪吧，人家也这么觉得哦，毕竟小润也不是不死的怪物呀。"

"那个人就是个怪物吧。"

"才不是怪物呢，小润是人类哦。"

"……嗯，是这样没错啦。"

玖渚总是这样，一说到类似的话题就变得特别理性，我对此也没有什么好惊讶的。

死了也不奇怪……吗？

死亡说。

失踪之前，她曾与匂宫出梦有场对决。

可即便对决一事为真，那也是任凭她驰骋的舞台。

尽管无能。

尽管无力。

但我不得不承认，这对她来说不足挂齿。

"那么……哀川小姐的事姑且不提——不过友，你主动找我倒是很稀奇……有什么事吗？"

"没有事就不能叫阿伊过来吗？"

"那倒不是，只不过最近，我被不少麻烦事缠身……"

"那不是阿伊的日常嘛。"

"唉，是这样没错啦……"

是的——这是我的日常。

从很久以前开始便是这样。

从很久以前开始便一直是这样。

"嗯，确实有事啦，但也不算是什么大事，只是有一个消息想要让阿伊知道一下。"

"好消息吗？"

"唔，人家只是觉得让阿伊听一下比较好，至于是好消息还是坏消息，就靠阿伊自己判断啦。"

"……希望是个好消息。"我说，"难道说，是和玖渚机关有关的事吗？"

"嗯，是这样，不过同时也是人家的事情啦。"玖渚说，"唔，就在昨天，组织内部的内乱终于完美结束了——人家记得在电话里就和阿伊说过吧？"

"嗯。"我点头示意，"不过你也只是说结束了，还没告诉我具体情况。怎么样，就算比不上六年前的那次——应该也伤亡惨重吧？"

"不，刚开始还是挺严重的，不过进入九月之后就几乎没有死过什么人了，真是一个奇迹呢。"

"嗯，虽然我对那些也挺感兴趣的……不过，我最担心的还是直先生，他没事吧？"

"从结论来说，"玖渚露出了如愿以偿却又天真无邪的笑容，"小直正式成为玖渚机关的机关长了。"

"……"

"锵锵锵锵！"

从机关长秘书晋升为机关长。

那可真是一步登天啊。

直先生是玖渚家的直系，总有一天会一步步爬到统帅的位置，不过我一直以为那会是几十年后的事了。

"具体情况人家也不是很感兴趣，所以就没多问——不过小直好像是漂亮地坐收了渔翁之利。"

"嗯，那么……"

"所以，这么一来，小直也算是掌握了世界的四分之一呢，真可怕。"兴致勃勃地讲述着重磅新闻之人便是玖渚友，"所以呢，人家也和玖渚本家恢复了关系。"

"……是吗？"

我稍微有些困惑。

我不仅惊讶，更是困惑。

就算直先生成为机关长，玖渚友也没办法如此轻易地和玖渚本家恢复关系吧？玖渚本家与玖渚友的隔绝，应该也没那么简单。即便直先生偏执地拘泥于让玖渚回归本家一事——

"没关系的。"玖渚说，"经过这次内乱，小直以外的高层都已经隐退了。"

"隐退？"

"嗯，大家都受到了重创，即使是没受伤的人也自愿离开了……最后留在玖渚本家的人，就只剩下小直一个，所以可以说是为所欲为——听说机关也有意让人家这个直系血亲返回中枢，所以赞同者还是压过了反对者。"

"……"

"虽然还没有正式地宣布就是了。"

"……你的父亲，你的祖父、祖母，还有那些亲戚全都隐退了吗？那真有一种时代更迭的感觉呢。"

我说得过于露骨。

对我来说，延续至今，那六年前的事件。

它果然已经完全成为过去式了吗？

也是。

那毕竟是六年前的事件了。

深挖它也毫无意义。

"……回归机关之后，你也得搬到神户吧？"

"嗯？嗯嗯，还是和现在一样，不会有什么变化啦，顶多是提升一点待遇。"

"还有比现在更好的待遇吗？"

"人家很喜欢京都啊。"

玖渚轻轻地摇了摇肩膀。

"而且，阿伊也喜欢京都。"

"我倒是……随便在哪里都可以啦，你要是打算回神户的话，我就和你一块儿回去。"

"阿伊愿意和我一起回去吗？"

"当然了，神户本来就是我的故乡。大学那边，我也早就做好了随时退学的心理准备。"

话说回来，今天已是九月二十六日，暑假早已结束，大学也早就开学了，但我压根儿没去过学校，也不打算去，而是成天与光小姐一起在家无所事事。不，光小姐一直在勤勉地工作着，无所事事的只有我一个。

我本来也并未以修得学业为目的。

上学对我来说不过是打发闲散时间。

一旦有事，我随时都能抛之不顾。

"谢啦。"听到我的回答，玖渚开心地笑道，"不过阿伊，回到机关本部会有一堆麻烦事……在这里我也一样能工作，所以还是维持现状啦。"

"嗯……原来如此。"

可是，这一切实在太过唐突。

事情发生得如此突然。

我原以为这场内乱不至于波及至此，充其量也就是玖渚机关底下的七个组织打破重组、重新排位——可结果来得么突然。

正如加速了一般。

仿若一切故事都在加速。

我豁然开朗。

时期的一致性。

吻合。

哀川小姐的失踪、玖渚机关的内乱、姬菜真姬的暴死——集中发生于同一时期，这一事实犹如意味深长的命题逐渐浮出水面。

119

姑且不论真伪。

"这是第一个消息。"

"哦？还有第二个吗？"

"嗯，第二个消息就更加迫切了，是关于人家身体的事情。"

"……身体？"

"啊，在那之前，阿伊。"

玖渚轻巧地转过身去，背对着我坐好。

"帮人家扎头发。"

"……好，好。"

我似乎已经很久没给她扎过头发了，手边没有梳子，便只好用双手替她梳理。

蓝发。

异能的证明。

劣性基因。

"之前说过吧？"

玖渚维持着原来的姿势问。

我则一边为她梳发一边应声。

"嗯？你是指什么事？"

"人家接受了精密检查。"

"……"

沉默。

我却连沉默都不希望被她察觉。

尽管紧张涌动于全身，可我担心被她发现，只能一边维持着原有的节奏继续为她梳发，一边不动声色、若无其事地回答道："嗯，的确说过。"

那件事被我置若罔闻。

那是我不想触碰到的事。

"你当时说……还剩两三年时间……"

不愿听闻。

不愿谈及。

无论如何，我都想让它继续模棱两可下去。

保留可能，保存选项。

我是这么想的。

然而——

玖渚却将那意外之言，轻描淡写地说了出口。

"不，不是那样啦。"

"……不是那样？那该不会是……发展到更加晚期的状态了吧，不会吧？"

"说是开始成长了。"玖渚不顾我的担心，利落直爽地说。

"身体也恢复了正常的功能。"

"……"

"上一次检查的时候还以为是出现了什么异常，其实那并不是异常，而是恢复了正常。"

"……呃。"

我有些混乱。

我反复考虑那句话的含义。

冷静一点。

千万别把事情想得太美好。

必须谨慎地理解。

这是非常重要的事情,绝对不能产生偏差。

成长。

玖渚友在至今为止的很长一段时间内一直成长停滞,而现在却恢复到了正常的状态——是这个意思吧,我可以这样理解吧?

换句话说——

"身体已经没事了吗?"

"嗯。"玖渚点头。

"也就是说……你再也不用为身体担心了吗?"

"嗯。"玖渚再次点头。

"不会再……死了吗?"

"嗯。"

我抱住了玖渚友。

我从她的背后抱住了她。

"……恭喜你。"

"好难受啊。"

"太好了。"

"人家很难受啊。"

"……我真的好开心。"

"都说了人家很难受了！真是的！"

玖渚切换至暴躁状态。

稀有状态。

我赶紧松开手。

随后，我从狂喜中清醒过来，我刚才到底干了什么、说了什么……羞耻心侵袭着全身，好想原地消失。

玖渚转过身来。

呜哇，糟糕了。

我管理好我的表情了吗？

心绪不宁，情绪动摇。

玖渚用那双蔚蓝色的大眼睛注视着我。

那忽闪忽闪的大眼睛。

它仿佛可以看穿我的一切。

她的瞳孔映射着我的脸。

喂喂……

我那是什么表情啊。

"阿伊。"

"……"

"阿伊，阿伊。"

"……怎么了？"

"人家喜欢阿伊。"

这一次，换玖渚抱住了我。

我松了一口气。

没错……必须这样才行。

不能由我来主动抱她。

啊……好舒服。

所有的难题仿佛都能在此刻忘记。

我好想放弃一切啊。

我好想就此消失。

"……不过呢。"

玖渚轻轻地松开了我的脖子。

"阿伊真的是一点都没变呢。"

"……"

之前好像也被她这么说过。

我毫无变化。

一成不变的戏言跟班。

"阿伊真的完全没有变，而且阿伊，你还在意那件事吧。"

"……什么？"

"六年前的事。"

六年前——

我有些窘迫地别过视线。

"不可能忘记吧？"

"是吗？"

"毕竟，你因为我……"

"真是的，人家都说过多少回啦，真的不想再重复说了啊。"玖渚站起身来，比起坐着的我还是要高一些，"人家从来都没有怨恨过阿伊！"

"人家本来也不是因为阿伊才变得异常，阿伊也并没有破坏人家，阿伊自己也很清楚吧？从第一次见面开始，人家基本上就已经是这个样子了吧？人家就像卿一郎博士说的那样，天生就异常。"

"别那么说……"

我讨厌这种说法。

那位博士的说辞，令我无法认同。

"人家也知道阿伊对人家感到很抱歉，也很想获得原谅，人家是可以理解的。阿伊大概的确做过需要道歉的事，人家也确实做过值得被道歉的事，但那没有什么原谅或不原谅的，因为人家根本就没有在意过。"

"……话是这么说。"

可是——

问题从来就不在于玖渚如何想，而在于我做过什么，在于我招致了什么。

仅此而已。

我犯下了罪行，是故必须偿还。

我不可饶恕。

我无意被宽恕。

我也未曾想被宥恕。

我犯下罪行还能被赦免。

这岂非"最恶"？

"总而言之，其实是阿伊的自尊心在作祟啦。"玖渚说，"问题早就可以把人家排除在外，现在只有靠阿伊自己才能解决。"

"是我的……问题吗？"

"至少——阿伊自以为给人家带来的伤害，从表面上看不是已经统统恢复了吗？而且人家都已经说过不知道多少遍了，那些本来也不是阿伊的错。"

"可是……"

"没有可是，那些和阿伊根本没有关系。这么说可能有些过分吧，可是阿伊好像对自己以外的人受伤，有着一种病态的恐惧。将身边人所受的伤害都归结成自己的错。"

瑕疵。

"可是，阿伊可不能把人家当成笨蛋哦。六年前跟阿伊一同背负的伤害，对人家来说根本不算什么。套用音音的话来说，不过是小擦伤罢了。"

"……"

"反正都要受伤，还不如伤得再重点更好。"说着，玖渚重新坐回沙发，"人家可不像阿伊，明明受了伤，却装作一副没关系的样子。"

"我……"

"虽然人家不知道现在阿伊到底面临着什么样的困难……不过考虑到上个月的事件，人家大概也能想象得出来。不管怎么说，人家觉得阿伊最好还是先照顾好自己，毕竟就算是人家，也没办法体会到他人的伤痛。"

"……"

与其伤人，不如自伤。

即便这么做——

伤痕也不会消失。

伤痛也无法被任何人理解。

"说实话，这世上大概只有那两个人才能体会他人的伤痛吧……能代替任何人的小赤音，以及能为任何人代理的小润。"

"哀川小姐——"

哀川小姐吗？那个人总是把"别人的心情我才不管"之类的台词挂在嘴边。可是我知道，她一定可以体察到他人所无法体会的心情。反过来说，他人的心情也一定能被她理解。

他人的心情，尽在她想象之中。

他人的痛楚，亦任她察识感受。

然而，正因如此，哀川润才永远无法明白。正如翱翔天际俯瞰一切的鹰，永远都无法读懂爬虫的心——即便能读懂，那也不过是单方面的理解，而那样的解读，有亦同无。

"痛的时候，说出来就好了哦。阿伊，人家一定会竭尽所能地包容阿伊的。"

玖渚拨弄着自己的头发。

接着，她向我展现笑颜。

"什么时候阿伊觉得可以让人家卷进来了——随时都要告诉人家哦，人家绝对会飞奔过去救阿伊的。"

"……"

"待会儿再扎头发好了，阿伊，先给人家做点吃的吧，人家饿了。"

"……遵命。"

"小赤音买了好多食材哦，都放在冰箱里了。"

"嗯。"

我站起身来，走出房间。

走到走廊不过两三步，某种冲动突然迸现于脑海。我立刻返回到房间内，而玖渚已打开电视，双眼凝视着那巨大的屏幕。见我回来，她便歪着脑袋问，"嗯？怎么了，阿伊？"

"呃，那个，友。"

"什么？"

"我爱……"

"咦？"

"啊，不。"

我摇了摇头。

"'OIE'是什么的简称？"

"世界动物卫生组织。"

"谢谢。"

2

我想光小姐也许会等崩子睡醒之后带着她一同上楼,于是我在做完饭与玖渚共进午餐,并清理好厨房后,又继续待在她房间里消磨时间。然而光小姐她们却久久未能出现,看来她并没有上楼的打算。既然如此,我也不能让她们在停车场等太久,告别玖渚后,我便打算乘坐直梯前往停车场。没想到,我却在电梯门口——

我撞上了狐面男子。

"……什么?!"
"呦,我的敌人。"
狐面男子只是随意瞥了我一眼,视线便立即回到了手中的漫画里,完全无视我的防御架势,若无其事地翻开了漫画书的下一页。
出其不意。
出其不意,却毋庸置疑。
我不可能认错人。
他也不可能被认错。
拥有这般气场之人绝无仅有。

身着与死人一般的和服装束。

风吹则倒的消瘦身形。

狐狸面具。

"……呼……呼，唔……"

呼吸变得紊乱。

汗水顺着脸颊滴落。

对方明明没有任何行动。

对方明明没有任何言语。

他仅存在于眼前，便令人窒息。他仅是活着，便令人痛苦。极具压倒性的压迫感，极具超越性的超越感。

他的确与那个红色的"人类最强"——哀川润十分相似。

可是他为什么会出现在这里？

出现在玖渚的公寓地下。

警卫员都到哪里去了？

光小姐和崩子没有出事吧？

他是一个人来的吗？

奇野先生或其他十三阶梯成员没有来吗？

还是说他们正潜伏在附近？

我……

我还活着吗？

疑问如走马灯般从脑中闪过。

然而现在并非胡思乱想的时候。

我正面对着"人类最恶"。

我与已死之人正面对峙。

"……"

"呃……"

不对……

说好的……对峙呢？

狐面男子的眼中却没有我。

他的目光一直停留在漫画书上。

好像我不过只是他在图书馆里偶遇的旧识，而书的内容远比我要重要得多。

然而，这并非偶然。

不可能有这种偶然。

我们的相遇必定是他的精心设计。

这家伙……

干什么不好，他偏偏埋伏在玖渚友的公寓底下等我。

玖渚的。

玖渚友的。

不……冷静。

绝对不能被他的气势所吞没。

早在奇野先生叫我"阿伊"的时候，我就知道玖渚友的事情已为十三阶梯所知，那么狐面男子会知道玖渚也是在意料之内的……并且，玖渚的警卫标准也是从今天才开始降低。也就是说，我也必然会在今天来见玖渚。我既然能在玖渚的房间里见到那个谁也不是、无名无姓的"她"，狐面男子会在此处蛰伏也是理所当然的。

可是……

内心虽然理解……

身体……肉体却拒绝理解。

它拒绝理解这番道理。

"呵呵呵。"

狐面男子读完手中的漫画，才终于转身正视我。他比我高出不少，一副相当居高临下的样子。

"赖知好像受了你不少照顾啊。"

"……我可是什么都没做。"我慎重地回答道，"虽然我完全感受不到他是能与出梦或理澄一个级别的人物……但是既然你这么说了，那他就的确是十三阶梯的一员吧……真是败给你了。"

"'真是败给你了'，呵。"狐面男子用清澈的声音一脸无趣地重复着我的话，"看你的样子……应该已经把我调查得差不多了吧——我的敌人。"

"……这个嘛，怎么说呢。"

"'这个嘛，怎么说呢'，呵。这模棱两可的回答可真叫人不愉快——你这样会容易失去朋友的哦。不过算了，无所谓，反正我对你的调查差不多结束了，我的敌人。"

"——那可真是辛苦了。"

"毕竟木贺峰有这个兴趣——不对，木贺峰那家伙究竟对你了解到何种程度，现在已经成为永恒的谜题了。不过，你真的和我很像，调查你的事就好像在重复我自己的经历一般。"

"我倒不这么认为。"

"别虚张声势了，我的敌人——为你人生增添色彩的那些插曲，全都令我怀念至极。玖渚机关、ER3系统，哼，你在五月还见到零崎人识了吧，竟然与最恶的杀之名零崎一贼也扯上了关系，还真叫我大吃一惊。"

"那不过是偶然而已……"

"因为那些偶然——究竟死了多少人？"

"……"

"不管死了多少人，结果也一样……对了，还有一件事——听说你居然还出现在澄百合学园崩坏的现场……也就是说，你与四神一镜也有关联？不过短短十九年的人生，你竟然与几乎整个世界都扯上了关系——尤其是这半年的异常，究竟是怎么回事呢？呵呵呵。你真不愧是我选中的敌人。"

"失去理澄还能调查到这个地步，你也是不可小觑啊——西东天先生。"

"哎哟，先别用这个名字叫我——现在还没到我报上名来的时候。"

"……"

现在……还没到吗？

看来对方大致如我所想，此时此刻还没有滋生事端的打算。

133

我稍微松了一口气。

我尽可能不想在这里生事。

不过想来这也是理所当然的。狐面男子的确……不是轻易推动事物发展的类型。

他是轻易推动故事进展的类型。

关键词是加速，以及世界的终结，还有故事的终结。

归根结底，他虽然将我视作敌人，却并未将我作为关注的焦点，而是观察着我背后存在的世界、故事与命运。

那么……我该怎么做？

我该如何摆脱此刻的困境？

怎么做——

我才能存活？

"十三阶梯——"

率先打破沉默的是狐面男子。

"——终于，全员到齐。"

"全员到齐了吗？上次听你说的时候，别说全员了，好像连一半都没找齐吧。"

"啊，算上理澄和出梦的空缺，真的是需要找不少人呢。好在我原本就找好了候选人，所以也没太花工夫。说实话也有些遗憾，萩原子荻与匂宫兄妹均已告别人世——距离我理想中的最佳阵容还是有很大的差距啊。呵，我本想创建一个更具智慧的组织，只可惜天不遂人愿。"

"……那还请节哀顺变。"

"不过,不管是不是最佳阵容其实差别都不大,反正我所纠结的不过是人数问题。"

差别不大……吗?

又是这种台词。

将所有价值都视作等价的台词。

正反面的概念全都共通,甚至能互相交换。

将一切事物视为相同。

一切皆是他物的替代品(Alternative)。

方便替代的零件。

出梦和理澄退席造成的空缺,立马就能用其他成员填补,狐面男子的哲学思想从此便可见一斑。

匂宫兄妹。

出梦就算了——

亏理澄还那样钦慕你。

"总而言之——我今天只是来下战书的。"狐面男子说。

我无法读取他面具下的表情,但可以听到他话中含笑。

"本来我已经把这件事托付给赖知了……不过你应该并没有看那封信吧。"

"还不是因为你要假手于人。"

"别这么说嘛……我的敌人。我已是被因果定律放逐之身,不管干什么都得借助他人之手啊。"

"……而且，那封信我是碰都没有碰过……他直到最后都把来探病的人误认成我。"

"浅野美衣子对吧。"

"……是。"

他连美衣子小姐的名字都知道吗？

这令人不悦。

不过，他既然已经调查过我，顺便调查一下我的邻居也是顺理成章的事……

不对，等等……

这没有那么简单。

这没有那么单纯。

他怎么知道来探病的人是美衣子小姐？

"但是我的敌人，你也不能把赖知当成笨蛋哦——那家伙虽然傻傻的，倒也不至于愚蠢至此。他不像理澄那么单纯，也不像她那么'弱小'。"

"那为什么……"

"他是被我骗啦，是我让他认错了人。那天我是和他一起来的……在柜台看到一个穿着相当暴露的超短裙的护士和你的邻居对话——我想这可能就是一种缘分吧，所以就偷偷和赖知说了些有的没的，故意让他误解。"

"……你为什么要这么做？"

"别瞪着我啦，我已经和赖知道过歉了。"

"我不是指这个,我是问为什么——"

为什么要故意让他混淆我与美衣子小姐?这种替换究竟有什么意义?搞了半天,对狐面男子来说,那天在病房里发生的一切都是预定调和[1]吗?

预定调和。

预定调和的闹剧。

"你究竟有什么企图?"

"有或没有都是一回事吧。"

狐面男子"呵呵呵"地笑着。

这是一回事吗?

对我来说可能的确如此,但是站在狐面男子的角度可就不好说了。

"……那么……狐狸先生,先不说这个,我还有一件在意的事情——奇野先生的某句话始终在我脑子里挥之不去。"

"哪句话?"

"'绝对不会死',他那天曾这么说过……这句话好像是你告诉他的吧,那究竟是什么意思?"

"……好问题,我的敌人。"

狐面男子或许在笑。

他又或许并没有在笑。

---

1 莱布尼兹提出的哲学理论:上帝在创造一切单位时事先规定,让它们在发展过程中自然地保持一致与同步。——译者注

我虽看不见他的表情。

我却可以感受到他的视线。

他恐怕正在狠狠地瞪着我。

不会死。

那是指"不死的研究"吗？

不，它听起来并不是这样……

我一直等待着狐面男子的回答。

"不过——"

狐面男子却拒绝回答。

"关于这件事嘛——还没到告诉你的时候，我的敌人。"

说完——狐面男子从和服袖口内取出一封信件。

与那天相同的白色信封。

"……"

"快收下啊，我的敌人。"狐面男子说，"这次可没掺杂其他人，是我亲自交给你的——由被因果定律放逐的我亲自出马，这也算是特例中的特例了，你就别让我扫兴了。"

"……这是什么？"

"派对的邀请函。"

狐面男子一副相当愉悦的样子。

我虽然无法透过假面看到他的表情，但能感受到他的愉悦。

有什么……好开心的。

有什么值得你这么高兴。

你的这副样子实在令人不悦。

内心怒火中烧。

"上面写着派对的时间和地点,还有我方的出席名单。你也可以随便带朋友过来,反正现场准备的美食保准他们吃不完。"

"……"

"怎么,害怕了吗?"

"……害怕,真的是相当害怕。"

我一把夺过信封。

"所以我会遵从这份恐惧——将你与你那无聊的主张,以及自以为是的哲学——"

"残杀示众。"

狐面男子摘下面具。

他张狂地放声大笑。

"……你这小子,真是糟糕透了。"

"你才是吧。"

"呵。"狐面男子嗤之以鼻道。

他的那张脸与哀川小姐的脸相像到可恶的程度。至少,他若是自称自己是哀川润的父亲,恐怕不会受到任何人的怀疑。

"好吧,现在的局面多少有些不公平,为了让派对更热闹一些——我就给你一个提示吧。"

"提示……"

"去福冈吧,那里有一个你熟知的男人。"

狐面男子将面具重新戴好。

他的表情再次被隐匿于面具之下,再也无法读取。

"至于那个男人能告诉你些什么,就看你自己的本事了……毕竟,时日已经不多了。"

"时日不多?"

"是啊,没时间了。九月并没有那么漫长。"

"咚!"

狐面男子向地面重重一踩——

他擦过我身侧离去。

我无意目送他,甚至连头都不想回。然而——

"对了对了——"

正要转过柱脚时,狐面男子开口说。

"那个岛上的——"

他以慵懒的语气,仿佛只是顺便一提般。

"什么占卜师——"

他以随意的口吻,好像只是汇报昨日的晚饭般。

"——是我杀的。"

"……"

"我是被因果定律放逐之人,因此无法亲自动手,不过下命令的人的确是我。就算我再想看到世界的终结,不看到就没有意义。

要是有人把未来提前透露给我，那也未免太扫兴了。"

"……你这浑蛋！"

我转身跑去。

追到他刚才所在的转弯口——可他的身影已然消失。狐面男子应该还在附近。我朝着他可能逃逸的方向追去。他的座驾好像是白色双人座的保时捷……原本在马路上相当显眼的豪车在这座停车场内也只是普通级别，所以，重要的并非颜色，而是声音，引擎的声音，千万要注意听好保时捷的引擎声——

突然，车前灯的强光从正面向我打来。

那是远光灯。

顿时，我双眼一黑，身体条件反射地躲向一旁。

白色的保时捷。

狐面男子正坐在驾驶室内。

他与躲向左边的我，相距甚远。

不仅是远——副驾驶座位上的人还挡在我与他之间。

一个打扮古怪的人。

我无法在一瞬间完全看清他。

可是——

那孩童一般瘦小的身躯。

夏日祭典上才能见到的浴衣装扮。

棒球帽反扣在脑袋上，而且——

他还戴着狐狸面具。

当然，那面具与狐面男子所戴的不同，似乎是针对儿童设计、绘制的狐狸图案，类似于夏日祭典的摊位上会贩卖的那种款式。

那只狐狸——

他瞥了我一眼。

刹那间，视线交错。

我感觉像是视线交错。

不过也仅此而已。

保时捷非但毫无减速，反而加快速度飞驰而去。尽管我想拉响警报通知警卫员过来——可我却知道这毫无意义。毕竟他正是穿过层层警戒潜入这里的，不可能没有考虑过出去的方法。

可恶——让他逃走了。

他还放了那种狠话。

是他下令……杀死了真姬小姐？是谁下的手？十三阶梯里的某个人吗？他怎么办到的？不过话虽如此，他恐怕是在调查我的时候，才得知真姬小姐的"预言"与她的占卜之术吧……

说起来——那个狐面男子。

他在对话中老是提起什么ER3系统、玖渚机关、澄百合学园的……最后甚至搬出了真姬小姐的名字——可是对哀川小姐，他却一个字都没提。

哀川润。

现阶段下落不明的承包人。

她不是你的女儿吗？

难道说,你一点也不担心她吗?

虽说我也没有立场拘泥于此,可你好歹也是她的父亲,是她的亲人。

"……"

言归正传……

那个坐在副驾驶座上、身着浴衣的……另一个狐面。

狐面男子既然直接闯入敌阵,带一两个保镖在身边倒也不足为奇……可是为什么呢?为什么我会感觉不对劲,甚至感到急躁。

我不知该如何描述这种感觉……可我总觉得,我曾在哪里见过他,是我多心了吗?仅那一瞬间的交错——别说是脸了,甚至连男女、胖瘦都没法看清,更无法判断自己是否多心。

那家伙想必也是十三阶梯的一员吧。

……该死的。

总觉得……手足无措。

借伊梨亚小姐的话来说——

终日游手好闲,危机却迫在眉睫。

加速追赶,却仍无法触及。

看似敏捷,实则拖拖拉拉。

心急如焚,却毫无进展。

好不容易理解,却又生出新的伏线。

不管做什么都得不到回应。

烦冗拖沓地加速,仿若时间与重力的关系。

相对论——

说到底，万物、万事都是相对而论的吗？

十三阶梯啊。

提示是福冈吗？

虽然我还没有去过九州……

"那个……"

突然，背后传来了声音。我一脸惊愕地回头，只见一身女仆装的光小姐正神情担忧地望着瘫坐在停车场地面上的我。

"我听到这边声音很吵就过来看看——发生什么了吗？"

"不……没什么。"光小姐扶我起身，"我从小就有个怪癖，一个人独处的时候总喜欢发出奇怪的声音。"

"呃……真是讨人厌的怪癖啊。"

可不是嘛，我耸了耸肩。

不能被她察觉到，我也不想再让她担心了，就当作我从没有在这停车场里遇见过任何人吧。

"崩子呢，她怎么样了？"

"完全进入了沉睡状态，我想她最近可能都没好好睡过吧……"

"嗯？怎么会呢，我还以为小孩在长身体的时候都很能睡呢……我初中的时候好像平均三天里只有一天是醒着的。"

"那一定是生病了吧，主人。"

"……回家吧。"

"好的。"

光小姐莞尔一笑。

"驾驶的工作就请交给我吧。"

"光小姐……你还没有驾照吧……"

"哎呀,您可不要瞧不起我。虽说我在孤岛上长大,没见过什么世面,可这点常识还是有的,我早在年满十八岁的时候就有驾照了。"

"……"

这对在温室长大从未见过世面的女仆来说的确已经很了不起了。

只不过,我连辩驳的力气都没有,更没精力开车。虽然我有些怀疑光小姐的驾驶水平,却还是乖乖地坐上了副驾驶座。我偷偷向后望了一眼,崩子的确还在熟睡之中。

光小姐坐进驾驶座,启动引擎。

"啊,对了,主人。"

"……怎么了?"

"我有个小问题不知道该不该问……也许只是些无关紧要、细枝末节的事情,可我天生就对那些小事特别敏感——我在等您的时候,突然觉得有些奇怪。"

"奇怪什么?"

我在那座岛上做客时,的确也与光小姐有过类似对话。

"呃……哀川小姐失踪一事,您说过您是在住院的时候听说的吧?"

"嗯，的确如此。"

"我原本以为那一定是玖渚小姐来看望您的时候告诉您的……可是我今天才知道，原来您与玖渚小姐已经一个月没有见面了。"

"是啊，当时玖渚机关正在发生内乱，所以我避免了与玖渚的所有接触。"

"那么，主人您究竟从何得知了哀川小姐下落不明的消息呢？"

"……"

尖锐的问题。

它令我有些不知所措。

但最后，我还是老实交代。

"是来探病的大怪盗……"

第四幕 十三阶梯

匂宮出梦
NIOUNOMIYA IZUMU 杀手

0

兔子令狮子竭尽全力。

1

次日。

我乘坐新干线前往福冈。

我先骑伟士牌摩托车到京都站,把它停在附近的收费停车场后,再在自动售票机买好新干线的车票。毫无疑问,我买的是自由座——毕竟这是一场目的地未知的旅途,自然不能在这些地方多花钱。现在是工作日的上午,想必会有很多乘客在下一站的新大阪站上下车,所以最多忍一站路就会有座位了[1]。

到博多站,大概需要三小时。

---

[1] 新干线分为指定座与自由座,自由座可能会没有座位,但是票价比指定座略低一些。——译者注

我并没有预订旅馆，而是打算当天来回，所以必须抓紧时间。为了这件事……为了达成"目的"，能花费的时间不过几小时。我原本想一早去坐新干线的始发班次，或者昨天从玖渚那里返回公寓后就直接前往九州，可没想到仅是甩掉光小姐和崩子就花了不少时间。

为了逃离全人类，我这十九年来也算是殚精竭虑、煞费苦心，找到空子就溜之大吉。躲避跟踪与追击也是我的拿手好戏。五月，我也是依靠这些绝活才从穷凶极恶的杀人者刀下死里逃生。我本以为摆脱区区二人不在话下，可从结果来看我还是太天真了。

崩子出手毫不留情。

光小姐又相当专业。

实在太可怕了。

简直不堪回首。

我甚至软弱地想过干脆放弃挣扎，让她们俩同行算了。

可是，我既已与狐面男子有过直接接触，便不能再任性地依赖光小姐了，虽然崩子倒不会说不让我拿比筷子更重的东西……不过，就算排除狐面男子的威胁，我接下来的目的地——不，无关目的地。

我要去见的"那个男人"——

他实在太过危险。

我决不能让其他人接触他。

其实，就连我也不太想去见他，只能告诉自己这是无奈之举。

进一步是地狱。

退一步亦是地狱。

前有虎。

后有狼。

大概就是这种感觉吧。

"不过,这还是我第一次来九州呢……"

一出博多站,我便忍不住四处张望。虽然算不上是乡巴佬进城,但也觉得一切都很稀奇,毕竟我很少走出近畿……七月份去的爱知县已经算是最远的了[1]。

今年的活动范围都在京都。

从鸦濡羽岛到澄百合学园。

"……澄百合学园啊……"

悬梁高校。

槛神能亚、萩原子荻、西条玉藻、紫木一姬。

六月。

然后——

九月。

话说回来,我本来就不怎么喜欢旅行。

旅行时容易胡思乱想。

一不小心就深陷回忆。

尤其是行驶着的电车,简直是为胡思乱想量身打造的最佳场所。

---

[1] 近畿地区包括京都、大阪两府,以及滋贺、兵库、奈良、和歌山、三重等五县,爱知县与三重县接壤。——译者注

某种程度上，我有些羡慕粘上交通工具就能睡着的崩子……而我但凡身边有别人在，是一定睡不着的。

好在这次情况紧急，我并没有心情胡思乱想，这反而成了不幸中的万幸。

在博多站换乘巴士。

虽然我带着指南针以备不时之需，但硬要开辟未知的土地也太过鲁莽，加上时间紧迫，我还是选择依赖交通工具吧。

未知的土地啊……

就算知道住址，我也未必能在第一次造访时就找对地方……更何况拜崩子和光小姐所赐，我根本就无法事先查好地址。

我能依靠的就只有一张纸条，以及纸条上所记录的住址。

"哎呀……"

我不擅长运动。

所以，我也不喜欢旅行。

要是能坐在懒人椅上一边打着毛线，一边从容不迫地备战该有多好啊……虽然那是不可能的。

福冈。

第一次听狐面男子提到这个地名的时候。老实说，我并没搞懂。说到"那个男人"时，我也毫无线索。提到九州，我最多也就能联想到玖渚机关属下的壹外或叁榊。但它们都与我没什么关系——无论是回溯六年前的记忆，还是现在。

然而——西东天。

他说，这是一个提示。

十三阶梯。

世界的终结。

不死的研究。

将所有的信息都摆在面前，我的确能够联想到一个人——且只能想到一个人。

猜想。

与其说是一个人，倒不如说是两个人。

这也是戏言而已……

"……"

大怪盗——石丸小呗小姐，大概是在九月的头几天来医院探望我的。

她的打扮与七月见面时几乎一样。

左右两根长长的麻花辫，头戴鸭舌帽，身着丹宁外套与丹宁裤，脚踩穿带皮靴。

唯一的区别是她并未佩戴眼镜。

看来她本人的视力并没有那么差。

在"堕落三昧"斜道卿一郎博士研究所的那场骚动后，我通过哀川小姐，与她也有几面之缘——不过老实说，她并没有与我关系好到特地来医院看望我。当然，小呗小姐也并不是因为关心我身体才来。

"本小姐正在寻找哀川润。"

她那一如既往，犹如歌唱般的音调，给我留下了清晰而深刻的印象……

"她现在正下落不明，你知道她身在何处吗，吾友（Dear Friend）？"

"你找哀川小姐……有什么事吗？可是小呗小姐——"我神色紧张地回答道，"如果连你都找不到她，我又怎么可能知道她在哪里呢，不是吗？"

"不愧是吾友……一如既往地十全呢。"

小呗小姐看起来心情颇佳，起码我并未感觉到她有多认真或紧迫。从这方面来看，这个人倒与哀川润有几分相似。

当然，她们也不尽相同。

哀川润是性格恶劣。

石丸小呗则是秉性不良。

两者之间可谓相差甚远。

所以，我也必须采取不同的相处方式。

"她是从什么时候开始……下落不明的？"

"你不知道吗，吾友？这在暗幕世界[1]里已经是爆炸性新闻了——哀川润与餍寐奇术匂宫兄妹、饕餮者出梦在清水寺相约决斗，以平局收场。"

"平局？"

---

1 暗幕世界是与表面世界相对的世界，包含财阀的世界、政治的世界和暴力的世界。——译者注

听到这两个字，我不禁起身。

虽然也有些困惑，但更多的是感觉自己又干了一件蠢事。

毕竟——正是我为出梦与哀川小姐安排了那场决斗，所以我也不会厚颜无耻到认为自己毫无责任。

"吾友——你的话，应该多少知道一些内情吧？怎么样，要是知道些什么，可以告诉我吗？"

"抱歉……我连她失踪一事都是听你说了才知道……呃，那么哀川小姐，会不会已经被出梦……那个匂宫家的人杀死了呢？"

尽管我一直以为这绝无可能。

正因为相信哀川小姐绝不会输，我才将她的情况告诉了出梦。

是我想得太简单了吗？

也是——出梦毕竟不是门外汉。

放弃所有的"弱"，将自身集中于坐标的一点，只将"强"放大，也许就能成为无限接近"最强"的存在——我是否欠考虑了？

不，不只如此。

我的责任远远不只限于设定了这个舞台，我还将原本打算隐退的出梦强行拉了过来，安排他与哀川润对决。

如果哀川小姐还因此丧命了的话——

我也无颜再见任何人。

我更是愧对小姬。

局促感瞬时袭来。

我紧握双拳。

然而——

"真是无稽之谈。"小呗小姐撇了撇嘴,"哀川润怎么可能死。"

"……"

"不过是一些毫无根据的流言蜚语,未经本小姐许可,那个人绝不可能死。能被本小姐当作对手的,全世界可只有她一个人。"

"……这话听起来,倒像是一种信赖呢。"

"为了避免误会先跟你说一声……我最讨厌她了。"小呗小姐轻压鸭舌帽,将双眼藏于帽檐后,"只不过,能与本小姐势均力敌的大概也只有她了——所以讨厌归讨厌,要是她真不在了——那种不十全的状态,只会让我伤脑筋。"

"是吗……"

"既然你不知道,本小姐说这些也没有意义呀,吾友。不过我本来就没抱什么期待,也没有多认真地寻找她的下落,你可千万别误会了。我只是顺便地、随便地,试着找找看而已。那么,招呼也打得差不多了,本小姐就此——"

"啊,等等……"

"你想到什么了?"

她满脸期待。

我总觉得有些抱歉。

小呗小姐意外地有些坦率。

她虽然秉性不良,倒也不是个恶人。

"我有些事,呃……必须告诉哀川小姐……之前一直没来得及

155

和她说。所以，如果小呗小姐能见到她或者找到她，可以马上与我联络吗？"

在那之后——

已经度过二十几天。

别说哀川小姐，就连小呗小姐也杳无音信。她是放弃寻找了吗？或者只是单纯地没有找到。要是连小呗小姐都没办法，那大概任何人都无法找到哀川润吧。正如玖渚友所言，就算是她或小豹都查不到哀川润的下落，更何况是我呢。

我有一种奇妙的确信。

能找到哀川润的，一定是石丸小呗。

"话虽如此……"

要想找出一个不存在的人，无异于天方夜谭。

老实说，我真想把关于狐面男子、西东天的事，全部一股脑地丢给那个承包人。祈祷着在情况还没有恶化之前，那个"人类最强"能帮我，把"人类最恶"痛揍一顿。

但我不可能原地等她出现。

我明明有机会告诉她，却向她隐瞒了我与狐面男子见面一事。尽管我对此后悔不已，可当时我实在惧怕与狐面男子扯上关系。

直到现在我依然害怕。

但我不能再继续胆怯下去了。

所以，我这个懒骨头的戏言跟班才来到了福冈。

我自发自愿地不受任何人的委托。

"这也算是一种成长吧……"

或者是堕落?

怎样都好。

说起来,小姬的"师父"市井游马的故乡好像也是福冈。踏在这片原本有机会与小姬同游的土地上,我无法毫无所思,也不可能毫无所想。

我在靠近目的地的车站下车,徒步前进。京都的居民习惯于规划有序的道路,而这里显然不如京都般纵横有致。

情况不妙啊,要是在这里浪费太多时间,我就没办法当天返回公寓了……光小姐和崩子搞不好会追到福冈来。虽说她们应该不至于赶到九州……但那两个人终归是个不安定因素。

"……真是不好办啊……"

虽说绕了些远路,我总算还是在日落前抵达了目的地——纸条上所记录的住址。

一座陈旧不堪的公寓。

不,那不是破旧,而是脏乱。

它并未伤痕累累,却是一片狼藉。

地板倒未咯吱作响,但仿佛会随时塌陷。

狭窄的走廊里堆满了旧杂志与泛滥成灾的垃圾袋,仔细观察甚至能看到苍蝇成群围绕。

真是脏得"活灵活现"。

并非枯朽,而是腐败。

光是远处望着便觉得臭气熏天,更别提靠近了。

我住的地方虽然没有华丽到可以有资格去指责他人,可这里也太惨不忍睹了,还好我没把光小姐带来。

唔。

这种地方真的能住人吗?

这根本算不上是住宅,而是废墟。

然而,无论我如何反复确认住址,结果都是一样的。唉……都已经走到这里了,再犹豫也是无济于事……

别无他法。

此刻必须破釜沉舟。

想要到达二楼的目标房间,就必须攀登公寓外装置的金属制阶梯。好几段阶梯已经生锈,一踩就歪曲变形、嘎吱作响,恐怖至极。这座公寓的居民每天都生活在"达摩克利斯之剑"[1]的恐惧之下吗?不过这里还远远没到达可以使用这个比喻的程度……

我避开塑料水桶和不知道还能不能用的洗衣机,朝目标房间迈进。五号房间……呃,这边是四号房间,那么五号房间应该就在隔壁了吧。

四号房间门锁已坏,显然无人居住。五号房间的大门倒是勉强还能维持它正常的功能,从房门外看也比别的房间要干净不少。

---

1 "达摩克利斯之剑"源自古希腊传说,相传狄奥尼修斯国王请他的大臣达摩克利斯赴宴,命其坐在用一根马鬃悬挂的一把寒光闪闪的利剑下,意指繁荣祥和背后所暗藏的杀机和危险。——译者注

至少它看起来像是有人居住。

墙上并没有门牌,也没有对讲机。

我再一次审视自我的决心。

话说回来,我直到现在才想到我其实有这个房间的电话号码,原本可以提前和对方约好时间,不过事到如今也来不及了,现在再打电话已毫无意义。

不在就不在。

出门了说不定更好。

我甚至希望对方不在家。

假如我在此处见到"他",那不就正好证明了那件事——这么一来,故事未免也加速太快。

那几乎可以完美地证明了故事的存在。

作为偶然——那实在太过完善。

也许,这便是狐面男子真正的谋算。

给敌人提示。

赐敌人让步。

他绝非这般温柔良善之人。

正因为是"人类最恶"。

然而,即便如此——纵使我的行动均在狐面男子掌控之下,我也必须去见"他"不可。

时间收敛也好。

代替可能也罢。

我才不管这些。

我正准备敲门。

"……是谁在别人家门外鬼鬼祟祟的啊。"

我却意外撞了个正着。

门猛地从内侧被打开。

我本想用力敲门,却因此向前打了个趔趄,差一点撞上开门出来的人。

差一点。

真的只差一点。

要是真撞上他,我可能会没命。

"嗯?咦?你——"

"……哈啰。"

紧身皮裤——赤裸着上半身。

雪白而纤薄的身躯,骨骼分明。

但并不会让人感到羸弱——而是柔软灵活。

赤脚。

初中生般娇小的体格。

与之不相配的修长手臂。

发型不再是原本狂放的及腰长发,而是修剪成了和崩子差不多的齐肩短发,前额的刘海用眼镜代替发箍固定。

"嗯嗯嗯……"

"他"——

在确认了我的身份之后，便仿佛穿越斑马线般慢悠悠地，右、左、右地探查着周围的情况。

"他"接着从容不迫地露出邪恶的微笑。

"想来杀我的话还差六十亿人吧，鬼先生。"

"我想也是……"

"进来吧，泡茶给你喝。"

说着——

勺宫出梦向我招手示意。

2

不只是走廊，房间内也出乎意料地收拾得很干净。看来出梦就算不及光小姐，也是个井井有条的人。垃圾都分门别类地归放好，旧报纸也用绳子绑得整整齐齐。

六叠[1]的卧室，加上简易厨房、浴室、卫生间……唔，单看这个房间的话，倒是要比我住的那个公寓环境好一些。

CD录音机、十四寸电视机、床底带收纳柜的铁床、帘轨式晾衣绳、小台桌，桌上放置着文具和台灯……还有些书籍被随意地扔

---

1 9.72平方米左右。——译者注

在榻榻米上。怎么说呢，这就像是一个才租房一年左右的大学生的房间……至少不会是杀手的房间，也不会是名侦探的房间。

不过嘛。

该说是原杀手及原侦探了。

匂宫兄妹。

餍寐奇术的匂宫兄妹。

一人即是两人，两人即是一人。

一人即为两人，两人即为一人。

餍寐奇术的匂宫兄妹。

兄妹。

然而实际上，这并非正确的说法。

"他"与"她"共用着同一具身体，也就是所谓双重人格。

"妹妹"匂宫理澄。

"哥哥"匂宫出梦。

度过那被囚禁的时间。

经过那被锁固的空间。

肉体未被构建出姓名。

而精神则孕育出两个名字。

"汉尼拔"理澄与"饕餮者"出梦。

两人所扮演的角色只有一个——

杀手——

"餍寐奇术的匂宫兄妹"。

匂宫理澄负责调查。

匂宫出梦执行杀戮。

匂宫理澄负责"弱"。

匂宫出梦执行"强"。

两个极端。

本该表里一体、一心同体的"弱"与"强",被荒谬无度地,如单纯的二元论般被拆分为两极,并超出常理地化作人格。

两个人格。

哥哥与妹妹。

兄妹。

说他们是怪物也不为过。

"杀手"匂宫兄妹。

即便受如此重伤——却依然存活。

躯体依然保留。

人格依然残留。

这并非比喻,而是事实。

明明被斩下首级,明明被剜出心脏,"他"却直至今日依然幸存。

不仅如此。要只是这样反倒简单了,可事实不只如此。匂宫出梦,与那个人类最强的承包人"死色真红"哀川润正面相搏——

"他"却还是活了下来。

"他"依然活着。

"他"只是活着。

怎么杀，怎么杀，也杀不死。

怎么杀，怎么杀，怎么杀，依然杀不死。

怎么被杀，怎么被杀，也不会死。

怎么被杀，怎么被杀，怎么被杀，还是不会死。

真真正正的不死之身。

虽然与狐面男子或木贺峰副教授的"不死的研究"背道而驰——变成了怪物般的不死之身，但"不死"这一点毫无疑问。

这样的怪物光是出现在眼前，它的存在本身便令人战栗不已。

"哎呀，茶叶用完了，给你换成咖啡了。鬼先生看起来就像个黑咖啡派，怎么样，要加点奶精吗？"

"不用了，黑咖啡就好。"

"哇，太帅了。"

说着，出梦手持两只杯子向我走来，"拿走吧。""他"将左手的杯子递给我，自己则坐到铁床的床垫上，接着拿起枕头丢到我身边，大概是想让我拿去当坐垫。

"……出梦，那个……我实在是不知道该往哪儿看，能不能先把衣服穿上？"

正值青春的少女在我面前裸露着上半身，的确可以说是人生之大幸，但是考虑接下来的发展，只会让我为难。何况这个人只有身体是"正值青春的少女"，操纵那副躯壳人格的可是一个十八岁的男子，更别说还是一个穷凶极恶的杀手。

"臭流氓，你往哪儿看呢？！"

"这种情况，你让我怎么可能看不到。"

"我把衣服统统洗掉了，现在还没干。"

"拜托你有计划性地洗衣服。"

"以前这些事情都是理澄负责的嘛。"出梦相当消沉地挠了挠头，"鬼先生，把你那件衬衫借给我穿吧。"

"那我就没得穿了。"

"鬼先生的身心都是男人，应该无所谓吧。"

"话是这么说……"

我并不想认可这个提议。

可是除此之外似乎也别无他法，我只好把衬衫脱了交给出梦。

"呜哇，这衣服上面还有你的体温，好恶心！"出梦则一边发着牢骚一边套上我的衬衫，"鬼先生住在京都不知道吧，九州可是相当炎热的，我也只是在室内脱光了而已。"

"你搞不好会那副样子直接出门吧……刚才还若无其事地开门出来。"

"我不是好好穿着裤子嘛，别管我啦，我不脱光衣服就睡不着。"

"你刚才在睡觉？大白天的。"

"请不要对他人的生活方式指指点点。"

"好好好，嗯……好吧……我本来也不是跑来跟你说这些的。"

"嗯……不过你居然能找到这里来啊，是狐狸先生告诉你的吗？"

"那倒也不是……我很久之前就知道这个住址了，之前从理澄那儿拿到过名片。"

那是初次相遇的时候了。

春日井小姐把理澄捡回家时，为了确认她的身份，从她的钱包里找出了一张名片，上面印着"名侦探"的头衔，以及住址和电话。准确地说，之后那张名片就不见了，但是记忆力惊人的春日井小姐将内容背了下来——

那便是纸条上所写的住址。

地址与电话都很陌生，但昨天狐面男子一说到"福冈"——结合考虑了当下的所有信息，我立即联想到了这个住址。

回到公寓加以确认，果不其然。

至少……我也没有别的线索了。

当然——内心也有所不安。虽然按故事的发展来考虑，我必然在这里与出梦重逢——但是在上个月，狐面男子曾对我说，"那个住址是假的，你就算过去也见不到任何人，更找不到任何信息"。

不过这也可以理解。

毕竟那个时候，出梦已决定退出。

"他"下定决心就此隐退。

而狐面男子并不想打扰"他"。

他不愿让我打扰到"他"。

因此，他曾阻拦我去往那个住所。

出梦——

不，应该是理澄吧。

无论是谁，总之狐面男子当时体察到了匂宫兄妹的想法。

他予以理解——是故选择了沉默。

不过，那终究是过去的事了。

而现在，狐面男子则决定让我与出梦见面。

对匂宫兄妹的意愿不以为意。

恣意妄为推动故事的进程。

将故事加速。

要是向他溯因问果，他也八成会说那其实都一样。

他并不是心血来潮改变主意。

这也是时间收敛吗？

"话是这么说，可我还是搞不懂啊……在与哀川小姐酣畅一战后下落不明的出梦，竟然会回到那名片上所写的住址，过起普通人的生活——实在是意料之外。"

"呦，看来你是无法认同我就这样按部就班地回到福冈啊。那我倒要反问一句了，鬼先生，你是直接从理澄那儿收到那张名片的吗？"

"啊，不是……"

说起来——

那是春日井小姐趁理澄丧失意识的时候，强行从她钱包里搜出来的。

"我们可没有公开过这个住址，那个名片基本上也只是拿着装装样子罢了……理澄是绝对不会做对我不利的事情的，绝不可能。"

"说的也是……"

匂宫理澄——人偶。

双重人格不过是说起来好听而已。

说到底，她不过是出梦的替代品罢了。

"说起来，你以为哀川润是用了什么方法才把我找出来的？"

"这个嘛……大概是用了承包人才知道的秘密手段……"

我本以为她可能是找小豹帮忙了。

看来，那也有可能是我泄露出去的吗？

"不过，你要是真想避世不出、隐退山林的话，不应该从这里搬出去吗……毕竟理澄也已经不在了。"

是的——

匂宫理澄已经不在了。

匂宫理澄的人格已经灰飞烟灭。

匂宫理澄的肉体已经化作尘土。

现在，我面前的少女的身体里只有一个人格。

只有匂宫出梦。

"我也这么想过啊——"

出梦眯起眼睛注视着我。

"可我总觉得，有一天你会来找我。"

"……"

"开玩笑的啦，别当真啊。"

"我才不会当真呢。"

冷静一想——至今为止关于隐蔽活动、情报操纵类的工作都是由"弱"的人格理澄来负责的，"隐藏行踪"的确与出梦的专长相去甚远。

一定是这样。

我没空陪"他"闲聊。

千万别当真。

千万别认真。

只要好好面对就好。

"哀川小姐——"我开口问。

"哀川小姐怎么样了？大家都说她和你打了个平手。"

"平手？呃……平手啊。"

出梦自嘲般地笑笑。

"如你所见……我的头发几乎全被她斩落。虽然是一场精彩的对决……不过确实没有明确的结果，倒也可以说是……不分胜负吧……"

"对你来说还真是暧昧的说法呢。"

"暧昧吗？也是，毕竟那是场半途而废的对决啊。"

"半途而废？"

"我一不小心，不知不觉地就说漏嘴了嘛。"

"出梦你确实嘴巴不严呢。"我点头说，"所以，你说漏了什么？"

"我说到了狐狸先生。"出梦说。

"不愧是那个女人……立即就觉察到狐狸先生是她的父亲……"

"然后呢？"

"所以就……半途而废了嘛。我当时也是杀得歇斯底里，等回过神来，清水舞台已是支离破碎、一片狼藉……呃，多半是我的'一口吞噬'干的吧——我被柏树的残片压倒在地，等抬起头来一看——哀川润已经消失了。"

"消失了……"

"无声无形，无影无踪，连个尸体都没有。"

那么看来……至少哀川润并没有被出梦杀死。

这真是个好消息。

我得赶紧告诉小呗小姐。

虽然还没搞清楚哀川小姐在那之后为何行踪不明……总之，事情是有了突破性的进展，光是这点，也值得我特地跑来九州。

而且……

虽然我没能告诉她，但哀川小姐的确知道狐面男子的存在。

她知道父亲的存在。

那么，她隐藏行踪是否与此相关？

那不可能没有关系。

"嗯？怎么了？"

"不……没什么，平安无事地败下阵来——真是太好了呢，出梦。"

"我才没有输呢，都说是平局了。"出梦一脸不满地嘟起了嘴，

"不过——在那之后她就下落不明了。她会在哪里干些什么呢？那个最强。"

"你打算复仇吗？"

"不，已经够了。我是个能进能退的人。"

"这点我清楚得很。"

"我也挺在意她的下落，毕竟其中也有我的责任。"

"哀川小姐已经察觉到狐狸先生——她父亲的存在了吧？那也就不难想象了。"

"父亲啊……哈哈，那我就不太清楚啰。"

"说起来，出梦的父母呢？"

"我没有父母。"出梦讥笑道，"我只有'妹妹'。虽然现在连妹妹也失去了。这就是与人类最强对垒的代价吗？"

"双重人格啊……"

"那可是我最重要的妹妹啊……说起来你呢，你可以理解那个'人类最强'吗？你也和普通人一样有父母吗？"

"我有啊，我也曾经有个妹妹。"

"曾经？那不是和我一样嘛。"

"是啊，不过说曾经也不准确。我与妹妹不像你和理澄，几乎没有共同生活过。"

"哦？"

"在我还是个不会说话的婴儿的时候，她就被拐走了。我是在不知情的情况下被养大的。"

"被拐走啊……"出梦略有惊讶,"说起来……我记得狐狸先生的姐姐好像也是被拐走的。怎么样,后来呢,之后你找到她了吗?"

"也不能说是找到……没想到原来她一直生活在我周围,而我直到十岁之后才终于发现——那丫头原来就是我的妹妹。"

"情况可真复杂呢。"

"是啊,虽然除我以外的人好像都知道。"

从那时起我便开始了局外人的生活。

我变得目中无人。

"然后在那之后,那丫头很快就因为飞机事故丧了命——所以我们作为兄妹的相处时间实在是非常的短暂,仿佛一晃而过般。"

"唔,好厉害的过往。"出梦无兴致地附和着我,"说起来,你找到诱拐你妹妹的犯罪嫌疑人了吗?"

"是玖渚机关。"

我若无其事地应道。

"哦。"出梦点了点头。

在"他"看来,那是稀松平常之事吧。

嗯——那不足为奇。

那并不奇怪,亦非奇妙。

那只是普通的往事。

那甚至算不上是一段故事。

那并不是什么不堪回首的事。

那只是平淡无奇的往事罢了。

六年前——

我也曾有过一些念头和想法。

现在想起来也已经没有什么感觉。

"……所以你大老远地跑过来，总不会只是为了哀川润的事吧？从京都到福冈，就算是我也得跑上整整三天。"

"不……我是使用文明利器过来的……"

中间的海洋打算怎么办？

游过去吗？

"嗯，我当然也很关心哀川小姐的事情……不过，也是时候进入正题了——我有一些事想要向出梦请教。"

"你想知道些什么？"

"全部。"

我取出了信封。

直接从狐面男子手中接过的那只信封。

信封已被打开。

我已经确认了信封里的内容。

出梦并未拿起我放在榻榻米上的那个信封，而是露出了一副郁闷的神情："原来如此……"他喃喃自语道，"结果是这样啊……"

"……"

"你成了狐狸先生的敌人啊。"

"是吧……"

"狐狸先生选择了你吗？他在想些什么……鬼先生和零崎人识，明明完全不一样啊。"

出梦黯然神伤。

嗯？

出梦刚才的那副样子，就好像认识零崎一样……之前说话的时候似乎也有这种感觉。

啊，不对不对。

狐面男子之所以会知道零崎人识，本来就是因为匂宫出梦，出梦又怎么可能不认识零崎呢……

可是，我总觉得他刚才的话……

不是这种感觉。

不像是这种感觉。

"……所以，你找我有什么事？"

"倒也不是什么大事……十三阶梯已经全员到齐，狐狸先生说要开启派对，仅此而已……"

"嗯，十三阶梯找齐人啦？我还以为这辈子都办不到呢……哈，因为已经找到敌人，所以狐狸先生才急着把人凑齐吧。呼……我也有点好奇，没了我和理澄，他到底又找来了哪些成员呢？"

"……"

"你想知道的全部就是指这个吗？不过，鬼先生……"

瞬间，匂宫出梦的手臂伸长。

不，手臂不可能会变长——那只是我的错觉。

因为"他"方才还拿着咖啡杯的右手,突然包住了我的脸。

手指完全张开,仿佛想将我的脸完全掌握于手中一般。

拇指贴近右脸。

小指贴近左脸。

中间三根手指则紧贴额头。

我的脸……被他用手指牢牢固定住,丝毫动弹不得。

"——既然你是来打听这些的,就没想过会被我杀了吗?"

"……"

"我虽然已经脱离,但好歹也曾经是十三阶梯的一员。"

"我知道啦……"

"既然知道,为什么还跑到这曾被称为炼狱尽头之地的九州来找我?到底是有什么根据,还是凭借什么理由?如果那种无稽妄想真的存在的话。"

"理澄已经不在了……你也没理由继续追随狐狸先生了吧,我是这么想的。"

"光是这点还不够吧……我就算退出了十三阶梯,也还是个杀手。想在我的面前侥幸逃生会有多困难——你的身体应该已经充分地体验过了吧,这么快就忘了吗?"

"……"

"你是觉得,死了也无所谓吗?"

"我还不想死。"

"那到底是为什么?"

"因为如果我在此处被杀就等于否定了故事。本来就是狐狸先生叫我来找你的,要是我被你杀了,他的哲学时间收敛与代替可能将会得到最佳的反论,他的所谓故事也将随之灰飞烟灭,被摧毁殆尽,能让他大吃一惊也不是件坏事。"

"漂亮的回答……"

出梦嘴上虽这么说——

却丝毫未减轻右手所施的禁锢。

"他"反而加强了力道。

咦……

莫非当真不妙?

难道是我的解读落空了吗?

"我、我还有一个理由。"

"还有什么,说吧。"

"出梦,我爱你。"

"……"

"咔嚓!"头盖骨随之碎裂。

不,被捏碎的是不知何时被转移到左手掌心的咖啡杯。

接着——

出梦的右手从我脸上松开。

"……今晚的旅馆预订好了吗?"

"没有……我打算当天来回的。"

"那你今晚就住在这里吧……这话题又臭又长,你就做好通宵的准备吧,上厕所的时间也不会给你的。"

"谢谢……"

"道什么谢啊,我只是单纯地——"

出梦——

"他"拿起放在榻榻米上的信件。

"想让你体验一下恐惧罢了。"

"……"

"要是你能在听完之后,还能保持一副就算生死之际也能一本正经、若无其事的样子——那作为奖励,我就亲你一下脸颊,鬼先生。"

3

架城明乐。

一里塚木之实。

绘本园树。

宴九段。

古枪头巾。

时宫时刻。

右下露蕾洛。

暗口濡衣。

澪标深空。

澪标高海。

杂音（Noise）。

奇野赖知。

"嗯？"阅读着信件的内容，出梦疑惑地歪头问。

"……这不是只有十二个人吗？"

"是啊。"

"狐狸先生不是说全员到齐了吗？"

"是啊。"

"那这是为什么呢？"

"这个……我也考虑过。大概……所谓十三阶梯也并不一定代表就有十三个成员吧。那个人只是说了全员到齐，并没有说十三个人到齐之类的话。"

"这么说也是，我一直以为十三阶梯就是十三个人，从来没问过他究竟要找几个人——不过，十三阶梯里只有十二个人，听起来不觉得很奇怪吗？"

"会吗？那个狐面男子多半会说，十三个人也好，十二个人也罢，其实都是一回事吧。"

"说的也是。"

"也可能他本来打算找十三个人，但是凑齐十二个人后发现已经足够了。又或者他本来就把自己也算在内。"

"原来如此，确实有可能呢。"

出梦接受了我的解释，继续浏览信件的内容。

"他"边看边频频点头。

"他"对自己原本隶属的组织果然很感兴趣。

"他"并非孤身一人，而是兄妹一起。

"时间是……九月三十日的晚上吗？场地是……什么？澄百合学园——遗址？"

"嗯。"我点头肯定。

"大概因为是因缘之地吧。"

"……你打算去吗？"

"姑且是这样。"我点头道，"不去，就永远无法结束。"

"结束啊……"

"不过既然要去，我就得掌握最低限度的情报，毕竟我也不想去送死。"

"嗯，可是……"出梦一遍遍地重复浏览着信件的内容，好像总有地方过不去似的。明明认识每一个汉字，却连标注的假名也看得仔仔细细，"……总之……这里面确实有几个我认识的人。"

"几个啊？"

"在我和理澄退出之前，十三阶梯只凑齐了六个人。除去我们两人，还剩四人，其中一个从来都没露过面，所以我只认识三个人。"

"三个人……"

只认识三个人吗？

那真是有些令人遗憾。

不过……即便如此,我也绝不能去拜托玖渚——以我目前的能力,还无法在保证她安全的前提下将她卷进来。

可是……

"放心吧,虽然我只认识其中的三人,但其他的九人也都小有名气。不愧是狐狸先生,从不会懈怠对这世界的监视……不过,这名单里也混着几个令人反感的货色。"

"令人反感?"

"是啊,那几个名字,能令人作呕到让我这个饕餮者都吃不下饭——好啦,先不说这些,鬼先生,你想先从谁开始了解?"

"这也不好说啊……毕竟我几乎都不认识,姑且就按名字的顺序来吧,有劳了。"

"按照顺序啊,那么第一个就是——"

出梦将信件在榻榻米上展开铺平,这么一来,我们二人都可以看清内容。

"——这个家伙,架城明乐。"

"嗯。"

"虽然你刚才说几乎都不认识,但是这个名字想必你还是知道的吧?他是狐狸先生留美时期的协力者。"

狐面男子的协力者。

蓝川纯哉。

架城明乐。

"可是他应该已经死了。"

十年前——

他们二人，与那个女孩一起。

"他还活着哦，狐狸先生是这么说的。要说死了，狐狸先生和那个'最强'不也都是同样的情况。反正我是没有见过他啦，刚才说的四个人中不认识的家伙就是他了，十三阶梯的第一阶。"

"……"

"不过，关于这家伙你不必过于提防——听说他还没从美国回来。"

"……原来如此。"

"他是所谓特权大使。"出梦说，"他还有一个二垒手（Second）的别名，狐狸先生是一垒手（First），而另一个协力者则是三垒手（Third），类似于过去时代的外号吧。"

"二垒手啊……"

架城明乐——

当我对西东天的调查一筹莫展时，我也曾试着查过他的信息……却也是毫无进展。

一片空白。

"他是十三阶梯里唯一能与狐狸先生保持对等地位的家伙，但是奇怪的是，谁也不知道他是否真的存在，只有狐狸先生说过他还活着。这么看来，也许他的情况与狐狸先生或'人类最强'不同。"

"是吗……"

"所以从这个层面上说，无论他有多恐怖，都不会对你造成任何实质性的危害。他只是一个亡灵般的存在，不值得你去惧怕或戒备。接下来，第二位——一里塚木之实。"

"从名字看应该是位女性吧？"

"没错，她是十三阶梯的第二阶——'空间制作者'。她不具备战斗能力，是会制作空间的稀有异能者。我对她很是头疼——不过反过来，她拿我也没什么办法。"

"制作空间……"

"你知道'地利'这种说法吧？无论是谁，倘若在熟悉的地方作战就能将战局推向有利的方向——反之亦然。总之，那是一种能分散并阻断敌方的便利异能。"

"你见过她吗？"

"我与理澄曾居于第三阶和第四阶，不过那是我们退出前的排序了，刚加入时还是第七阶和第八阶。十三阶梯的成员变动十分频繁，因为一旦有人退出，狐狸先生就会立即找人顶上。"

"嗯……但是，那个一里塚木之实是第二阶吧……"

"没错，她是我见过的三人中的其中一人，一个会在图书馆里阅览诗集的真正意义上高雅脱俗的女性——不过她总是摆着一副臭脸，而且还发自内心地心醉于狐狸先生。"

"心醉？"

"就是打心底里迷恋着他。"

"唔……"

这么看来，女生还是比较麻烦啊。

狐面男子……好像还挺受欢迎的。

"第三阶的绘本园树是因为我的退出才晋升到了第三阶。我在的时候，那家伙还是第五阶。"

光从名字来看，这个人应该是位男性吧。

"这么说来，你们是旧识？"

出梦点了点头说："这家伙是个医生。"

"医生？"

"相当于是十三阶梯里的治疗担当吧……这家伙和木之实一样，几乎没有伤害他人的能力。不过我在的时候，光靠我一个就一百二十分的绰绰有余了……说起来，我也没少受她关照。狐狸先生一般会称呼她为'医生'或者'Doctor'之类的。"

"Doctor……"

"因为她总是身穿白色的便服，一看就是个医生，简单明了。不过这家伙怎么说呢，她和木之实不一样，她对狐狸先生没有丝毫依恋。"

"是吗？"

"十三阶梯并没有那么坚如磐石，你应该能想象吧？作为领导者的狐狸先生也不是神仙下凡。"

"这么说倒也没错……"

"那个医生将治疗伤患作为人生的价值。不，应该说是视为毕生的工作。她与我有些相似，只不过呈现的方式南辕北辙。"

"待在狐狸先生的身边就不用担心遇不到伤患了啊。"

"就是这样。"

"……真是一群让人受不了的怪人。这才说到第三个,我就已经快听不下去了。"

而且——"绘本"这个姓氏。

它虽然和哀川小姐与蓝川纯哉的情况不同,但是绘本与我认识的另一个姓氏读音相同,总让人有些在意。不过,我也不可能去深究这些细枝末节,毕竟只是姓氏的读音相同罢了,没什么好大惊小怪的。[1]

"接着是第四阶的这个叫宴九段的家伙?光看名字根本分辨不了性别啊。他是你所见过的三个人中的最后一人吗?"

"是啊。"

然而,出梦显然有些犹豫不决。

态度暧昧。

"我和这个宴九段认识有一段时间了,也经常交谈……可我总觉得那家伙让人捉摸不透。光我知道的,宴九段起码背叛了狐狸先生两次。可与此同时,那家伙又没有什么特殊的异能。总之,我是完全猜不透宴在想什么……对了,那家伙被称为'架空兵器'。"

"架……空?"

"架空兵器,这是狐狸先生的文字游戏啦,意思就是让人分不清那家伙到底是在还是不在。硬要说的话,宴那家伙大概就是狐狸

---

[1] 阿伊在这里想到的是江本智惠,"江本"与"绘本"的日语发音相同,都是"EMOTO"。——译者注

先生想要招揽的类型吧。"

"他想要招揽的类型？"

"就是所谓怪人。只要是能与故事产生关联的怪人——狐狸先生根本不在乎那个人有什么样的能力——对他来说，杀手和医生是等价的。宴本来好像也是未来的敌人候选人。这么看来，那家伙搞不好和你是一个类型。从外表上来看，宴九段也没有什么引人注目的特征。"

"……"

真是个鱼龙混杂的组织啊。

他和我是一个类型吗？

那也不可能与我完全相同。

这世上不存在我的同类。

即便存在，也仅有一人。

"那么，正如我刚才所说，从第五个人开始的剩下八个人都是在我退出后才加入的，所以我并没有见过。不过，他们都是狐狸先生为了与你战斗召集来的，是在发现你并将你视为敌人后募集的成员。除了其中一人——其余我都听说过。"

"哈……"

"我对这些人了解得也不是很清楚，所以就一口气说完吧——第五阶，古枪头巾——刀匠。第六阶，时宫时刻——操想术师。第七阶，右下露蕾洛——人偶师。"

刀匠——操想术师——人偶师。

嗯……感觉可以看出这个组织的雏形了。

"刀匠和人偶师倒还好——操想术师这个名词倒是挺冷门的啊。"

"操想术师就和催眠师差不多吧。时宫与创造了我和理澄的匂宫——餍寐奇术集团匂宫杂技位于两个极端的极端。哈哈,要不是我退出了,那种人物绝不可能加入。"

"为什么?"

"一旦发现时宫的人,无一例外,全部铲除——这就是我所接受的教育。哈哈……没想到我刚走,狐狸先生就把时宫的人招揽进来,他可真是个势利眼啊。"

"就是他让你感觉不舒服吧?"

"不只是他,后面的这三个名字更让我觉得恶心。"

出梦哈哈大笑。

可"他"的眼神里并没有笑意。

"他"是怎么了……在生气吗?

对自己离开后填补的人选不满吗?

……这也有些太多管闲事了吧。

"这三个人想必是我和理澄……不,是我个人的替代品吧。狐狸先生居然让那三个人来代替我,把我想得也太廉价了吧。"

"……"

"暗口濡衣——暗杀者。接着是澪标深空和澪标高海——杀手。"

"杀手？呃，什么……"

"澪标的那群家伙，本来就是居于匂宫杂技团地位之下的组织，不过是一群乌合之众。找澪标来替代我也真是欺人太甚了，再不济也得是早蕨那个级别吧——啊……差点忘了，他们已经被零崎人识那家伙给击溃了。那也不至于找上澪标深空和澪标高海吧……那两个人就算联手也就只能顶一个人用，怎么能和我们一人即是两人的堂堂匂宫兄妹相提并论！就算要让他们加入，撑死也就只能给他们一个席位吧……啊，真是太让我伤心了。"

"需要我安慰你吗？"

"用你的生命吗？"

"不，用我火热的心。"

"承蒙关照，不必了。"

"那么就请节哀顺变。"

什么火星对话。

我对自己吐槽。

"姑且还是向你说明一下吧，澪标的那两个人是双胞胎，依靠双胞胎的默契共同杀敌，相对于匂宫杂技团来说，是比较偏向于中立型，或者说是传统型的杀手。"

"……我听过不少关于匂宫杂技团的传闻，有一点不太明白，匂宫杂技团里都是以兄弟姐妹为单位来活动的吗？"

"嗯。"出梦点头道。

果然是一群怪人啊……

"虽然我被认为是其中的例外。"

"因为双重人格不算严格意义上的兄妹吗？"

"没错。"

副产物的功罪之子（By Product）吗？

真是漂亮的形容。

"好啦，关于濡标二人的事情就说到这里吧。出梦，我对排在他们俩之前的名字更加好奇——那个叫作暗口濡衣的家伙究竟是什么来头？你刚才说他是暗杀者？"

"嗯，暗杀者这个说法有些微妙……对了，你对杀之名了解多少？我所在的匂宫应该不需要多加说明了吧……"

"说实话，我对那个世界不甚了解。"

对我来说，那些事情就像是传说，或说是梦境。

"嗯，对我而言倒是家常便饭，还好在理澄的平衡之下，我多少比其他人要正常一些。暗口就是仅次于匂宫位居杀之名第二位的杀手集团。顺便一提，零崎虽屈居第三位，但他们是最凶残、最被人忌讳的，其次才是暗口。再顺便一提，在被人忌讳这方面，匂宫是倒数的。"

"嗯，这又是为什么呢？呃……杀手、暗杀者和杀人者——姑且不论杀人者，杀手和暗杀者听起来感觉没什么太大的差别啊，是我的想法太外行了吗？"

"是啊，字面上来看的确差异不大……但是鬼先生，杀之名下的这些杀手集团，命名是相当随意的。"

"……随意？"

"命名不过是加以区分的记号，溯本追源压根儿都不是他们自己取的……命名者另有他人。"

它们还有命名者啊……

那会是谁呢？

"但是，如果是随意取的名字……"

"就我主观上而言，在那些名称里比较名副其实的，就只有匀宫的杀手和零崎的杀人者，顶多再算上石凪[1]的死神。而暗口的暗杀者，名字与作风实在相去甚远。"

不仅有暗口……还有石凪。

唔……

即便心里明白，可杀手的名字撞上了自己的熟人，实在令人如鲠在喉，更何况这一次连写法都一模一样。居然会和那群穷凶极恶的家伙们同姓，我可千万不能告诉他们。

"为什么说相去甚远？"

"零崎的可怕之处在于异于常人的同伙意识——他们为了家族可以采取任何行动——这你知道吧？"

"呃……"

"不知道就说不知道嘛。"

"不，也不能算是不知道……"

零崎人识。

---

1 "凪"为和式汉字，日语读法为"nagi"——译者注

……虽然看不出来他是这种类型的人。

"暗口呢,则和零崎有半分相通之处……他们具备着堪称异常的忠诚心,可以为了自己所侍奉的主人赴汤蹈火。基于主仆契约,不带个人意志地执行杀人——这就是那群人的象征。"

"……"

"没有计算、没有计划、没有限度、没有界限的忠诚心。既然身为杀之名,作用便都是夺人性命,以暗杀者为名也无可指摘。但要我说的话,那群人就是战士,是杀戮兵,或者说是忍者般的存在。"

"忍者啊……"

原来如此。

这么解释的话就好懂了。

"呵……找谁不好,偏偏让暗口来代替我堂堂匂宫,真是莫大的耻辱!狐狸先生啊……就连性格温和的我也忍不住,超级生气啊……"

"……"

"好烦躁啊……感觉就像是黏黏糊糊的东西在身体里乱成一团,明明理澄在的时候,这些情绪都是她来负责处理的……"

"……暗口濡衣……有什么个人特征吗?"

为了帮出梦分散注意力,我主动发问。

我果然还是太轻率了吗……失去了理澄的出梦似乎极度缺乏平衡,即便只是正常交流也随时都有可能暴走,十三阶梯和狐面男更是极其容易踩到红线的话题。

"隐形的濡衣——隐身的濡衣。他虽为人所知，却从未有人见过他的真容，他也从不现身于任何人面前。无人见过他的身姿……换言之，见过那家伙的人，一个不剩地都被他杀死了。"

"……那他岂不是很厉害。"

可想而知，他的能力应该不至于让出梦觉得与之相提并论都是一种屈辱。先不管普通人怎么想，即便是作为杀人为业的同行，我想也不算失礼。狐狸先生用他来填补出梦的空缺，倒也没有什么不适宜的。

然而出梦却"哼"的一声冷笑。

"暗口的杀戮毫无美学可言。"

"……"

"不光是濡衣那家伙——我就是看不惯暗口他们毫无美感的杀人方式。偷偷摸摸、鬼鬼祟祟地，只要完成任务就万事大吉，真是令人不爽。那群家伙脑子里，根本不存在决斗、决战这些概念——只是将杀戮视为工作。既无策略，又无战略——说白了就是手法太次，吝啬，无趣又可疑，在我看来连零崎一贼都要比他们强多了。总之，鬼先生，你得小心提防这家伙，他真的会随随便便地杀过来。"

"……狐狸先生到底是怎么把这种人收入麾下的啊……难道暗口濡衣效忠的主人就是狐狸先生吗？"

"这就不好说了……虽说也有这个可能，但狐狸先生并不擅长从男性那里获取信任……他虽有领袖般的魅力，但基本只适用于女性。"

"嗯……虽说从未有人见过那家伙的真容，但濡衣也不像是女性的名字……嗯，如果是这样的话，会不会是他效忠的人命令他服从于狐狸先生呢？"

"不管怎么说，对狐狸先生来说，把素未谋面的人拉入自己方阵营也不是什么难事吧。"

"……也是。"

被因果定律驱逐之身——

正因如此，必须有代其行动的手足……可倘若只将十三阶梯作为手足，未免也有些大材小用了。

不易胜任，难以操控。

当然，这对时常将替代可能哲学理论挂在嘴边的狐面男子来说，并不值得担心忧虑。

杀手二人，外加暗杀者一人。

接受指令杀害真姬小姐的犯罪嫌疑人，想必就在他们三人之中吧。这么看来——这三个人与我也算多少有些因缘。

"接下来——"出梦双手一拍说，"是位居十一阶的这家伙吧——我不认识他，连听都没听说过。"

"啊，就是你刚才说的'除了其中一人'的那个吧？"

杂音。

名单上只记载着这短短两个字。

上面只有文字，没有注音。

我们甚至无法判断那是姓氏、名字，还是头衔。

"我完全没有听说过……也从未从狐狸先生的口中听到过这个名号。真是搞不懂狐狸先生啊,明明坐拥着大把的候选者,却偏偏将这样一个无名小卒纳入麾下。有一个没名气的宴还不够嘛,到现在还净是招揽一些怪人。"

"意图不明吗?"

"杂音啊……狐狸先生总不会拿他来凑人数吧……难道是用来代替理澄的吗?毕竟名单上并没有调查员或情报员之类的人出现……虽说暗口濡衣也可以勉强胜任……可他也不是这方面的专家。当然,对方也可能已经不再需要调查员了……"

"啊,说起来,我倒是有一个线索。"

"什么线索?"

"我从狐狸先生那里得到这封信件时,还看到他和一个奇怪的家伙在一起——一个戴着古怪狐狸面具、穿着浴衣的奇怪家伙。不过我只瞥到他一眼,看得并不清楚。"

"浴衣加狐狸面具?那是什么,听起来就像个彻头彻尾的冒牌货。"

"看身材像是一个小孩。"

"呵……我不认识那种家伙,可能他就是杂音吧……可是如果真的有那种人,就算我没听说过,理澄也不可能不知道啊……"

"你还真是……超认真地在思考呢。"

"啊?那当然啦,笨蛋。未知数,未知的敌人在我们那个世界里可是最恐怖的!虽不至于以情报为战,但也没有谁会蠢到闯入完全未知的敌营，至少我没那么傻，虽然调查的任务以前都是由理澄来负责的……"

"不，我不是指这个啦。"我说，"我是说这些事明明和你没有关系，可你还是相当认真地在帮我整理思路。"

"……"

出梦茫然地睁大了眼睛。

片刻后，"他"的脸颊开始泛红。

接着，"他"又恶狠狠地瞪视着我。

糟了，我又把他给激怒了吗？

然而出梦什么也没说，而是恢复了原本的表情，并强行将话题带了回来，"接下来，就是最后一人了。"

"他"暂且松了口气。

最后一人——

"关于这个奇野赖知——"

"啊，这个人不说也无所谓。"我打断出梦说，"因为我已经击退他了。"

"啊？"

"我看他才是那个凑人数的吧——大概十天前我还在住院的时候，他袭击过我。不，也算不上袭击，他只是来送信的，然后被恰好来探病的人击退了。"

"你和奇野……"

出梦睁大了双眼。

但脸色与刚才不同——变得煞白。

匂宫出梦面色苍白。

"你和奇野交手了吗？"

"呃……啊，嗯。"

"……我刚才正想和你说，就我所知，这个奇野是十二人里最危险的，绝对不要和他扯上关系，就算是遇上暗口濡衣也比碰到这家伙要好——我正准备这样恐吓你一番，可我还没说——你就告诉我你已经把他给搞定了？"

"唔，嗯……"

面对怒气冲冲的出梦——我无言以对。

怎么了……这究竟是怎么一回事？

"只是个夹着尾巴逃跑了的杂鱼而已，没什么了不起的啊……你干吗这副表情啊，好像我干了什么不可挽回的事一样。"

"奇野啊"，出梦咬牙切齿地低语道，"和我刚才说到的时宫一样，是为数不多的咒之名之一——要我说的话，奇野可比时宫还要恐怖得多。"

"……咒之名？"

"咒之名比暗口和零崎更加恶劣，是一群我最不想招惹的家伙，因为他们与我们这些战斗集团不同，属于非战斗集团。如果说我们是沉迷于杀戮的怪物，那么他们就是执着沉醉于不杀的怪胎。"

"可那又怎样？"

奇野先生……那么弱。

是因为被咒之名的宗旨所束缚了吗？

可是……那又能代表什么？

"你还不知道吧……那群家伙不接受任何战斗，而是追求不战而胜。而且，他们所崇尚的不杀，只是指不直接下手——可他们实际杀的人数，连我们杀手集团都难以匹敌。我们只杀敌人——而他们甚至连自己的同伙都杀。简单计算来看，他们杀的人可是我们的两倍啊。鬼先生，你不可能和咒之名交手了还平安无事——况且你碰上的还是奇野……真是的……狐狸先生是神经错乱了吧，竟然同时招揽了两个咒之名，真是疯了。"

一个让出梦不舒服的名字吗？

可是，倘若如此——

那个时候……

奇野先生在医院里——

他的确被美衣子小姐所击退，也的确从我面前落荒而逃。

"来打个赌吧——"

出梦绷紧的脸挤出一丝苦笑，直勾勾地盯着我。

"那家伙一定对你……或者你那个来探病的朋友……甚至对你们两人都做了些什么。"

"什么意思……"

"就是下了诅咒。"出梦消沉不已地说道。

"看来那个吻可以免了。"

4

次日清晨。

我从出梦的床上醒来。

我接到了崩子打来的电话。

"哥哥,"

比起平时——

一个更为冷静的声音。

"美衣姐她……"

杂音 *noizu*
不协和音

第五幕
肌肤的温存

0

将人类数值化，等于把人化为个体。

1

"她的病情，算是稍微好转些了。"

一身黑色西装，佩戴领带。

乌黑的秀发，帽檐深压。

修长的双腿相叠，纤细的双臂相交。

铃无音音小姐——

她正坐在病床旁，神色复杂。

这次总算没抽烟。

她凝视着失去意识平躺在病床上的美衣子小姐，视线不曾离开片刻，也不打算看我一眼。

这一幕令我心如刀绞。

"……打扰了。"

我自行拉出椅子,在铃无小姐身边坐下。我刚从这里出院不久,住院经验也算是丰富,知道东西都放在哪儿。

美衣子小姐……

原本是谢绝非家属人员探望的状态,我向拉芙米小姐一再恳求,才获得了探视权。病房内只有美衣子小姐与铃无小姐两人。

接到崩子的电话后,我立即搭乘新干线返回了京都——美衣子小姐已经被送往医院,并接受了一定的治疗。

我看着床上的美衣子小姐。

她尽管看起来很痛苦——

可看起来却依然美丽。

身上无一处外伤,也无任何受伤的痕迹。

然而,她看起来……非常痛苦。

汗水在肌肤上凝成水珠。

呼吸紊乱。

她仿佛在经历一场梦魇——

"高烧、呼吸困难、眩晕、呕吐、贫血、血压低下、感官麻痹、意识混乱……浅野早上起来,在公寓和……呃,叫什么来着,那两个可爱的孩子……崩子和萌太,还有肌肉老爷爷打完招呼,就突然倒下了……据说被送到医院时,她已经失去了意识。"

"怎么会突然这样……"

"其实好久之前她就说身体不太舒服了……也和我说过,可浅野太要强了，又讨厌医院，我也拿她没办法。"

铃无小姐勉强地挤出苦笑。

"具体的病因还没找到……一开始医生以为是重感冒，可结果却不是……说是人体自身的代谢功能……还是免疫功能大幅下降，总之症结应该是在身体内部，而不在表现出来的症状。"

"……"

"就好像被人诅咒了一样。"铃无小姐如是说。

我……紧咬牙关。

我还是来晚了一步。

不，并非如此。要说晚，早在十天前就已经晚了。这不是一天两天的问题，就算今天早上我在公寓里，情况也不会有任何好转。

奇野赖知。

他的存在令万事休矣。

只能怪自己太不小心了……

我无可辩驳。

我无颜面对铃无小姐。

对美衣子小姐我也无话可说。

怎么会这样……

我终究……还是将她卷入旋涡。

"……"

昨晚——

出梦将奇野——不，是非战斗集团咒之名的奇野的惊骇之处一五一十地告诉了我。

奇野。

毒之血统。

毒药的血统。

转移毒素的血统。

感染血统奇野师团。

"奇野那群家伙——将世上所有的毒药溶于体内,已知的毒也好,未知的毒也罢,都被大量地储存于身体里。"

"……毒?"

"当然,施术者——诅咒者本人早就对这些毒有了免疫,不会受到任何毒或病原体的侵害——奇野,会将毒素转移给对手。"

"怎么转移……"

"就像传染感冒一样简单轻松。不过,那并非像黑死病或天花一样的传染病,不会无差别地暴发式传染——却比那更糟糕,经过选择,通过甄别,筛选对象,并将毒集中于一点——所以才被称为诅咒。"

"可是……就算是毒,也不至于……"

"所以说啊,从已知的毒到未知的毒,从安眠药或让人短暂失明的轻微毒药,到感染瞬间停止呼吸的致命毒药;所有的毒药都汇聚于他们的体内。"

"……"

毒药的血统。

病毒使奇野赖知恶劣至极。

"像他这种可以随心所欲操纵未知毒药的角色，根本不可能在推理小说里登场吧。"出梦戏谑地说，"毒药也分很多种，有即时发作的，也有延迟病发的，不过——不管怎么说都已经是十天前的事了吧？"

"嗯……"

"那么差不多也该发作了吧。"

然后——

的确如他所说。

原因不明——

原因不明的免疫功能低下。

甚至无须多想。

没有其他可能。

为什么——

为什么会变成这样？

我极度不快。

心情差到极点。

喉咙像被灌入沸水般令人狂躁。

浑身像强行被灌下毒药般不适。

奇野赖知。

为什么我没能察觉？

我真是太大意了。

明知道不可能无事收场。

明知道对方来者不善。

"她——"铃无小姐打破了沉默。

"会好起来吗？"

"……一定会好起来的。"

其实，我也无法确定。

奇野到底向美衣子小姐转移了哪种毒，会导致什么后果——只有他本人才知道。

就在我以为美衣子已用铁棒制服奇野之时——她却已经被下了某种毒药。

他们二人只有在递信时才有过直接的接触。

毒就是在那时被转移到美衣子小姐身上的，转移到被误认为是我的美衣子小姐身上。

"伊字诀，你啊——"

铃无小姐并未看向我。

"向浅野表白了？"

"嗯……"

"浅野找我商量了——这个死性子、满脑子只有剑道的傻瓜，这次可是相当认真地绞尽了脑汁啊。"

"荣幸之至……虽然我还是被拒绝了。"

"浅野啊……从以前开始就是这样。"铃无小姐满怀追念之情地说，"一直都是正义的伙伴呢。"

"……"

"她大概从小就憧憬着成为英雄，可是……这世上并不存在正义，正义的伙伴更是虚无缥缈的追求。"

"正义……"

所谓正义不过是胜者的战利品，而非普适的价值观。

弱者的伙伴，永远成为不了正确的一方。

"唉，不过这也是她的追求吧。浅野就是这种彻头彻尾的烂好人。"

"……"

"不过本姑娘也没想到，那个烂好人居然回绝了你的表白。毕竟她不善于拒绝，听说上学的时候还因此吃了不少苦。"

"我也听她说了。"

"因为那起事件，她的家人和她断绝了关系。所以啊，那个公寓里的住客们，那些包括你在内的怪人们，对她来说都像家人一样。"

"……"

家人。

美衣子小姐、我、萌太、崩子、七七见、荒唐丸老爷爷、浮云小姐——还有小姬，虽然我们的关系并没有好到其乐融融、一片和气。

可是，我们却的确如同家人一般。

至少——

对美衣子小姐来说是这样。

"所以她不是因为不喜欢才拒绝你，不是因为讨厌才回绝你，不善言辞的她也许无法将真实想法传达给你，可她的确是为了你才——"

"我知道，她是个烂好人。"我说，"真的是个烂好人啊。"

明明可以对我置之不理。

明明无须在乎我的心情。

她却硬是为了我挺身而出，到头来却落得如此下场。

果然。

即便面临此情此景——

我对她依然毫无谢意，反而感到愤怒。

为什么不逃跑？

为什么不把事情交给我来处理？

我不禁想要责备她的短处。

那不是坚强，而是软弱。

那不是温柔，而是溺爱。

然而……

然而，那——

那绝非——

"铃无小姐……我很抱歉。"

"……怎么了？"

"你明明三番五次告诫我不能把美衣子小姐牵扯进来——可我却害得她这副样子。"

"……"

"铃无小姐一定已经察觉到了吧……她变成这样都是因为我。这是我的责任,不管我怎么道歉都不够……"

"反正多半是浅野擅自决定要庇护你吧。"铃无小姐打断我说,"她那是自作自受……不知天高地厚地强出头才会落得这个下场。你都和她认识大半年了——总知道她的个性吧。"

"不是你说的那样……铃无小姐。"

"不过,有一点我可以确认,伊字诀……"

铃无小姐终于看向了我。

她的眼神——

一如既往地疲惫不堪。

一如既往地坚定有力。

"有一点我可以确认,浅野从不后悔。她从不觉得自己有错或者失败。类似的事情她至今大概已经经历过无数次了吧,比起让你受伤——她宁可让自己受伤。"

"……"

"你也是这么想的吧?"

"我……"

自己受伤没那么痛苦。

自己的伤痛可以忍耐。

他人的伤却疼痛万分。

无法感同身受,反而更觉疼痛难忍。

"被摆了一道的感觉如何?自己毫发无伤——却让浅野代替你

受尽折磨。是不是觉得怒火中烧？你并不想感谢她，反而对她很生气吧？"

"……这……"

可是，毕竟——

损害变大了。

事情原本最多只到我为止。

问题原本可以更简单。

现在却将更多的人牵扯其中。

事情变得——

愈发复杂。

杂乱无章。

"你知道豪猪理论吗？"[1]

"这还是听说过的……"

"但是——那是只有在双方都带刺时才能成立的比喻。如果其中一方是只老鼠——那无论如何都不可能找到让双方都舒适的距离。"

"……"

"要是双方都是老鼠，又不知道什么时候会碰上猫……啊！抱

1　豪猪理论出自《叔本华美学笔记》，形容一群豪猪相拥在一起取暖，身上的硬刺将它们扎痛，然而一旦分开，就会冷得冻僵。这些豪猪就被这两种痛苦反复折磨，直到它们终于找到一段恰好能够容忍对方的距离为止。现多指大家在同组织中，会彼此博弈，寻找最佳的结合点，使两者既有不时的冲突又有很好的合作。——译者注

歉,现在不是本姑娘说教的时候。"

"没有没有……"

即便此时此刻,她也不曾流露半分软弱。

目光一如往常。

也许有人会将此视作冷漠。

好友病倒在床,她却冷静处之,丝毫没有慌张或踟蹰,甚至没有一滴眼泪。

可事实并非如此。

我知道她有多担心美衣子小姐,也知道她有多喜欢美衣子小姐——她此刻的刚强就是最好的证据。

她不会哭哭啼啼。

她也不会抓着美衣子小姐的手,呼唤她的名字。

然而,铃无小姐从此刻起,无论发生什么都不会离开病床半步吧。不管是工作日还是休息日,也无论白昼或黑夜——不管是否处于探视时间,她都会寸步不离地陪伴在美衣子小姐身旁,与美衣子小姐共同面对病痛。

"伊字诀。"

"在。"

"虽然我不清楚缘由,但是你是直接从九州赶回来的吧?这里就交给我吧,你先回家一趟。"

"可是……"

"抱歉。"铃无小姐垂下头说,"虽然我心里很清楚这不是你的错,可你一直待在这儿,我会忍不住迁怒于你的。嘴上说得漂亮,但本姑娘也不是圣人……就让我一个人安静地想想吧。"

"铃无小姐……"

我实在是难辞其咎。

一切都是我的责任。

伤痛带来的责任应该由我来背负。

"要是我迁怒于你,怨恨于你,浅野一定会对我发火吧……这个女人生起气来可是相当可怕啊。"

"嗯……这点我很清楚。"

"是吧。"铃无小姐应道。

于是,我深深地鞠躬,离开病房。

2

我从福冈坐新干线到京都站,又从京都站直接坐地铁赶往医院,所以在回公寓前,我得先去京都站把伟士牌摩托车取回来。因为在九州多住了一晚,所以我还必须支付多余的停车费。

我买好去京都站的车票,通过检票口前往月台,等待数分钟后,电车终于进站。车厢内有些拥挤,但还有空位,于是我在一个戴着巨大耳机正在听歌的中学生对面坐下。

接着——

然后——

我究竟——

在这种情况下,我该对谁说抱歉啊。

事故频发性体质。

我又将周围的人牵扯了进来,造成了伤害,留下了伤痕。

无须多言,我从很久前就知道——我并非被害者,而是加害者。

不管她本人怎么说,破坏玖渚友的人是我。

就算是偶然的坠机事故,杀死妹妹的人是我。

即便只是实验失败的结果,烧死那家伙的人是我。

不仅如此,从过去到现在从未改变毫厘。

五月,同班同学被杀是因为谁?

那是杀人者的错吗?

不,那是我的错。

小姬。

小姬、朽叶、木贺峰副教授。

她们都死了。

她们为何而死?

那是凶手的错吗?

不,那是我的错。

我明白。

我都明白啊!

我是加害者。

被害。

加害。

被害。

加害。

我不可怜，也不值得被同情。

美衣子小姐……

浅野美衣子小姐。

没有她就没有现在的我。

在我无力支撑之时，是她一直给予我支持。

那份关怀不同于温柔，却也并非全是溺爱。

那份支持不同于坚强，却也并非全是软弱。

她从不过问什么，而是默默地守护在我身旁。

保持着舒适的距离，待在我身边。

比起感谢，我的确更想对她生气。

然而在愤怒之上，更多的是抱歉。

我想对美衣子小姐说句对不起。

但是我不能。

我不被允许。

我也不会被原谅。

我到底还想重复多少同样的错误。

过于无谓，又过于自导自演。

我也许就不应该向她表白。

我明明知道在我身边的人都会发疯，在我身边的事物都会癫狂。

疯狂，错乱，眩晕，失常。

万事万物均偏离正轨。

所有意图都在此落空。

意念无法传达。

语言无法沟通。

一切都是我的错。

悔恨搅乱着我的心绪。

思绪交错。

思考不受控制。

上个月——不，要是我能在认识任何人前搬出公寓，或者从一开始就没住进来，情况也不至于演变至此——悔意无法抑制。

替换可能。

时间收敛。

若是狐面男子，他一定会对我的想法一笑置之。

可是，即便如此——

就算说我任性也好，我绝不会后悔与公寓里的大家相识。

冷静一点。

保持镇定。

不要多想。

美衣子小姐还没有死。

美衣子小姐正伤痛缠身。

因为我——不。

她是为了我，正在与病魔战斗。

那么对我来说——

我这个戏言跟班能够做的就是——

"不管什么高手，也敌不过病魔哦。"

"……什么？"

我抬起头——

车厢内的乘客尽数消失。

剩下的只有我与坐在我正对面的初中生。

夏装，中袖衬衫。

白色球鞋。

学生帽，长方形镜框的眼镜。

一副巨大的耳机。

繁杂的旋律从耳机流出。

"……"

其他人去哪儿了？明明刚才还几乎坐满了人……是所有人都在上一站下车了吗？那么多人都下车了？

"别左顾右盼啦——所有人都不在了哦，我怕妨碍到我和阿伊交流，就让他们都消失啦……不过，我可没有杀了他们哦……"

对面的初中生注视着我。

他断断续续地说着,声音异常尖锐。

"我是 Noise——意思是杂音。"

"杂音……"

"十三阶梯,第十一阶。"

——这家伙是十三阶梯!

那他就不可能是普通的初中生!

"奇野大哥的诡计好像已经奏效了,所以狐狸先生叫我过来看看——当然,不是来看那个女人的,是来看看你的情况,阿伊。"

"……呵。"

我——

正准备站起身的我重新坐下,审视对方。

初中生——不,他只是穿着初中生的校服,不能代表他一定是个初中生。正对面的少年杂音神色诡异地笑了。

"我还以为你一定会冲过来狠狠地揪住我呢——没想到你还挺冷静的呢,阿伊。"

"说实话——我很失望。"我目不转睛地盯着对方说。

我甚至连瞪视他的冲动都没有。

"对你们——还有狐狸先生,西东天,也不知道是我高估了你们,还是错看了你们——真没想到你们会如此积极地将无关者牵扯进来。"

在地下停车场的时候——

狐面男子告诉我,是他亲自让奇野误以为美衣子小姐是我。换言之，那不是一场意外事件，狐面男子是故意将美衣子小姐作为攻击目标的。

"那可是位打算终结世界的人物——怎么会被区区你的眼力所看穿？对那位大人来说，相关者也好，无关者也罢，无论关联与否，价值都是等同的——只能怪那个女人自己不走运，碰巧被他盯上了。"

碰巧被他盯上了吗？

正如他所说。

狐面男子自己也说，他是凑巧才看到站在柜台边与拉芙米小姐交谈的美衣子小姐的。恐怕在那之前，他的确是计划让奇野来攻击我的。

那是狐面男子的心血来潮。

偶然地，他将目标换成了美衣子小姐。

"……就算是这样，把美衣子小姐卷进来又有什么意义？"

"对对，我必须向你解释——如果没和你讲清楚，狐狸先生会责骂我的。"

杂音弟弟竖起食指指向我。

电车在站台停靠，却没有任何人上车。

下一站就是京都站了。

我必须下车去取伟士牌摩托车。

……不过，这个十三阶梯。

杂音。

他看起来好像并不是我在地下停车场里看到的那个穿浴衣的小孩。虽然那孩子的面容隐藏在面具之下,但两人的体格显然不同。杂音虽然身材瘦削,但那个穿浴衣的孩子要更加娇小。

那么……

那个孩子究竟是谁?

如果还有其他可能,我们起码可以先根据他们的特点排除杀手与暗杀者(杀手是双胞胎,而暗杀者从不在人前现身),再剔除出梦见过的三个人……考虑到年龄也不可能是架城明乐,应该也不会是身居幕后的刀匠和操想术师,难道会是人偶师右下露蕾洛吗?

"总之呢……就是动机的问题哦。"杂音用他那尖锐的声音说,"你是狐狸先生一直在寻找的敌人——是他寻寻觅觅总算发现了的敌人。手舞足蹈吧,欢呼雀跃吧!你可是百年难得一见的人选啊!"

为了将世界终结。

为了见证世界终结而挑选的敌人。

狐面男子是从何时开始考虑此事的?

是从与朽叶相遇开始吗?

不,不对——是从更早之前。

对狐面男子来说,他与朽叶的邂逅充其量不过是一个契机。他从很久之前,便锲而不舍地、始终不渝地追寻着世界的终结,探究着世界的终结。

纵然被因果定律所驱逐,他亦坚定不移。

因此——

他为了终结世界而招贤纳才。

十三阶梯也随之诞生。

同时——

那对我亦是如此。

"狐狸先生有视你为敌的理由——可反过来看,他对你来说又是什么?阿伊。"

"……"

"对你来说,狐狸先生不过是上个月才结识的陌生人,毫无因缘的擦肩而过的过路人,不是吗?"

杂音摆弄着耳机,像是暂停了音乐,旋律不再流出。那耳机并没有电线,大概是耳机一体型的音乐播放器。

"没有缘分,没有原因,没有憎恶,没有恨意,毫无因缘——他在你眼中只是个满口胡言乱语的怪人,不是吗?"

"……是吧。"

"那样可不行啊,阿伊。"

"……"

"如果只有狐狸先生,将你视作敌人,那不过是场单方面的对决——你必须也把狐狸先生视作仇敌才行。攻击必须是为了攻击而攻击才行——绝不能是为了防御而攻击。没错,就是这样,而且,在狐狸先生看来,阿伊——戏言跟班——你的行动还缺乏仇恨。"

"缺乏仇恨——"

"不过你好像没有仇恨那种东西——自己的邻居无缘无故成了

被攻击的对象，敌方的一人正堂堂正正地站在你面前，而你却稳如泰山地坐在那里啊——"

"我只是假装冷静罢了……就像你刚才说的一样，我不过是虚张声势而已。"

"就算那个女人死了，你也只会说些类似的话吧，阿伊。"

"……"

"不过，即便如此——你至少也变得更有干劲了吧？能够把狐狸先生当作敌人了吧？你不是说，狐狸先生让你很失望吗——那就将你的失望发泄出来啊！"

"……只是为了这个？"

只是为了这个原因不惜将美衣子小姐牵连其中。

为了激怒我。

为了刺激我。

为了让我将狐面男子视作仇敌——

就像他把我视为敌人一样。

他仅仅为了这一个原因。

我明明对你说过，要将你残杀示众。

单是对你恐惧还不够吗？

我必须对你抱有憎恶吗？

要让我以杀意来面对你吗？

像零崎人识那样。

"一开始——阿伊、狐狸先生打算让奇野大哥对你下毒，然后用你的性命要挟你，成为他的敌人——不过最后他觉得，还是原始的人质法比较管用。可能是因为在柜台见到了那个女人，他受到了启发吧——"

"用我的性命来要挟？"

这句话——不，等一下。

意思是——

"难道说——"

"没错，我们有解药。"

"……"

"只要喝下去就能得救，不喝的话就会死。"

说到这里，杂音目中无人地笑了。

"如果你想得到解药——就必须在指定的时间到达指定的地点。"

"……我从一开始就没打算不去，也没想过要逃避。"

"话虽如此，有了目的之后，你的动机也变得更加强烈了吧？这么一来——就算你想，也不可能逃跑，你的选择已被封锁。"

如果我想要拯救美衣子小姐，获救的方法大概只有这一个。

医院想必已是束手无策。

毕竟那并非病症，而是诅咒。

最多也只能抑制情况进一步恶化……

而美衣子小姐硬是挺到最后一刻才进医院，病情更是雪上加霜。

"既然如此，杂音弟弟，你也别说些场面话了，现在就把我带到狐狸先生的面前吧。美衣子小姐已经病入膏肓，谁也没法保证她能坚持到月底。"

"关于这个，你不必担心哦——我刚才虽那么说，但其实狐狸先生也不喜欢这种卑鄙的做法。濡衣听到后可能会捧腹大笑吧。但是狐狸先生也有自己的美学，不会将无关的外人牵扯进来哦。"

"……实际上可不是这样。"

"你基本不用担心那个女人的性命——至少在九月三十日之前，她不会死。人质要是死了，就失去她的价值了。"

"话是如此……"

我终于站起身来。

我朝着杂音踏近一步。

我站定在座位前。

"那么现在，杂音弟弟——我已经没理由让你平安离开了。"

"……冷静的阿伊终于开始沸腾了吗？看来狐狸先生的作战奏效了啊——"

"我才不管你愿不愿意带我去见他，总之只要我不择手段地逼你说出他的下落——就不需要再等到三十日了。"

"这的确是个好主意——可是你无法做到哦。"

"为什么这么觉得？现在的我可是相当自暴自弃，自己都不知道会干出些什么来。"

"没有为什么——我虽属于十三阶梯，却与奇野大哥或濡衣完全不同哦——无关狐狸先生的趣味或喜好。我纯粹是因为符合其中一项审查标准，才被破格选入十三阶梯。我是专门用来对付阿伊的刺客哦。"

所以才连出梦都没有听说过这号人物吗？

狐面男子为我甄选的刺客。

不过……这是什么意思？

"狐狸先生把你里里外外调查得一清二楚——然后选择了我。因此，你是无法对我出手的。我敢预言——你绝对伤不了我一根毫毛。"

"呵——"我耸了耸肩，"就算是杀人者也不敢在我面前如此大放豪言啊，杂音弟弟。"

"杂音弟弟啊——"

他意味深长地歪了下嘴。

"说起来，杂音这个名字，是狐狸先生为了写在战书上随便取的类似记号的东西——在那之前，我的名字是安心。"

"……"

"再之前是军旗。"

"……"

"再之前是哈利亚，再之前是十九日。"

"……"

"再之前——我没有任何名字。"

杂音——

不，眼前的少年起身。

他凑近我面前。

"喂,阿伊……你所谓戏言,对没有名字的人也适用吗?"

"……"

"看来,被我说中了呢。"

电车开始减速。

车内开始播放广播。

"京都站就要到了。京都站就要到了。要下车的乘客,请从车辆左侧——"

"从今年开始——不,从回到日本开始,你便被卷入各式各样的事件中——然后,你漂亮地解决了所有事件。但是!唯独一个事件你是借助了哀川润的力量才得以解决——那便是在鸦濡羽岛上的在赤神家原千金小姐的家宅内发生的杀人事件——"

"……呃……"

"究其原因——就因为那起事件的真凶没有名字。"

她。

不知是谁,也不是任何人的她。

没有名字的她。

她将替代他人视作毕生的乐趣。

她放弃一切个人风格——

没有自我的她。

没有名字的她。

杀死园山赤音——

然后她成为园山赤音。

我最终也未能识破她的企图。

要说为何——

"……到站了哦。"

杂音弟弟指着左侧开启的车门。

"快下车啊——后天,我会作为引路人,在澄百合学园的校门口等着你——与你交谈还能平安无事的人。除了狐狸先生,十三阶梯里也只有我了呢。下次见面的时候——我要把你的悲鸣,设成短信铃声哦!"

"……"

"快下车吧,你还想坐到下一站去?"

"……我有一个问题。"

我离开杂音,离开车厢。

我站在月台上,向车厢内的他发问。

"拥有肉体与精神。却没有名字——那是种什么样的感觉?"

"这个问题,你再清楚不过了吧?"

"我想问问你的感受。"

"这个嘛,无须多说也无须多听,答案只有一个——"

杂音放声大笑。

"是想死的心情。"

车门关闭——

载着杂音的电车，向着下一站飞驰而去。

我无意目送他远去的背影，从月台沿着楼梯离开车站。

3

我支付完停车场的过夜费用（一百五十日元）[1]，跨上伟士牌摩托车，暂且折返公寓。昨天一整日高强度的奔波令我疲惫不堪，但现在已无闲心休整，我放下背包，稍作休息便准备开始行动。美衣子小姐就交给铃无小姐来照顾吧——我陪在她身边也无济于事。此刻的我，甚至没有资格去握她的手。

我还有其他要做的事。

无论杂音怎么说——无论听到何种杂音，我也不可能就那样悠闲地等到月底。我的动力……正如狐面男子的谋算般爆发式陡增。

我以远超法定限速的速度驾驶伟士牌摩托车，在破纪录般的最短时间内赶到中立売[2]骨董公寓旁的签约停车场。

只见那里有一个人影。

身靠在美衣子小姐的爱车上。

那是崩子的身影。

---

[1] 本书最早于2005年出版，该物价与当下有一定差距。——译者注
[2] "売"为日本汉字，读作mài。——译者注

双手抱在胸前——

她等待我减速停下。

"……"

我将伟士牌摩托车停在指定位置。

我转动钥匙，关闭引擎。

崩子却并未走近，而是保持着原本的姿势，"欢迎回来，戏言哥哥。"

"……我回来了，崩子妹妹。"

"事情终究是发生了呢。"崩子突然切入话题。

"你是指什么……美衣子小姐的事吗？"

"和我想的一样，差不多该有情况发生了。"崩子不带感情地说，"所以我之前不是劝告过哥哥了吗？"

"……"

"你发现了吗，这几天……不，从哥哥出院开始，就一直有人在跟踪你？"

"……跟踪？"

除了崩子和光小姐之外，还有人在跟踪我？我怎么会完全没有察觉到？

……不对。

我连奇野动的手脚都没能发现。

就算犯下更多失误也不足为奇。

这么说——那个人一路跟踪我到九州了吗？对方也已经知道我

见过出梦了吧。当然，原本就是狐面男子策划我与出梦见面，这倒也算不上什么损失……

"所以，我才希望哥哥可以在我的监视下活动。说真的，虽然哥哥总是被一些诡异之事缠身，可这一次，情况也有些太夸张了。"

"……让崩子担心了呢，我之前还对你有些误解，真是抱歉。"我环顾四周，"现在也有人在跟踪我吗？"

"不，对方似乎已经解除了对你的跟踪，大概是任务完成了吧。那是我们暗口一族自古传下来的跟踪术——也难怪哥哥没有发现。"崩子说，"不过能将跟踪术运用得如此出神入化，也只有濡衣前辈了吧。"

"濡衣……暗口濡衣？"

"哥哥知道他？"

崩子玉首微倾。

"崩子才是——你怎么会认识他？"

"那当然了，我们是亲戚。"

"……"

我惊愕不已，差点一个踉跄。

"这、这，难道说，崩子你离开的那个家族就是——"

"……呃，哥哥有必要这么震惊吗？说实话，我反而比较奇怪，哥哥居然到现在才反应过来……"崩子愕然道。

原来如此……我以前还奇怪，为什么崩子总爱挥舞小刀杀死小动物……

"那么难道说，萌太他也……"

"啊？"

崩子更是一脸错愕。

"石凪……死神的家系呢。"

"这样啊……"

"我还以为哥哥是故意装作不知道呢……"

"唔……"

"至少也会有些怀疑吧？"

"不……"

"一点都没察觉？"

"完全没有……"

"……"

"抱歉……"

呜哇……

我在与零崎相遇前，竟然就已经和传说中的暗幕世界生活在同一屋檐下了吗？

"不过——我和萌太很早就离家出走了，所以并没有实际的杀人经验——只有些粗浅的知识罢了。"

"那真是太好了……"

狐面男子会不会已经知道了呢？不过作为当事人的我都尚未察觉，他应该也还不知情吧。

"唔……人生可真是难以预料呢……没想到竟然还会发生这般

曲折离奇的事……"

"哥哥你其实……脑子不太好使吗?"

"不……我是真的没往那方面想……"

"除哥哥外,该发现的人应该都已经发现了吧……"

"不不,小姬说不定也没发现呢。"

"姬姐姐其实也——唉,不说了。"

崩子深深地叹了一口气。

我总感觉被她轻视了。

"嗯……所以,我大概也能猜到,美衣姐的那个症状应该是奇野搞的鬼吧?"

"唔……唉,既然如此——既然你都知道,我也就不瞒你了。"

"请务必全部告诉我。"

"事情的起源是这样的——"

我再一次环顾左右,姑且没有见到人影,可在这里交谈难免会被过路的第三者听到,是不是转战室内更好呢——不,现阶段已经不需要担心这些。即便有人偷听,也不会改变什么。如果真能改变什么,我倒是求之不得——毕竟,情况已经不可能变得更糟了。

此时此刻,我已是穷途末路。

崩子既无回应,也不插嘴,只是静静地听我讲述,表情冷若冰霜。无论是听到位居暗口之上的匂宫之名,还是听到十三阶梯和暗口濡衣,崩子顶多也就郁闷地皱一下眉头,始终保持着沉默。

最后再说到奇野赖知。

"……事情就是这样。"

我将一切叙述完毕——却总觉得还未说完整。也是,即便把故事讲述得滴水不漏,我也无法将那科幻般的背景完全再现,而缺少背景的故事又怎会入流。

不过——故事的脉络已经足够清楚。

"原来如此,"崩子说,"这么一来,我总算都明白了——怎么说呢,没想到我和萌太竟然一直都能置身于事外,有些不可思议。"

"嗯……"

大概是因为我没察觉到他们的身份吧。

若是木贺峰副教授或狐面男子,一定会将此视作命运的因缘,必然收敛,并竭尽所能大书特书,咂舌称赞一番,可在我这里,却只能沦为不值一提的伏笔。

"既然如此,"崩子依然维持着双手抱胸的姿势说,"接下来就是我和萌太发挥的领域了。"

"不……崩子。"我有些慌张。美衣子小姐因我而重病不起,所以我才将实情告诉崩子——可我只讲述了故事中无可隐藏的部分,并不想牵连她,因为——"是我糊涂,没注意到你的出身,可是崩子你也曾说过,你和萌太是因为讨厌家业才离家出走的。"

"……"

崩子视线冷漠。

它不似冰霜,而是像金属般冰凉。

"你不是说你想成为普通的女生,所以才离开了家族吗?"

"我说过这种话吗?"

"你说过。"

你的确说过,就在我刚搬入公寓时。

这对年幼的兄妹既不去上学,也没有监护人,实在令人目不忍视,所以我才向她询问原因。

彼时,我对崩子的情况还一无所知,时至今日总算开始理解她了。

所以——

我绝不能让她和美衣子小姐一样。

我绝不能再将崩子也卷入这场无妄的风波。

"人终究……无法逃离出生与其接受的教育,正所谓江山易改,本性难移啊,戏言哥哥。"

"……崩子。"

她的这句话,似乎不只针对自己和萌太,也意指紫木一姬——

大概也在说我。

"我原本就是身份卑贱之人。"

"……"

"俗话说,一白祸三代。"

"崩子……"

明明是"一白遮百丑"吧,她是从小姬那里听来的吗?不过现在的状况并不允许我去吐槽这些细枝末节。

"就让我……将这段转瞬即逝的数年时光,当作庄周梦蝶般的美好梦境吧。"

"那……并不是梦境啊。"

她的这番话令我无法接受。

那就好像要重蹈小姬的覆辙,也是重蹈我的覆辙。

预定调和的闹剧也该到此为止了吧?

究竟要重演几次?

究竟要重演几次才够?

被害也好,加害也罢;被害者也好,加害者也罢。

到底要把多少人当作替代品?

没有人可以被代替。

每个人都是无可替代的——

要我说几次才能明白?

"崩子,你——"

"这就是所谓命运——一切早在冥冥之中就都被注定了。美衣姐和戏言哥哥身处困境,而我却刚好身在此处,这怎么可能只是单纯的偶然呢?对故事的存在,我也有半分相信。"

"……你要舍弃普通人的生活吗?"

"归根结底——你所见到的身为普通人的我,不过是披着人皮的怪物罢了——舍弃也无所谓。"崩子说。

"我要褪去这身人皮。"

仅仅一瞬。

仅那一瞬，我的注意力为之所夺。

仅那一瞬，我对崩子感到恐惧。

我毛骨悚然，凉至脊背。

然而——

就在那一瞬间，刀刃划破了我的衬衣。

我的腹部中心被刀深深地刺入。

那是崩子的刀。

在我住院时，总用来为我削去果皮的那把刀。

蝴蝶刀。

那刀刃刺入我的内脏。

"就请哥哥休息片刻。"

"崩……"

我随之双腿失力。

我只觉浑身发热，并未感到疼痛，却无法呼吸，全身虚脱……我无法继续站立，只能直直地倒在崩子的脚下。

崩子依然双手抱胸。

连手臂都未曾抬过的她，是如何下的手……

她又是什么时候动的刀……

她竟像时间暂停般让人措手不及。

这便是杀之名吗？

这就是所谓暗口吗？

这简直超出了我的认知范围。

"我再也无法继续看着哥哥受伤,我已经对此无法忍受了——我这样好好和哥哥说过吧?"

"……唔,呃……"

"看着美衣姐在病房里卧床不起——哥哥多少也会感到难受吧?你要是能理解,就快停手吧。"

"……"

"停手吧,让一切结束吧,哥哥没有理由非得受伤不可,也可以不用那么痛苦。"

崩子轻轻地走近我。

她松开双臂,抱住蹲伏着的我的脑袋。

"哥哥一直以来都在孤军奋战。在各式各样的地方,与各式各样的人,孤身一人地饱受伤痕,却无人知晓。"

"……"

"一直以来,真的辛苦你了。"

"啊,啊啊……"

"所以适可而止吧,哥哥该休息了。"

意识逐渐稀薄。

我昏昏默默,如薄雾笼罩,如霞光晕眩,如霾霭蔽目。

眼前逐渐漆黑。

意识逐渐稀薄……

"吾兄渴时献上吾血,吾兄饥时奉上吾肉,吾兄之罪由吾偿还,吾兄之咎由吾清偿，吾兄之业由吾背负，吾兄之疾由吾承担，吾之名誉皆献于吾兄，吾之荣光皆奉于吾兄，为吾兄防御，与吾兄同行，以吾兄之喜为喜，以吾兄之悲为悲，为吾兄侦查，与吾兄同生，吾兄疲惫时以全身心支持吾兄，吾之手为吾兄持兵扶刃，吾之足为吾兄驰骋大地，吾之目为吾兄搜捕仇敌，为满足吾兄之情欲竭尽全力，为侍奉吾兄心神专一，为吾兄舍弃荣耀，为吾兄抛弃理念，爱慕吾兄，敬仰吾兄，吾兄之外无所感触，吾兄之外绝无二心，吾兄之外别无所求，吾兄之外别无私欲，非吾兄之许可决不入眠，无吾兄之应允决不呼吸，仅为吾兄之言寻根问底，吾以悲惨可耻之身，愿为吾兄一文不值之卑贱奴婢——吾在此宣誓。"

"……崩子……"

崩子的声音冷漠淡然。

它隐隐约约，飘忽不定。

她在说些什么呢？

我还有不得不完成的任务。

我必须完成。

那是我的责任。

受伤的人只能是我。

我不得不承受伤害。

"哥哥已经不用再受伤了。"崩子坚定而平静地说。

"……戏言哥哥什么都不用做——把一切都交给我吧，哥哥是时候该休息了。"

"……"

"请好好休息吧,哥哥。"

轻轻地,崩子松开手臂。

我失去重心——倒在停车场的地面上。

我的双手使不上力气。

刀刃似乎刺得更深。

血的温热蔓延全身。

脚步声传来。

她踩着小小的步伐渐行渐远。

步伐变得遥远。

声音变得微弱。

我的脸颊贴着沥青,冷彻心扉。

好冷。

好冷。

好冷。

不由得,我开始昏昏欲睡……

第六幕 搜索与置换

石凪萌太
ISHINAGI MOETA
死神

0

白如冰霜之刃，赤如火焰之刃。

选择斩杀或被斩杀。

以刃还刃。

1

醒来的时候，我正躺在床上。

"吓……吓死我了……"

我还以为戏言系列就这样完结了。

我当真——

我觉得这次是死定了。

我全身关节疼痛，正准备翻个身，腹部却痉挛般疼痛不已，我只得作罢，恢复原本的姿势。

"你不能动哦。"

恍然一见——

护士拉芙米小姐正坐在床边的椅子上，手里捧着一本硬皮精装书。见我醒来，她合上书本，轻推镜架后，停了一拍说道："伊伊，欢迎回来。话说，你怎么出院不到十天就回来了，初中小孩离家出走也比你坚持的时间要长啊。"

"……"

啊……我被送到医院来了啊。

没错，我的腹部被崩子……

"当时情况真的好危险，要是伊伊被晚送来一秒就死定了哦。"

"……不至于那么夸张吧。"

"反正是你至今为止遇到的最大危机了，出了好多血啊。不过那刀法精准刺入内脏，完美造成致命伤，让本护士看了都心生崇拜呢。"

"致命伤……"

真的假的。

那孩子真的是毫不留情啊！

"还好伊伊的肚子里空空如也，不然就没这么好办了，虽然现在也不轻松。怎么？伊伊在减肥吗？"

"说是减肥……"

啊，说起来，我在九州与出梦聊得入迷，只喝了些咖啡，在那之后更是连感觉到饿的空闲都没有……

"你是被刀刃伤到了吧，是谁干的？"

"打情骂俏而已……没想到被十三岁的少女反击了。"

"请等一下，我现在就通知警察。"

"啊，是伤人罪吧？"

"不，是强奸罪。"

"开玩笑的啦。"

"我可没有开玩笑。"

喂，真的是玩笑啦。

话说回来……

我瞥向放置在病房内的时钟。

下午了吗……也是，在那之后也不可能才过了几小时，这已经是第二天了……我睡了整整一天啊。

"不止一天哦"，拉芙米小姐说，"你睡了两天。"

"……啊？"

"今天是九月三十日。"

"已经……三十日了吗？"

"是呀。"

"……"

我立即打算坐起身来，却立即被拉芙米小姐制止了。

"我不是说了不能动嘛！随便乱动的话，伤口会裂开哦。你的伤口才刚缝好不久，线都还没拆，小心一点啊！"

"……我必须走。"

"什么？"

"我必须去一个地方。"

"……我说啊伊伊，你现在需要的是绝对安静的休养。"

拉芙米小姐用力将我按回床上，并加重力道按住我的双肩，在确认我不会逃跑后才松开手。

"虽然我不知道你要去哪里，但我知道你要是去就是找死。反正也不是和女生约会，不管有什么都给我赶紧取消啦！"

"的确不是那么美好的事。"

即使我未曾负伤，也等同于去赴死。

"可是……"

"这种情况下没有'可是'和'但是'哦！你这已经不是重伤，而是一只脚踩进了棺材！昨天还在重症监护室，今天才好不容易恢复意识……你的情况可是比浅野小姐还严重多了啊！"

"美衣子小姐……"啊啊——对了，美衣子小姐也住在这间医院里，"美衣子小姐的情况怎么样了？拉芙米小姐。"

"每况愈下。"

"直截了当啊。"

"对你也没有什么好隐瞒的。"

拉芙米小姐用狐疑的眼神，从上到下打量着我。

"……莫非，那也跟你有关？"

"是的，具体的情况没法细说……说了你也不会信的……但是，至少我觉得我的确对此负有责任。"

"伊伊还真是认真。"拉芙米小姐苦笑道，"你看我，虽然看起来是在照料你，但其实是丢开整理文件的工作，正在偷懒哦。"

"请你好好工作。"

"你背负得太多了——有没有人这样说过？"

"……有。"

我被美衣子小姐那样说过。

没错，是这样。

她说我背负了太多事。

唉——实际上也是这样吧。

如她所说，我无可辩驳。

他人的生命过于沉重，并非我能轻松背负。我连自己的生命都无法驾驭，更何况……

更何况是他人的性命。

……是啊。

我或许担当得太多。

不管狐面男子如何仇视我，我都只会愈陷愈深。

崩子大概已经看穿了这点。

看穿到厌恶的程度。

看穿到厌烦的程度。

满是裂痕的容器。

满是伤痕的容器。

它令人目不忍视。

如果这就是故事，我的作用大概已经终结。

垫场小戏已然谢幕。

接下来是崩子和萌太的登场。

"……"

不过，那两个人啊……

虽然我之前没能察觉到他们的身份，但是事情既已至此，倒不如就让他们来处理这件事吧。

正所谓人尽其才。

既然十三阶梯里有杂音弟弟这样的人物，我能发挥的作用也是微乎其微。

因此——

所以说啊，剩下的就只有自尊问题了。

关于我自尊的问题。

问题及解答。

"拉芙米小姐。"

"怎么啦，搞得这么正式。"

"没什么……在医院里说可能有些不太合适……我其实活得很痛苦。"

"啊，是吗？"

"拉芙米小姐呢？"

"我不会呀，虽然偶尔也会觉得人生很无趣，可大家不都是得过且过嘛。"

"是吗……"

"我啊,从被人称作护士开始,就一直持续着看护的工作,所以总觉得,医院就像是家一样。"拉芙米小姐说,"所以,我最讨厌没有求生欲的人了。"

"……"

"无论在哪儿,我都最讨厌那种活得像行尸走肉一样的笨蛋,眼里看不到美好明天的人还不如死了算了。"

"……说得没错。"

我还不如死了算了。

死了反倒更轻松。

停止呼吸的那一刻——一切也就结束了。

"一直以来,我给拉芙米小姐及其他人添了不少麻烦。我这一生,不停地向各式各样的人散播着不幸与灾难,将周围的人卷入旋涡——"

周围的磁场因我而发狂。

周围的坐标因我而崩溃。

歇斯底里,错乱失常。

所有事情都变得曲折离奇。

波谲云诡。

暧昧。

我所创造的,大概是些微小的契机。

然而,正因为那些微小——

所有人坠入不幸。

无法维持。

走投无路。

收束。

加速。

"从很早以前,从我还是个孩子开始——就一直是这样。回想起来,当初的我多少也有些自觉。我的身边总是有人受伤,我的身边总是有人死去——光一句'麻烦制造者'根本不足以形容。没有一件事可以顺利,事情不按常理进行大概就是唯一的常理……我从一开始就可以看到所有事的结果,毕竟没有一件事可以成功,所以我喜欢暧昧的不确定性。"

我喜欢没有结果的状态。

反正一切永远不会如我所愿。

一切从来都不会有意外之喜。

因此——

我回避了最坏的结果。

"我多半搅乱了这个故事吧。它原本是个布置好伏笔的完整故事,既有剧情的起承转合,也有娱乐性的起伏,虽说其中多少有些错误或漏洞,但那也不过是些可爱的小问题,既能让人欢声大笑,又能让人感动落泪——然而那样一个故事,却因我一人而浪费了。"

我令伏笔全部落空。

我让故事永无止境。

站在那位有能力阅读整个故事的占卜师姬菜真姬的角度来说,

比起玖渚友那样的漏洞，我的存在也许更令她不快。

至于狐面男子——

他对世界的终结和故事的终结抱有执念般的贪欲，自然不能放过——这世上唯一能使故事错乱的我，以及杀人者零崎人识。

因此——故事更加混乱——

影响了美衣子小姐的故事。

打乱了崩子的故事。

那个男人并不认可个人的故事。

他也不认同个性的存在。

谁来执行全都一样。

主体是谁也都一样。

若是刨根问底，他定会说——即便观测到世界终结之人并非自己也别无所异。

并非否定自我的存在。

否定与肯定同义。

否定与肯定等价。

可我呢？

我倒是——

迄今为止，我反反复复吐露过不少言论。

但那些没有一句真心话。

它们净是谎言。

一切都是戏言。

啊……

是谁给我取下了"戏言跟班"这个绰号?

"我就是个麻烦……我自己心里明白。我随便伸下脚,就会把大家长期坚持不懈积累的结果摧毁殆尽。只要在我周围便无一幸免,更别提那些讨厌我或喜欢我的人了,但凡混入半点关于我的想法,便只能等待毁灭。所以,我在妹妹去世的时候就决定了。"

我下定了决心。

那是我人生最初的决心,也是最后的决心。

那并非戏言,而是真正的决意。

其他所有决定,都是它的附属品。

它们不再具有任何意义。

彼时彼刻——我做了一个决定。

"我绝不喜欢任何人,也绝不讨厌任何人。"

我不向任何人施予任何情感。

因此,我也不会获取丝毫。

我将一切拒之门外。

这便是戏言跟班唯一的矜持。

我绝不能在意他人的存在。

即便有爱的能力,我也绝不能爱上任何人。

即便渴求着他人的爱,我也必须将其拒于千里。

这是为了我自己,也是为了他人。

即便有能力杀人——

我也绝不会动手。

不杀人,亦不自杀。

我绝不会成为杀人者。

我本下定了决心,却又违背了自己的决定。

我再一次将努力化作乌有。

我想要道歉。

我想要郑重地表达歉意。

可我又能向谁表达呢?

我究竟想向谁道歉呢?

"为什么事情会变成这样呢?"

为什么——

所有人会轻而易举地走向毁灭呢?

这不奇怪吗?

这不无理吗?

我并无希冀,亦无怨恨。

"所以我——"

我的体内藏匿着怪物。

无可比拟的骇人怪物。

"我从很早以前开始就——"

我仿若失去一切。

身体、精神、心灵、灵魂,连名字都一并失去。

无须多言,亦无须多闻。

"——想去死啊。"

我偷偷地瞄了拉芙米小姐一眼。

她竟然打起了瞌睡。

"……"

"哎呀,你说完啦?"

"……嗯。"

"嗯,是啊。唉,好可怜啊。呃,既然想死的话就去死吧。"

敷衍的感想——

她甚至未曾有任何斥责之意。

"我不是说过了吗,我最讨厌想死的家伙了。"

"……嗯,拉芙米小姐的确是这样。"

"什么呀,别把我当成傻子。"

"我是想说,我很羡慕你。"

"明明面对面地在说话,别一副好像很遥远的口气嘛。"

"不管靠得多近——拉芙米小姐也没办法理解我的心情啊。"

从未想过去死的人,无法理解我的心情。

想死。

想死。

此时的我想去死——

我却又同等程度地渴求着生。

我不想死啊！

在与小姬死别之后——我开始有了求生的念头。

然而这终究不过是异常的念想。

普通地生存于世的人类又怎会对生存产生渴望？

他们并不渴望生存。

他们连生存本身都并未察觉。

生存，对他们来说并非奇迹，对我来说却是。

原本绝无可能存在的奇迹。

我想死，却又绝对不想死。

我不想死——

但是这份想要赴死的心情，绝不会消散。

"拉芙米小姐无法理解我的心情。"

"我的确无法理解你——毕竟你就是一个莫名其妙的人呀。"拉芙米小姐接着说，"但是，你身边的那些人都是什么样的心情我倒是能明白几分。"

"……"

"我刚才也说过——我干这一行已经很久了哦，所以见过各式各样背负着伤痕或心伤的人。伤痛是一种会令人落泪的不幸，只要受伤，人无论如何都会感到疼痛，这对所有人来说都是平等的。"

"……"

"而且啊，不幸这种东西是会传染的：一个人遭遇不幸，身边的人也都会陷入不幸。拿他人的不幸来寻开心终究会令人不舒服，所以——但凡是走进医院的人，无论是患者、陪同者，还是探望者——每个人都是一副心情低落的样子，气氛变得好沉闷。"拉芙米小姐说。

气氛沉闷昏暗。

不管将病房与走廊装饰得多么漂亮，无论将窗户与地板擦拭得多么干净，都装饰不了气氛，也擦拭不掉沉闷。

"所以我一个人在努力地开展让医院的气氛变得更明亮的活动！"

"呃……"

她的性格竟然来自这么严肃的原因？

怎么想都没那么自然吧？

拉芙米小姐嫣然一笑。

"不过，对你好像没有这个必要呢。"

她拉长了尾音。

"算上这次，你今年已经进了六次医院了——在你住院的时候，各种各样的人来看望过你吧。公寓里的邻居们、蓝色头发的女孩，还有像模特一样的女人……我带领许多人去过你的病房。"

"……"

"每个人都很开心哦。"拉芙米小姐有些害羞地说。

"你周围的人看起来都很幸福。"

"……幸福……"

"你其实超乎想象地能让身边的人变得更幸福——而且在我看

来，他们都很喜欢你哦。"

"……拉芙米小姐……"

无条件地喜欢我的人，是只因我活着便能得到救赎的人。

那样的人，即便只有一人，倘若有这样的人存在——

"啊，也有可能是因为讨厌的人住进了医院，所以心情才变好的呢！"

"……"

她居然这样打击我。

我真不应该信她。

"接下来——"拉芙米小姐站起身来，"我差不多也该回去工作啦。"

"你这也算是在好好工作吧。"

"你这么觉得？"

"是啊，我这么觉得。"

"那真是太好啦！"

说着，拉芙米小姐便打算离开。

正准备开门时，她突然回头。

"啊啊，对了，伊伊。"

"……怎么了？"

"从我离开开始直到下午五点，我和医生都不会再走进这个病房了，和你同居的那位女仆小姐也已经把换洗的衣服拿来放在储物柜里了，不过——你可绝对不能趁此机会偷偷摸摸地跑出去哦！"

拉芙米小姐竖起食指说,"听明白没?听明白的话就好好回答我!"

"……"

我坚定地点了点头。

"我明白了,拉芙米小姐。"

"喂,你搞错了吧,我这是叫你趁此机会偷偷摸摸地跑出去啊,你可真是迟钝啊。"

"不……我真的明白啦。"

"今天的我是不是很帅气?"

"嗯,有一点……"

"呵呵呵,我就是为了关键时候能说出这种帅气台词,平时才故意装作傻乎乎的哦!"

"那可真是白费了你的用心啊……"

说好的让医院的气氛变得更明亮呢。

"哈哈哈。"

拉芙米小姐笑着——

她挥手离开病房。

她果然是个奇怪的护士。

不过多少……

我也算是被她鼓励到了。

我还是一如往常——没有人在背后推我一把,我就无法前进。

那么——

接下来,该换我耍帅了。

我将平常的戏言清算一番，缓缓地从床上下来。

腹部的伤口——

没关系，小心一点，我至少还是可以走路的。

避免激烈运动就好。

"……也没什么不好的。"

我已经厌倦了死亡，是时候该开始求生了。

今天是九月三十日。

时间距离一切的终结已所剩无几。

2

我换好衣服逃出医院，搭乘的士返回公寓。从医院到公寓并没有直达的地铁或巴士，距离太远无法步行前往，而且时间已所剩无几，毕竟距离狐面男子指定的派对场所——澄百合学园还有一段相当长的路程。上一次去的时候，澄百合学园还并非遗迹，而是一所正常运营的学校，当时我坐在哀川小姐爱车的副驾驶座上，途中半数时间处于昏睡状态，所以也不知道具体花了多久，但若是驾驶美衣子小姐的菲亚特轿车，就一定可以节省不少时间。

我必须抓紧时间。

话虽如此，我也不可能就这样双手空空毫无防备地闯入敌阵，我没有那么大胆，对敌方也不甚了解，所以必须先回一趟公寓。

"……"

虽说此刻我无暇再拘泥于一些小事，但是在京都乘坐的士着实令我感到屈辱……[1]

抵达公寓。

果然，我还是有些力不从心。

腹部的伤口处传来剧痛。

崩子和萌太应该已经动身前往澄百合学园，可我依然觉得紧张。

要是逃离医院一事败露，我怕是真的会死在她的刀下……

可怕。

我一边四周戒备，一边悄悄进入公寓，尽量不发出脚步声地前往二楼。居住在二楼的只有我和美衣子小姐，美衣子小姐此刻正躺在医院里，所以只要抵达二楼就不用再担心了……

我打开门锁，走进我的房间。

我阔别三日的家……

不过，我倒也没有离家多久，此刻也无暇感怀。我必须赶紧准备起来，不然就来不及了。

我目前持有的武器有——

杰里科941的子弹已在上个月全数耗尽，无法使用。如果时间来得及，倒是可以准备些替换的子弹……

那么武器就只有刀了吗？

---

[1] 由于京都比较小，通常只有老年人和贵妇才会打车。——译者注

薄如蝉翼的匕首与一把开锁铁刃。

匕首外还连着背带。

"嗯……"

我总觉得有些不放心：虽然还有一些顺手的刀具，但也派不上什么用场。我又不是零崎人识，带太多刀子只会碍事……

突然，我看向墙壁。

那并不是墙壁，而是隔壁的房间。

"嗯……嗯……"

对了……美衣子小姐的五段铁棒或许不错。那把与古董混在一起的日本刀虽然也能用，但是我并不擅长用刀，不管那是木质的还是铁质的。铁棒的话，即便不当作刀剑也能发挥些作用，就算无法作为武器，那把伸缩自如的铁棒也不至于碍手碍脚。

我走出自己的房间，用开锁铁刃迅速地打开了美衣子小姐的房门，说了句"打扰了"便走进房间。由于房间构造相同，我又来过很多次，自然知道东西都放在哪里……但毕竟未经允许闯入她的房间，多少会有些罪恶感……不过现在是非常时期，我也没有干什么亏心事，应该没有大碍吧。

"啊……对了。"

机会难得，我不如问小姬也借点东西吧。

她房间的租金还可住两个月时间，所以我只稍作打扫，还未将东西搬离。我打算向小姬借一些丝线。当然我并非琴弦师，也不会使用丝线，但是丝线的适用范围要比铁棒广泛得多。

不过，七七见也住在一楼……

现在这个时间……

她要是在学校就谢天谢地了。

我锁上美衣子小姐的房门，往楼下走去。小心翼翼、战战兢兢、如履薄冰般，通过七七见的房间到达小姬的住处，悄悄溜入房间（感觉我就像个小偷一样）。原本狭小的房间里放着一张床，显得更为拥挤。

我很快便发现了要找的东西。

这么一来——总算准备完毕。

差不多就是这样吧。

"……为什么连续两个月都遇上这种事呢。"

我将包里的东西全部倒在小姬的床上，再一一装好。我必须确保武器被放在随时能拿出来的地方，以备不时之需。上个月的对手只有一人倒还好，这个月的敌人却多达十三人。

一人与十三人，二者实为天壤之别。

不过……

那也就是将同样的事情重复十三次罢了。

我很擅长重复。

这虽非本意，但我的确擅长。

"好——就这样吧。"

我准备好随身物品，扣上背带，穿好上衣。这段时间的天气，只要穿一件衬衫就好，但如果不多穿一件夹克，露出背带也不太雅

259

观。于是我准备最后再回到自己的房间。

突然,有人进入房间。

那人悄无声息地、不可察觉地站在我的身后。
我本以为是七七见,正准备抽出小刀。
但是我猜错了。
来者并不是她。
"我把——"
她——
千贺光开口说。
"衣服拿来了。"
"……"
她的手里是一件夹克。
我的夹克。
"您怎么了?"
"不……"
我收好小刀,转过身来正对着光小姐。她的身材娇小,坐在床上的我也几乎能与她平视。
光小姐……
她看起来已然洞悉了一切。
如果是这样——

"——是不是觉得很意外。"

"我并没有觉得意外。"

光小姐温柔地一笑。

"我觉得这很符合您的风格。"

"我的风格……"我无意中用自嘲式的语气开始说。

"光小姐,你的妹妹明子小姐曾经对我说过,说我这种人不如死了算了。体内饲养着那种毛骨悚然的怪物却还想继续存活,比爬虫还要低劣。"

"那真是抱歉了……"光小姐束手无策地苦笑道,"不过,明子也有明子自己的想法。"

"明子小姐的想法是什么?"

"我觉得那孩子一定很羡慕你。"

"羡慕?谁会羡慕我?"

"或者说是嫉妒你。"光小姐说,"不管是哪一种,明子大概都无法承认她自己与你其实是同类。"

"同类吗?"

也就是替代品吗?

的确——

明子小姐与我有共通之处。

至少我是如此认为的。

"尽管我和所有人都有着相似之处。但能算得上是我的同类的,恐怕也只有那个杀人者了。不过我现在却连他的下落都不知道……"

"您只是您自己。"

光小姐不知为何以一种异常坚定且严厉的口吻说。

"没有任何人可以取代您,所以您没有同类。"

"……要是这样就好了。"

要是这样就好了。

要是这样就太好了。

我无力地低喃着。

我总觉得开始变得软弱。

我果然还是……不行啊。

我接受了她的溺爱。

一旦被人纵容,就会自我姑息。

从某种意义来说,她是我比七七见更不想见到的人。

千贺光。

"四月离岛的时候——"我说,"我被伊梨亚小姐邀请留在岛上,那是她第一次劝我——问我要不要留在岛上,成为她的家人。"

"家人……"

"我要是答应她就好了。我要是能将这边的事情全部抛开,归隐孤岛,至少就不会给公寓的人带来这么多麻烦了——"

我也不会被"最恶"盯上。

我亦不会搅乱故事。

我即使依然会打乱四周——也不至于演变成现在这样。

我不会落到这般田地。

"我倒觉得即便您留在岛上——结果也不会改变,最多进展得慢一些罢了。"光小姐否定了我的想法,"这间房间以前住的是——紫木一姬小姐吧?"

"……是的,你是从哀川小姐那儿听说的吗?"

"嗯,我还听说过她的昵称是'小姬'。"

"是啊。"

"听说姬菜真姬小姐儿时的昵称,也是'小姬'哦。"

"嗯?"

"小姬。"光小姐看起来有些愉悦地说。

"如果您目睹姬菜小姐被杀的惨状——想必反应也会与紫木小姐遇害时一样吧?"

"……"

我讨厌那个人。

讨厌至极。

可即便厌恶万分——

她若惨死在我面前。

那时的我——

我也必定无法坦然无事。

"那么到达的结局就是一样的。"

真姬小姐——

她确定自己会在两年后死去。

所以结局并不会改变。

即便可以打乱故事，即便可以加快进程，我终究无法停止，也永远无法逃离故事。

原来如此。

原来是这样。

真姬小姐。

她从未告知我只言片语。

因为她早已看透了一切。

她无论怎样挣扎都无能为力。

可是……

不对。

正因如此，就连通晓一切的她——

她也无法预知自己死后之事。

原来如此，我总算明白了。

此时此刻——在预言者已然退场的现在，对任何人来说都是未知的领域。

从此刻开始，未来无人知晓。

狐面男子想要创造出这种状况。

这就是他杀害真姬小姐的动机。

怕有人透露先机会扫兴不过是他打的幌子，并非他的第一目的。毕竟就算真姬小姐能预知世界的终结与故事的终结，看到途中经过，她也无法读取最后的结果。

狐面男子之所以要杀死真姬小姐——

他是为了使故事陷入混沌。

正如他杀死小姬——

他是为了让我陷入混沌。

"所以你那天说的'与姬菜小姐的死也有某种关联',是指这个意思吗?"

"嗯——大概就是如此。"

"……原来如此……怎么说呢……光小姐,虽说我是一个浑浑噩噩度日的无用之人,但我也并非生来如此……"

"您的意思是?"

"怎么形容呢,我以前是个更孤僻、更果断、从不为他人多费口舌的怪小孩……"

"嗯,表面上看可能的确是这样。"

"那样的我很滑稽吧?你也会觉得很意外吧?我啊——现在正打算忍住腹部的伤痛,为了美衣子小姐赶赴死地。将自己迄今为止的人生准信抛诸脑后,为了他人赴汤蹈火。至今为止,我伤害过无数人,现在却将拯救一个人挂在嘴上。拯救美衣子小姐原本就是我的责任,我却厚颜无耻地将它视作自我牺牲,我现在的这副样子一定很丑陋吧。"

"不是这样的。"光小姐说,"我并不觉得您是一个对他人冷漠的人,起码您对友小姐就不会吧?"

"因为我也把玖渚看作是我的责任。"我回答道,"而且玖渚只是需要有个人陪在身边,那个人并不是非我不可,所以我不过是乘人之危罢了。"

"或许如您所说。"光小姐颔首道，"但是除您以外，还有谁可以陪在友小姐——那位玖渚友身边呢？"

"……"

"除您以外，不会再有人爱玖渚友了。能拯救她的只有您一人。"光小姐平静地说。

她以坚定而又严厉的声音。

"如果您忘记了，就请您回想起来吧，您无论何时都只为他人行动。"

"……是吗？"

"四月，您为了园山小姐，我，还有友小姐竭尽全力——之后的事我也从春日井小姐那里听说了；五月，您是为了同学江本小姐；六月则是为了紫木一姬小姐；七月，您再一次为友小姐行动——就连上个月，也是如此。"

"……"

"您总是为了身边的人行动，为他人背负伤痕。为了不让他人受伤，却让自己伤痕累累。的确有人不忍心看到您这样——但是我想一直注视着这样的您。我认为您很了不起，所以即使看起来滑稽，即使会让人始料不及，不管您看起来有多么烦恼——"

"——我心中那个优秀的您，绝不会在这种情况下坐视不管。"

我拿起背包，站起身来。

光小姐展开夹克，转到我身后，抬起我的手臂，穿过袖口。动作行云流水，毫无迟钝。

光小姐——

你真的是最棒的女仆。

女仆中的女仆。

其他女仆已无法令我满意。

只有你令我心神震动。

"不，没有那回事。"

光小姐绕到我正面，为我整理衣服，接着又后退两步，与我保持距离。

"因为我的忠诚可以用金钱获取。"

"……"

"但是您的勇气无可替代。请您挺起胸膛满怀自豪，虽然与您相处时日不长，但能侍奉您是我无上的光荣。"

接着——

光小姐提起长裙的两端。

她深深地向我鞠躬。

"请您慢走，主人，我会衷心等候您的归来。"

"——我出门了！"

我并非柔弱，而是真实的坚定。

我并非纵容，而是确实的温柔。

光小姐用她的话推了我一把。

我踏出房间，步入走廊。

老旧的走廊。

昏暗的走廊。

我中途退出 ER 计划回到日本后便一直住在这幢公寓里。

介绍人是美衣子小姐。

铃无小姐对我说，公寓里的住客对美衣子小姐来说都像是家人一样。

老实说，我并不太理解家人的含义。对我来说，像家人般亲近的人就只有玖渚一个——

但这里的气氛的确很好。

可是倘若美衣子小姐不在，一切就会崩塌。

所有人都会陷入悲伤。

不管是浮云小姐，还是小姬。

我绝不能任由那种事情发生。

我绝不能允许那种事情发生。

话说回来——

零崎一贼似乎是一个无比重视家族羁绊的团体——这么说来，那个杀人者零崎人识或许也曾体会过我此刻的心情吧。

他也许体会过，也可能未曾体会过。

如果再一次，再一次让我见到他，我想问问他关于家人的事。

虽然我并不认为还能与他相遇，也并不想见到他，但依照迄今为止的经历来看，我总是见不到那些原本以为可以重逢的人，又总是会遇上那些以为不可能再见的人。若是按照这个规律来看，即便零崎人识的死亡说是真的，我也觉得我很快就能再遇见他。

就算是为了与他重逢，我也得先活过九月。

我离开公寓，前往停车场。

我倏地发现——

路边站着两个人。

右边一人，左边一人。

在傍晚昏黄的日光下，他们仿佛埋伏等候在此。

其中一人是眼角下垂的少年。他身形瘦削，双腿纤长，却身材匀称，看起来十分敏捷。他垂着黑色的刘海，穿着绿色的工作服，像是刚打完工回来，双手插袋，嘴里叼着香烟。

另外一人是梳着娃娃头的少女。

她身着纯白的连衣裙，肌肤白净如雪，嘴唇鲜红似血，她正以那异常冰冷的轻蔑眼神盯着我。

"萌太——崩子。"

石凪萌太——暗口崩子。

他们既是脱离了杀之名的逃兵，又是骨董公寓的住客。

他们……还没有去澄百合学园吗？

出于警戒心，我不禁停下了脚步。

腹部疼痛剧烈。

伤口疼痛不已。

沉默令人喘不过气。

"不用担心,伊兄——"萌太用他那足以缓和气氛的悦耳声音说。

"崩子已经不会再对你出手了。你们已经签订了主仆契约,她不仅伤不了你半分毫毛,也无法干涉你的行为。"

"主仆?"

"暗口一族是被极度限制的暗杀者,只能为自己的主人发挥杀伤能力——不与人签订契约,他们就无法行动。"

啊啊……说起来,出梦和我说过这些。而且,崩子在刺伤我之后,好像也的确抱着我的脑袋说过类似宣誓的话。

原来如此——崩子为了解开束缚,必须缔结契约;她若要想发挥"力量",就必须有一个"主人"。

主仆契约。

仅为一人——

无法为主人以外的任何人发挥力量。

"崩子大概没有想到,伊兄这么快就恢复了意识。因为在伊兄昏迷的时候,崩子可以不受伊兄束缚自由地行动。"

"是我对哥哥的认识太浅薄了。"崩子闷闷不乐地咂着舌,小声嘟囔道,"早知如此,我就该毫不留情地瞄准要害。"

"……不,你已经造成致命伤了。"

"我应该攻击心脏才是。"

"那我会死的。"

刺伤也是必要条件吗？

至少对崩子来说是这样。

真是可怕……

崩子不只是为了封锁我的行动才刺伤我。只有在我入院这段时间内，她才能解开那缔结契约后所必然产生的束缚。

那也别突然使用独门秘籍攻击我啊……

不清楚状况的我怎么可能知道其中的意义。

"总之，"萌太说，"如此草率地缔结了对暗口来说影响一生的主仆契约，这对崩子来说实属失误。加上她还错估了伊兄的顽强程度——现在已经无法阻止伊兄的行动了。"

"无法阻止吗……"

"必须绝对服从。"

"绝对……"

我无意间瞥了崩子一眼。

其间她狠狠地瞪着我。

绝对服从……

我总觉得有些怦然心动啊。

"崩子。"

"……在，有何贵干，哥哥？"

紧接着，我提出了一个相对无理的要求。

"……"

崩子先是一惊，随后又恢复了往常冷漠的表情。

她竟然照做了。

冷漠的表情不过是她的掩饰。

少女的身体正因屈辱而颤抖着。

她咬紧嘴唇,双眼泛着泪光。

……总觉得,我这人已经没救了。

戏言跟班,人间失格。

她也并非兴致勃勃地服从我啊……

"呼呼。"

萌太乐不可支地抿着嘴笑。

那样子看起来像在生气。

"总而言之,现在伊兄不管想去哪里,崩子都无法阻止。她能做的就只有全身心地协助伊兄,保护伊兄不受到任何伤害。"

"……那萌太呢?"我问。

"萌太你没有那种约束吧?毕竟是死神。说起来,你们怎么没先过去,而是一起在这里等我呢?"

"因为我和崩子都不知道澄百合学园在哪里啊。"萌太不以为意地回答道,"所以只能仰仗伊兄带路了——况且十五岁的我和十三岁的崩子也无法使用代步工具,小孩子真是不方便呢。唉,伤脑筋。"

"竟然是因为这个……"

这点小事……总能想到办法的吧。

你们可是堂堂的杀之名啊!

"萌太说要等到哥哥最后一刻。"崩子一脸不快地将矛头转向萌太,"我都说了很危险了,万一萌太再把哥哥伤到了——那可怎么办哪?"

"……"

我很想冷静地向她吐槽:崩子你对我采取的行动才是凌驾于迄今为止我所有体验的最高等级的危机。唔,唉,此时的气氛并不容我吐槽。

"我啊,崩子。"萌太微微笑道。

这孩子看起来性格相当恶劣。

身为崩子同父异母的哥哥,萌太也是一个令人血液为之冻结的美少年。但与崩子不同的是,萌太由内而外所表现出来的那种乖僻,让人无法对他产生任何保护欲。

"我从心底里喜欢着伊兄和美衣姐,我很爱他们。"

"所以——"

"我与崩子爱人的方式不同,你很重视你所爱的东西——而我只爱我所重视的东西,我们昨天不是刚聊过这些吗?"

"……"

"这个赌是我赢了吧。我相信,不,我就知道他一定会回来。"萌太朝我招手,"你让我等了好久啊,伊兄!"

"……那可真是让你久等了。"

"该不会到了这个时候。"崩子用她那几乎已经放弃了的眼神看着我,"哥哥还执意要单独前往,不让我们同行吧?"

"你们是为了美衣子吧?"

我重新迈出步伐。

我穿过二人,向前迈进。

"反正也不是为了我——随便你们。"

我头也不回地前进。

然而,那脚步声——

"——如您所愿。"

一个。

"我本来就是这么打算的。"

两个重叠在一起。

无须言语,也不需要相互确认,只有步伐统一地前进着。

暗口崩子。

石凪萌太。

戏言跟班。

三人各存想法,却步调统一。

不,还有一人——

差不多也是时候了。

那个人虽然总是姗姗来迟——

但绝不能再错过这个时机。

此刻已濒临极限。

真是的……总叫人焦急万分。

但是，精彩场面就在此处。

以那个人的行事风格，她绝不会错过。

我们转过街角，抵达停车场。

在美衣子小姐的菲亚特500轿车，以及我的老式伟士牌摩托车间还未被租赁的停车位里——就在我前天被刺伤倒下的位置上，停着一辆炫目的、鲜红色、流线型的时尚跑车。

"……"

无须任何人赘述，也无须眼神交流，我们各自散开，又同时向那辆敞篷跑车走去。

我绕到右侧——坐在副驾驶座上。

崩子和萌太则走向后排。

他们坐入车内，关闭车门。

引擎维持着发动状态。

我斜着眼看，确认下驾驶座内的人。

虽没有确认的必要——但我仍想看她一眼。

一头及肩的红发，酒红色的套装，胸襟大开的衬衫，短裙，以及那不把座椅调整到最后就无法放下的修长双腿。毫无疑问的美人，却戴着一副令人无法窥探真容的深红色墨镜，浑身散发着危险的魅力。

她只须坐在那里，便气势磅礴。

绝对的压迫感。

存在感。

"这位客人打算去哪儿？"

她说着露出了讥讽的笑容。
人类最强的承包人哀川润在此登场。
我勉强挤出耍帅的台词，向她回应。
"与你共赴天涯海角。"

AIKAWA JYUN
哀川润
赤色

第七幕 宣战

0

在破坏前创造。

在瓦解前葬送。

信仰在右,均衡在左。

闹剧在明,地基在暗。

为何人悲伤。

为他们憎恨。

1

"呵呵,原来如此!若是把奇野赖知那浑蛋的能力简单易懂地用替身来形容,大概就是紫色烟雾那种感觉吧?"[1]

---
[1] 哀川润拿《JOJO的奇妙冒险》来打比方,最符合奇野赖知的是潘纳科达·福葛的替身——紫色烟雾(Purple Haze)。紫色烟雾利用双手六颗胶囊内的杀人菌进行攻击,病菌散布在空气中,可经由呼吸吸入或皮肤渗入体内,迅速在体内繁殖,肉体的所有代谢功能都受到侵害,30秒之内,就可以让对手发病死亡。——译者注

"呃，有必要特地拿替身来打比方吗？"

这样很简单易懂吗？

哀川小姐从出发开始一路飞驰。

我则正坐于副驾驶座上，对着驾驶敞篷跑车的哀川小姐说明至今为止所发生的一切。哀川小姐毫无讶异之色，不时回话。

"……莫非你对现状早就有所把握？"

"嗯，小呗那家伙告诉了我大致的情况。"

"小呗小姐吗？"

我从未告诉过小呗小姐什么。

但那位毕竟是品行不端的怪盗小姐，也许是从我们在病房里的对话中，又或从我最后挽留她的行为里察觉到什么，便对我进行了调查。

话虽如此——

小呗小姐倒是遵守了她的约定。

"哈哈，不过我竟然不知道那家伙那么喜欢我。"

"我是看出来了。"

"你对别人的事情倒是很敏锐呢，小哥，崩子妹妹也这么觉得吧？"

哀川小姐转向后排（明明正在开车），毕竟是在这样的状况下，即便是崩子也没有神经大条到在哀川润的爱车上睡过去。

"是。"坐在哀川小姐正后方的崩子突然被点名，紧张地回答道。

虽然我多次在对话中提及哀川小姐，不过想来崩子和萌太是第一次与她见面。尽管当时我还不知道他们两人的真实身份，但是对杀之名出身的萌太与崩子来说，人类最强的承包人哀川润是意义超凡的存在（对出梦来说想必亦是如此）。

萌太倒是悠闲自得地沐浴在敞篷跑车所带来的自然风下，大概因为他的性格本就如此。崩子则显得颇为紧张，明明已经做过一轮自我介绍了，车内的氛围却依然有些尴尬。当然，哀川小姐并不在意这些。

"崩子妹妹选了这样一个迟钝的男人做主人真是辛苦啊。"

"是啊，如您所说。"

"怎么样，要不要趁现在把主人换成我？崩子妹妹也希望能侍奉一个帅气的主人吧！"

"不了，不管哥哥是怎样一个迟钝不堪、死性不改的木头人，我现在也无权更改。"

"……"

崩子与小姬不同，虽然她们都是比我年幼的女生，但崩子一直以来都把我耍得团团转……

不过，好在崩子与萌太不同于出梦，并未对哀川润抱有敌意，我可不想在这个时候还发生自乱阵脚的事情。

"既然哀川润站在我们这边——"

萌太加入了对话。

"——那不是可以轻松取胜吗？既然如此，我也可以尽量保存体力，毕竟明天还要打工，能轻松点最好了。"

唔……

萌太是没有和哀川小姐一起行动过才会这么说。与哀川小姐一起固然可以轻松取胜，但疲劳度无疑会成倍地提升，绝不可能让你保存体力。

哀川润是一张无法随心使用的危险牌。

作为王牌，她实在太过锋利。

虽然此时此刻不容我袒露真言。

"不过啊，我从没想过还能第二次来到澄百合学园，竟然把那里当作根据地，可见那家伙的心理有多扭曲，真是的——"

"……"

"——那个浑蛋老爹，哈！"

哀川润发声大笑。

"总算让我找到你了！"

"你的意思是——"

果然，在这一个月的时间里——哀川小姐一直在寻找着父亲狐面男子的踪迹。正因如此，她才一直行踪不明。

"哀川小姐是从出梦那里听到了狐面男子的事，所以才——"

"是润！不准用姓氏叫我——啊，感觉好久没说这句台词了啊，好，请你继续。"

"……润小姐从那之后就一直在寻找狐面男子的下落吗？"

"不，我早就开始找那个浑蛋老爹了，狐面男子这么潇洒的外号我还是第一次听到。哈——难怪让我怎么找都找不到,原来是乔装打扮了啊。"

"呃……"

乔装打扮是指那个狐狸面具吗?

……应该不会吧……

"虽然……我大概也可以猜到——但是你们的父女关系,好像的确不太好呢。"

毕竟十年前——

如果说哀川小姐是西东天第二次赴美时制造出来的女儿——答案便呼之欲出。他们原本就不是普通的父女,关系恶劣也是在意料之内的。

"那家伙啊,小哥——"哀川小姐说,"——可是'最恶'啊。"

"……"

"既然你已经知道,我就长话短说了——我有三个父亲。不——曾经是三人,明明减少了一人,减少了两人,减少了三人,却又剩下了一人。"

"的确,那三人都——"

"啊,都是本小姐杀的。"

哀川小姐毫不掩饰,干脆地承认了她的弑亲之举。

崩子与萌太也毫无反应。

说来也是。

这对兄妹也舍弃了亲人。

"那已经是十年前的旧事了——也是一段我不怎么想公开的过去。那时我还不是'人类最强',当然也还未成为承包人,只是任由那三人支配的道具罢了。"

"道具……不是女儿吗?"

"既是女儿,也是道具。"哀川小姐讥讽道,"话虽如此——我所做的事情从那时起就没有改变过,在那个浑蛋老爹的示意下干了不少勾当。"

"……"

"这让我大为光火,所以我就把他们都杀了。我和那家伙的因缘就是这么回事。"

不可能这么简单吧。

他们父女间的事不是三言两语能说清楚的。

我知道的。

对此我很清楚。

"……你们不是亲生父女吗?"

"当然不是,年纪也对不上吧?"

"也不至于完全不可能吧。"

西东天今年三十九岁。

哀川小姐是二十多岁。

也并非完全不可能。

"长相也有些相像。"

说是被捡回来的孤儿实在有些牵强。

设定不合逻辑。

"那是当然。"哀川小姐说,"因为我是那家伙姐姐的女儿。"

"……姐姐?"

西东天的确有两位双胞胎姐姐。

下落不明的双胞胎姐妹。

"虽说终究还是不知道究竟是哪个姐姐生下了我——不过那就是那个浑蛋老爹收留我的原因——毕竟他是一个糟糕透顶的姐控。"

"原来事情是这样啊。"

我嘴上虽这么说——实际上却不觉得事情如此简单。十年前——甚至二十年前,西东天与他周围、哀川润与她周围一定发生了用言语无法述尽,漫长且浓重的故事。

那段故事并不是我该听的内容。

它也许会永远湮没于历史,不为人说。

那归根结底是他们家族内部的问题。

我不适合过多深入。

"我就知道浑蛋老爹没那么容易死掉,肯定在某个地方好好活着——所以虽然我也很惊讶他竟然将那对匂宫兄妹收于麾下,但那就是他的行事风格。"

"……"

然而——

这么一来,我难免有些担忧。

我担心……哀川润面对自己好不容易找到的父亲——究竟会采

取怎样的行动,她是否还能一如既往地保持她最强的坚定与果决?

况且那还是她曾经剿灭的对象——

问题还真是复杂。

"——多亏了小哥。"

"啊?"

"我才有机会见到老爹。"

"……为什么这么说?"

"如果没有小哥,我是绝对不可能与他重逢的。那个浑蛋老爹早在十年前就与我彻底断绝了关系,还好小哥你遇见怪人的才能在意想不到的地方发挥了妙用。"

"……能帮上你的忙真是谢天谢地。"

"这一个月来,我找遍了能找的地方,不只去了美国,还几乎把世界的一半都转了一遍,结果还不如待在小哥身边。正好小呗也找到了我,我就这样回来了。"

"可是你为什么要隐藏行踪呢?只是想找到父亲的话——办法有很多吧,可以找玖渚和小豹帮忙,或者从一开始就埋伏在我身边。"

"光听出梦的话,我也不清楚事情原委啊。要是知道你被那个浑蛋老爹选中了,我早就在你附近埋伏好了!"

"……说的也是。"

我们一路飞驰在高速公路上。

由于行驶方向远离市区街道,道路上车辆稀稀拉拉。

"可是——"坐在后排的萌太眼见话题中断，便插口说，"您没问题吧——润小姐？"

"啊？怎么了，美少年。"

"我当然希望我们这边能轻松取胜——不过刚才您说话的口气，让我有些担心。哀川润小姐，您——"

我回头望向萌太。

他悠然自得的微笑里的确掺杂着些许忧虑。

"——其实很想见到父亲吧？"

"……"

"如果您是为了将那被断绝的父女因果之缘重新联结，才销声匿迹一个月——那非常抱歉，我必须与您分道扬镳，因为我不想被拖后腿。"

"——你对我这个'最强'说话还真是毫不忌讳呢，美少年。"哀川小姐露出发自内心的喜悦之色，"年纪轻轻，说起话来倒是老练，你不累吗？你要是生气，对我不用敬语也没关系啊。"

"我平常说话就是这样。"

"这就是所谓处世之道？"

"正是如此。"萌太点头说，"我与妹妹崩子都与父亲关系恶劣——如果你们父女恩爱，那就与我们互不相容。我本来就对什么狐面男子西东天毫无兴趣，他对我来说根本可有可无。我所关心的就只有刚才伊兄提到的名为奇野赖知的男人，仅此一人，因为只有他手上才有解药。"

"……"

"既然您是承包人——请不要夹带私情,这就是我想表达的忧虑。"

"哈!"哀川小姐忍不住喷出笑声,"这还用说?我看起来是那种会在工作中夹带私情的蠢货吗?"

不是吗……

我倒觉得你还挺喜欢徇私的……

"美少年,我之所以一直在搜寻那个浑蛋老爹——"哀川小姐说,"是为了彻底终结他的生命。"

"……"

"所以你不用担心,绝对能如你所愿轻松取胜哦,美少年。在这个世界上,被称作'最恶'的远不止他一人——但是被称为'人类最强'的,就只有本小姐哀川润一个。"

萌太听到这番话后耸了耸肩。

"……是我失礼了,还请不要在意。"

"免了免了。"

作为一个被夹在中间的第三者,我刚才也有些提心吊胆,好在哀川小姐完全没有放在心上。不过我还是想多句嘴,"最强"与"最恶"两个词的使用频率本来就天差地别,怎么能放在一起做比较呢?

"啊,但是哀川小姐。"

"是润。"

"……润小姐,你的另一位父亲,架城明乐的名字也出现在了十三阶梯的名单里。"

"啊?"

哀川小姐一脸讶异。

于是,我将刚才还未提及的关于十三阶梯的每一个人向哀川小姐做详细说明。虽说崩子已经听我说过一遍,想必也已传达给萌太了,但以防万一,我还是用尽量简单的方式让他们二人都能听明白。

"十三阶梯啊……也不知道是致敬了幻影旅团还是GUNG-HO-GUNS,不过我并不觉得那些成员有多优秀……也就是一群妖魔鬼怪罢了[1]。"听我说完,哀川小姐苦笑道,"浑蛋老爹在这方面还真是一点都没变……不过也是,毕竟他所追求的目的从未改变……"

他所追求的目的——追逐的目标。

世界的终结。

故事的终结。

"不过小哥,你大可不必在意架城明乐,他绝对已经死了。"

"是吗……"

"那家伙的死我可以确定。"

"是你杀的吧?"

杀死。

---

[1] 幻影旅团是出自漫画《猎人》里的盗贼团伙,一共十三人;GUNG-HO-GUNS则出自漫画《枪神》,是一个由超能力者、武士、木偶师等怪人组成的杀手集团。——译者注

杀人。

杀死人。

——冷静！

——接受吧。

那已是陈年往事。

那并不值得我动摇。

"不对——"哀川小姐却话锋一转，"确切地说，我杀死的是我的另一个父亲，蓝川纯哉。不过我也对架城明乐下手了，尽管给他致命一击的人不是我，但我也确认了他的死亡。出梦不清楚也很正常，毕竟我才是亲临现场的当事人。所以，我可以断言，架城明乐确实已经死了。"

"但是他依然身居十三阶梯。"

"这就是所谓保留位置吧。"哀川小姐讽刺地说，"因为架城明乐对浑蛋老爹来说是唯一一个无法被替代的人，是比挚友蓝川纯哉更加独一无二的人。"

"……"

嗯，我对此不置可否。

我感觉稍微有些异样。

我从光小姐那里得知——

哀川润有三个父亲。

她本人也承认这一点。

可以说，这是不容辩驳的客观事实——但哀川小姐一直只将狐面男子称呼为"老爹"，对其他二人并无此意。从血缘关系来看，狐面男子不过是她的舅舅，虽说比起其他二人要亲近一些，可毕竟她的名字继承自蓝川纯哉，只认狐面男子这一个父亲终究让人觉得有些蹊跷。

萌太的担忧——我其实也感同身受。

假如。

如果"最恶"与"最强"存在冰释前嫌的可能性——我们便只能坐以待毙了。

哀川小姐这一个月来一直在寻找西东天。我想她一定从很久以前，甚至从十年前杀死西东天之后便开始寻觅他的踪迹。

如果是这样，即便只有一丝可能，也足够我们殚精竭虑了。

哀川小姐——

她是否能体会这份担忧？

"总之呢，小哥，十年前发生了某件事，那件事导致我与他们三人关系失和。"

"啊——"

"我和浑蛋老爹吵架，蓝川纯哉站在我这边，架城明乐则支持浑蛋老爹。最后我们抛开了父女关系，演变成二对二的战争。"

"然后呢？"

"活到最后的只有我。"哀川小姐回想起往事，流露出怀念之情，"不过我也算是死了一回了。那个时候的我尚未拥有名字——便收下了蓝川纯哉之名。"

"原来是这样啊。"

所以——

她才不喜欢别人用姓称呼她。

我以为这是她的怪癖，还总是自以为有趣地故意叫她哀川小姐，原来背后的真相是这样。

"你这浑蛋，果然是故意的啊……"

哀川小姐的声音低沉而充满压迫力。

我的想法被看穿了吗？

"先、先不说这个——"

我强行扯开话题。

"在那之前你没有名字吗？"

"也不是完全没有，他们会用各式各样的名字称呼我，现在的外号多半都是从那时留下来的……每个名字都没什么品位，没一个让我中意的……嗯，不过，当时被叫得最多的好像是'Eagle'吧。"

"Eagle？"

"因为蓝川纯哉的外号是'Hawk'。"

"啊，是鹰和鹫啊。"

"不过我们俩都是鹰。"哀川小姐说，"因为我的战斗方式都是从蓝川纯哉那里学来的。"

"……"

"那三人之中待我最像父亲的大概就是蓝川纯哉吧，每一次到最后都会站在我这边。"

哀川小姐虽然这么说——

她却并未以父亲之名称呼他。

这是因为她眼中的"父亲"只是个无谓的称谓,还是因为蓝川纯哉对她而言并不重要呢?

对他人的家庭,我还是少说为妙。

"你很不擅长应付没有名字的对手吧?"

"……不,只要有个称谓就好,名字毕竟也只是一个人的代号而已——但若那代号单纯只是一个代号,从一开始就没被当作名字的话就有些棘手了。记号本身没有意义也就罢了,若是它连记号的意义都不存在,那便真的只是'杂音'了——我还真是束手无策。"

"……"

"无法理解吗?"

这也没办法。

这种程度的难题对哀川润来说自然是不在话下。

考虑当下的状况——十三阶梯为了专门对付我占去一个位置,搞不好反而对我方更有利。

我已不再孤身一人。

暗口崩子。

石凪萌太。

哀川润。

可靠的伙伴——有三人相伴。

十三阶梯算得了什么。

"呵呵……话说回来,十三阶梯里只有十二个人,这点确实让人有些在意,会不会还准备了什么秘密成员?那个浑蛋老爹总是喜欢在关键的地方藏藏掖掖。"

"我倒觉得他没有要隐藏的想法。"

"说的也是……说不定第十三个位置就是给我准备的呢!这样会不会很出人意料?"

"也许真的是为您准备的呢。"萌太说,"不管您怎么想——令尊说不定对您还有所留恋。"

"那不可能啦。"哀川小姐说,"那个浑蛋老爹根本没把我放在眼里啦。"

"……"

"反正他也不会想到我会出现吧。不,就算想到也不会有什么差别。"

"哀川小姐……"

"再用姓氏叫我一次,我就把你扔在高速公路上。"

"……"

她既然知道我是故意的,就真的做得出来。

谈话间,窗外已能看到似曾相识的景色,距离澄百合学园的路程大概已经过半。

"对了,后座的两位小朋友,你们认识几个十三阶梯里的名字?我对世事不甚了解,对这些人还挺陌生的。"

"我也不太清楚,我虽身为死神,却还未拥有实战经验。"萌太回答道，"不过崩子应该认识其中一人吧？"

"……是的。"崩子点头说道，"我知道暗口濡衣——但包括我在内的暗口家也从未有人见过他的真容，所以我想——那并没有什么参考价值。"

"这样啊。"哀川小姐倒也并不沮丧，"看来我们能掌握的就只有那个叫杂音的浑蛋家伙和奇野赖知两人吧。小哥见到的那个浴衣狐面的小鬼究竟是谁也是个问题，不过也只能边走边看了。"

"是啊。"萌太说。

"同感。"崩子说。

"唔——除去架城明乐，十三阶梯还有十一人，我方阵营有四人——决定了，我就负责对付其中的九个吧！"哀川小姐放声道。

"美少年和美少女就各负责搞定一个。"

"……"

"……"

"嗯？不行的话，我也可以干掉所有人啦！"

"不在话下。"萌太说，"既然分配给我一个敌人，那我希望由我来对付奇野赖知，但我不会强求，崩子也一样吧？"

"……我会遵循戏言哥哥的指令行动。"崩子说，"不管哥哥如何吩咐，我都会全力以赴。"

"不，崩子，别那么说。等等……对方一共十一人，崩子与萌太各对付一个的话……"我掰着手指计算人数，"……咦？润小姐，那我负责什么啊？"

"废话，你当然要负责对付浑蛋老爹啊。"哀川小姐一副天经地义的样子说，"虽然很不爽——但是那个老爹压根儿没有把我放在眼里。放心吧小哥，浑蛋老爹没有一点战斗能力，但你至少还具备一些格斗技能，所以稳赢啦。但是——"

哀川小姐话锋一转。

"最后一击尽可能让我来。"

"……悉听尊便。"我点头，接着转向崩子，"那么，就这样决定可以吗，崩子？"

"遵命。"崩子颔首道，"我会按哥哥的指示行动。"

"……"

崩子的回应，总让我感觉有些拘谨。

对崩子来说，这大概是身为"暗口"所必需的仪式感。但另一方面，对屈于暴力淫威才缔结契约的我来说，现在的状况实在是令人如坐针毡。而且……那毕竟是崩子的人生大事，虽说当时时间紧迫只能就近缔约以解除束缚，但崩子不得不选择与我这样的男人缔结主仆之约，也真是可悲可怜，不知道还有没有补救的方法……

唉……现在也没有闲工夫来考虑这些。

此时正是关键时刻。

"话说回来，十三阶梯内也没有几个战斗人员吧……只有崩子的亲戚暗口濡衣、澪标高海与澪标深空——以及奇野赖知。虽说那个叫浅野的女武士过了很久才毒发，但奇野应该也有即时发作的毒吧。还有——我们对时宫也不得不防啊。"

"是那个操想术师吧。"

"嗯,说实话,我因为某些原因对时宫有些许了解。虽然他们对我造成不了伤害,我也没管……但是时宫和奇野一样,都是让人不想招惹的咒之名。"

"……是啊。"

我举双手同意。

"不过,面对时宫时只要集中精力多加戒备就好。他们能在人软弱不备时乘虚而入制造恐怖——所以只要你不觉得害怕,时宫就无法发动操想术。"

"话是这么说——"

话是这么说,哀川小姐自然是不在话下,萌太与崩子应该也并无大碍,我从未听说他们有什么惧怕之事。

那么问题便仅在于我。

我的确无法保证。

老实说——

我对狐面男子仍心怀惧怕。

他甚至是我见过的最恐怖的人。

虽然他还未真正对我动手,我却惶惶不安。

"不过,反过来想,杀之名与咒之名只须多加提防——虽说有战斗人员与非战斗人员之分,当作敌人一并解决就好。问题在于剩下的那些未知的敌人。因为未知,所以棘手。"哀川小姐说,"呃……空间制作者、架空兵器、医生、刀匠、人偶师,还有杂音吗?"

"没错。"

"不明所以。"

"是啊。"

"医生与刀匠，总不用放在心上吧……大致能摸清楚他们的职能。人偶师，嗯，有些微妙啊……应该不只单纯能操纵人偶……不过说到怪异——空间制作者与架空兵器才是最奇怪的。"

"毕竟，我们不清楚他们的身份。"

"空间制作者啊，就当作镜中人[1]来看好了。"

"我觉得不太恰当。"

"……果然还是顺其自然吧。"哀川小姐瞥了我一眼，又转向身后的两人，"嗯，快决定吧，年轻人们。"

"我与崩子属于战斗人员——"萌太说，"对付这种情况算是得心应手。虽然还不知道我们的才能究竟能填补多少经验上的空白——总之，我会在保存体力的前提下努力的。"

"……"

崩子沉默不语。

唔……我还是很担心崩子。她和萌太不同，虽然表面冷酷，却一定会战斗到最后一刻。

十三岁。

---

[1] 在漫画《JOJO的奇妙冒险》中，伊鲁索的替身——镜中人（Man in the Mirror）能将敌人拉入镜子中，从而把敌人和替身分开。如果只拉一半则可以使敌人无法动弹。——译者注

考虑到子荻、玉藻和小姬，十三岁的少女也完全可以作为战士独当一面了——若是束缚于世间的常识，她便无法前行。

然而，我还是不希望有人受伤。

无论是我方还是敌方。

我不希望看到流血，更不愿目睹死亡。

任何一人丧命都会让我无法忍受，令我无颜面对美衣子小姐。

她一定不希望任何人以任何形式因她而受到任何伤害。

无论是谁的离去，都会让她悲伤不已。

我不希望让她背负那样的重担。

最好在她不知情的情况下解决一切。

这也许是一种伪善吧。

然而无论它会带来何种罪孽，我都心甘情愿接受一切惩罚。

对此，我坚定不移，奉为信念般，尊为信条般。

我不会改变我的做法。

受伤的人只能是我。

其余任何人都不允许受伤。

但是——倘若美衣子小姐不愿我受伤——甚至能像遭遇奇野那日挺身而出守护我一般——

那么唯独这次，我决定不再受伤。

我们驶出高速公路——

我们进入澄百合的私有道路。

这也意味着即将抵达终点。

澄百合学园已停止运营,通往学校的道路也很荒凉。时间已然入夜,行驶在没有一盏路灯的道路上颇为危险,然而哀川小姐丝毫没有减速。

她甚至加速前行。

心急火燎地,她想赶去父亲的身边吗……

"……"

"啊,对了,小哥。"

哀川小姐却一副并无此意的样子,坦坦荡荡地向我搭话。

"让姐姐告诉你一件你没发现的事情吧。"

"啊?"

"告诉你哦……"

"别一副色眯眯的样子……"

"是关于光的事。"

"光小姐怎么了?"

"她多半不是光本人哦。"

"什么?"

我目瞪口呆。

"我也没直接见过,所以无法完全确认……不过来的人应该是彩或明子,明子的可能性更大吧。"

"啊?"

她们毕竟是三胞胎。

她们完全可以互相替代。

三人的区别仅仅是眼镜和性格。

眼镜可以摘下，性格也可以扮演。

可是——

"润小姐也说并没有见到她啊，为什么会这么觉得？"

"嗯，不过那对三胞胎就算在我眼前，我也分不清啦。至于性格，那三姐妹本就极善于说谎。"

"这点倒是深有同感……可是……"

"就连她们的主人伊梨亚也无法判断她们三人分别是谁，小哥与我分不清她们自然是天经地义。不过——唯独有一人，一眼就能分辨她们的真身。"

"啊……"

玖渚友。

在那座岛上，玖渚友只需一瞥，瞬间便能明确分清那对三胞胎的身份。凭借她那恐怖的认知力与记忆力，无论多么细微的差别都不在话下。

然而——

在地下停车场遭遇狐面男子的那天——光小姐却避开了与她关系亲密的玖渚友。

那便是光小姐并非光小姐本人的证据吗？

"可是……如果是这样，她又有什么必要撒这样一个谎呢？"

"嗯，按正常的思维考虑，她的确没有撒谎的必要。可如果她并非光，而是彩或明子呢？你说她一直缠在你身边，那其实是在保护你的安全吧？所以，我想她应该是明子。"

我不假思索地转身看向崩子。

的确——崩子也同样如此。

为了保护我，她一直跟在我身边。

并且，明子小姐虽身为女仆，但定位与两位姐姐不同。她精明能干，在赤神伊梨亚的身边担当着保镖的工作。

"春日井在去往那座岛后，就把你的经历告诉她们了吧。伊梨亚在听说你的遭遇后不是异常担心吗？绝不可能被杀的占卜师刚好惨死在岛上，而小哥的周围又弥漫着战争的味道——想必她也是想为你做些什么吧。"

"……"

"如果白操心的话，单单照顾你也好。"

"不……要是这样，从一开始说清楚不就好了……"

"——她如果事先告诉你，你一定会将其视作多余的关心，拒绝她的好意。对吧，崩子妹妹？"

"……的确如此。"崩子对哀川小姐突如其来的问题点头回答，"因此我也从不表露只言片语。"

"……"

我无话可说。

"实际看来——崩子妹妹与明子对你的保护还是起了作用的。

自你遇见奇野赖知直到出院以来，浑蛋老爹就只有在小玖渚的公寓里才成功接触到小哥吧？那一次明子没能和你同行，崩子妹妹又在睡觉。除此之外的任何时候，她们都犹如铜墙铁壁般无微不至地保护着你，简直是最强的盾牌。"

"……"

"不过，那个浑蛋老爹竟然能盯住这仅有的间隙发起行动，也真是不可小觑。"

原来……我自始至终、无论何时都无法一个人单独生存……嘴上说着没关系那都是多管闲事。可如果没有她们的保护，我也许早已命丧黄泉。

此刻的心情虽然不同于感谢，却也感触良多。

"这纯粹是我的个人猜测、毫无证据地无事找事，说不定光就只是光本人，不过我的这番推测也挺有趣的吧。"

"你的推测确实有道理。"

"嘿嘿嘿，一想到那个沉默寡言、性格冷淡的明子竟然把小哥称作'主人'，明明内心厌恶，却不得不笑容满面地服侍你，姐姐我就觉得好萌啊。"

"……"

我从很久前就察觉到了……

这个人相当喜欢女孩子。

说不定她能和铃无小姐趣味相投。

"伊兄。"萌太从背后叫我。

"那个——那个就是澄百合学园吗?"

"啊……"

还没等萌太说完,我们已然可以望到澄百合学园。除了占地面积尤其庞大之外,它从外观来看与普通的学校并无差别。虽然距离抵达还需一些时间,但目的地总算已近在眼前。

后路已被切断,再也无法回头。

况且——

我也并无回头之意。

我绝不可能在此退却。

"嗯……"

啊。

突然——我想到了。

我想到了一件颇为重要的事情。

我怎么直到现在才想到如此重要的事情。

哀川润。

哀川润。

我才想起来,那天我在玖渚公寓里见到的不只有狐面男子,还有那个不知姓名、谁也不是的她。

她。

那个时候,她说了什么?

她说她要成为哀川润。

下一次,她要将哀川润取而代之。

难道说……

我身边的哀川小姐该不会是假的吧？

暂且不提思考方式与言行举止，那个"她"应该无法复制他人的面容与身形才对——所以在当时的那座孤岛上，她才不得不杀死园山赤音——因此，就算她真的取代了哀川润，外表上也必定存在破绽……

不过，凡事并无绝对。

尤其是刚听完光小姐与明子小姐互换身份的把戏——我很难将内心的疑问付之一笑。

有什么可以确认哀川小姐身份的手段吗？

不经意间提一些只有我与哀川小姐才知道的问题，也许是现下最明智的举措……但若是那个"她"，想必已经做了详备的调查。

这可麻烦了……

尽管荒谬无稽，可一旦陷入疑问，我便很难说服自己……疑惑始终在心里挥之不去。

"喂，小哥——"

我被哀川小姐呼唤，立即抬起了头。

思忖之间，我们已然驶入了澄百合学园前的最后一个路口。前照灯的光束向前延伸——照亮了学园的校门。

校门的门扉正紧紧地闭合着。

铁质的门扉。

庞大且坚固的门扉。

那门扉昏暗的影帘下交叠着一道人影。

站姿似曾相识。

那人是杂音。

Noise，杂音。

他也能看见车前灯所发出的光束吧。

他抿着嘴，笑着。

纵然距离相隔——我也能看到他的笑容。

"杂音——"

我呼唤着他的名字。

我呼唤着那个并非名字的名字。

我呼唤着无名的他。

他如约等候在校门前。

作为我们的领航员，她静候着我们到来。

"那个就是杂音吗？十三阶梯的第十一阶吧——长得倒是挺可爱的啊。"

哀川小姐眯起双眼，确认杂音的身姿与他所在的位置——

接着，她踩住油门，开始加速。

加速，加速，不断加速——

她一口气抵达学园正门。

到达，然后撞门而入。

轰然如雷。

巨响足以震动身躯。

纵然是坚如磐石的铁门也无法抵挡。哀川小姐直至最后也未踩下刹车，而是保持着最高速度酣畅淋漓地冲破澄百合学园的大门。

铁门的碎片掠过我的脸颊、萌太的肩膀与崩子的脑袋飞着砸向身后。

待车身完全进入校门，哀川小姐才终于拉下手刹，敞篷跑车在地面上划过一段华丽而漂亮的弧形漂移——旋转一百八十度后，正对着那被侵入后破烂不堪的校门停下。

我抬头望向天空。

杂音正伴随着悲鸣声飞在半空中。

离地时间超过五秒。

然后他着陆。

不，说是着陆也太过漂亮，那只是单纯的落地——

不，是坠地。

"啪"的一声，他猛然坠地。

"好痛……"

尽管系好了安全带，可事发突然，我的身体无法化解这份冲击，坐在后排的萌太与崩子也失去了平衡。

话虽如此——

哑然。

茫然。

三人哑口无言。

即便是崩子，即便是萌太，也都目瞪口呆。

这个人……真是什么都干得出来啊。

尽管这座学校已停止运营,形同废墟,我也没想到她竟会一口气将其破坏殆尽。就算想先发制人,就算想兵出奇招,这种做法也太过——太过夸张了,无论如何也太过火了。

"好啦——到了!"

一个人——

只有哀川小姐一人若无其事,神采奕奕地解开安全带,走出车门,朝着被撞飞到远处的杂音小跑过去。

接着,她确认他是否有一息尚存。

可是……

她有必要去杂音身边吗?即便是在车上的我也能看得一清二楚。杂音不仅全身痉挛,还翻着白眼,那副样子不管怎么看都无法继续战斗。

杂音——

杂音以最快的速度消失退场。

他太、太快了……

"那个——"

哀川润转过身来——

她面朝我们,煞有其事地摊开双手。

"这么一来,我的任务还剩八个人吧?还是一个人来着?还是十三个人?"

"……"

"——几个人都无所谓啦!"

说着——她目中无人地发声大笑。

目中无人——仿若无敌。

正因如此——"人类最强"才能成为"人类最强"。

我竟曾有一瞬怀疑过她,实在是羞愧难当。

她就是哀川润。

毋庸置疑。

只有她才能如此出人意料,毫无道理。

除她以外别无他人。

哀川润绝不可能被伪装。

我对此再清楚不过了。

因为哀川润是货真价实的。

2

尽管人数不多,但毕竟是团体行动,于是我们决定组成队列共同前行。三个月前,我曾来过这里,而哀川小姐也与此地因缘匪浅,因此澄百合学园对我们来说并非完全未知的场所。然而彼时还有众多学生"生活"在此处,与现在荒芜一人的情况还是大有不同。这座学园原本就地形复杂,拥有着错综复杂的立体构造,如迷宫般令人蒙头转向，并非用寻常方法能一通到底，只来一两次绝无可能尽数掌握。有能力俯瞰学园全构造的多半只有子荻一人。至于小姬和玉藻，大概从一开始就没打算记住路线吧。

正因如此才需要引路人吧。

……可引路人已然退场。

"那么——我就负责在前开路吧。"萌太说，"我受过训练，擅长辨别陷阱与机关——毕竟是原'死神'，感知人灵魂的所在是我的拿手好戏。"

"嗯，既然如此，开路的任务就交给美少年了——我负责殿后。"哀川小姐说。

"就由我来抵御后方袭来的一切攻击，可不能盖了努力后辈的风头啊。"

"是这样吗？"

"嗯，能在一开始挫下对方的威风，我就已经很满足啦！"

"……"

你挫威风的方式有问题吧。

虽然很可靠，虽然很可信，但是我方的疲劳度，果然有增无减……这么看来，我还是无法放任哀川小姐肆意妄为啊。

"那么就由我和哥哥来担任中坚力量吧。"崩子说。

"也就是说，我们的阵形从上至下俯瞰能组成一个菱形吧。我记得哥哥好像左右手都能用吧？我是右撇子就负责右侧了，左侧交给哥哥，以阵形行动。"

"嗯。"我应道。

既然三人已各自决定好站位，我也无须再多插嘴。

"那么，出发吧。"

话虽如此，在领路人缺席的当下，我们究竟该去往何方呢？狐面男子与十三阶梯必定在这座学园内，但是——

我们该从哪里找起呢？

上一次来的时候好歹还带着地图，虽然很快就弄丢了，但现在连一点提示都没有……

"我们停在这里也想不出什么办法，"萌太说，"对方原本就来者不善——那个带路人想必也毫无信用可言。伊兄，现在的状况没有你想得那么糟糕。"

"你的想法很乐观啊。"

"待在这种视线开阔的地方对我们很不利——万一对方持有弓箭类的远程武器就糟糕了。我们先进入教学楼吧，就算校舍内错综复杂，只要我们四人在一起，就不会轻易迷路。"

"嗯……"

"伊兄，你还有什么担忧吗？"

"不，我只是打心底里佩服萌太，还有刚才的润小姐，你们会主动发起攻击，而不是原地等待敌人来袭——我并没有感到担忧，只是无法做到像你们那样，发发牢骚罢了。"

"原来如此，那崩子呢？"

"哥哥没有担忧的话，我也没有。"崩子说，"就按萌太你说的行动吧。"

"我有补充意见！"哀川小姐举手发言，"我们活捉下一个出现的十三阶梯吧，这样不仅可以从他那里打听到不少信息，说不定还能让他带着我们去找那个浑蛋老爹。"

"……"

这样的台词居然从你的嘴里说出来。

我忍不住瞪了她一眼。

而她居然向我回了个媚眼。

……真是宽宏大量。

"走到这一步，也没什么可戏言的了。"

如此这般。

我们按原计划组成阵形，潜入距离校门最近的一栋校舍。门并未上锁，因此并无开锁铁刃的用武之地。

校舍内一片昏暗，伸手不见五指。这里似乎很久没有开窗换气，空气异常浑浊，室内布满尘埃，每踏入一步，仿佛都能卷起一层白色烟尘。

这里暗藏着无数隐蔽之处。

似乎到处皆可藏匿……

嗯……我想起来了。

澄百合学园。

悬梁高校。

我就是在这里与小姬相遇的。

"……那个，伊兄。"

"嗯？怎么了？"

"我们不如随意地在走廊里逛逛吧，有楼梯的话就上楼，上不去了再下楼——你觉得怎么样？"

"啊，嗯，就按你说的来吧，如果感受到谁的气息就提醒我们。我也会多加小心的——不过这项工作还是交给萌太最放心。"

"嗯，毕竟我来自死神一族。"

"对了——我有一个问题。"

"什么问题？"

"死神究竟是怎样的存在？"

我总觉得死神听起来是杀手、暗杀者或杀人者都无法与其相提并论的存在。出梦曾经说过，在杀之名里，石凪与死神之名是最为贴切的。可对一个门外汉而言，我压根儿分不清各个杀之名间有什么细微的差别。

"杀之名原本就是随便划分的啦，伊兄，所有人的行为都是相同的。"

"行为相同？"

"就是杀人。"萌太言简意赅道。

崩子则沉默无言。

她只是用左手握住了我的右手。

仅此而已。

"区别只在动机——以动机作为区分，因动机施以歧视，只是如此罢了。伊兄想知道得更加详细吗？"

"机会难得，洗耳恭听。"

"崩子和润小姐也要听吗？"

"……哥哥想听的话我也无妨。"

"哦！我也早就想详细了解一下了呢！"

……呃，你都不知道就说不过去了吧。

出人意料地不谙世事呢……

"首先，我先介绍一下背景吧——世界被划分为四块。普通世界——也就是最基础的世界，虽被称为普通世界，给人一种平凡无趣的印象，但它基本上是势力最大的世界。关于这一点众说纷纭，至少我本人是这么认为的。以操作系统来举例的话，普通世界就是Windows吧。"

"用操作系统来举例也不会有人懂的啦……"

"就是，还是用简单明了的替身来举例吧！"

"那样就更难以理解了……"

"接下来还剩三个世界，其一是由赤神、谓神、氏神、绘镜、槛神的四神一镜占据的财力世界，就把它比作Mac操作系统吧。"

"呃，要一直用操作系统来举例吗？"

"并非偶然，此处——澄百合学园正与槛神家及神理乐（Rule）关系匪浅，不过这只是题外话罢了。接下来是权力世界，也就是玖渚机关。这对伊兄来说，大概无须多做说明了。"

"嗯……没错。"

那么，玖渚机关又是什么操作系统呢？

"Unix吧。"

"……"

嗯，硬要打比方的话——

这倒也恰当。

"最后还剩一个——这个世界就无法用操作系统来形容了，因为它是被异端的能力、异能与异形支配的暴力世界。"

"……"

操作系统的比喻只是伏笔吗？

那也太晦涩难懂了吧。

这伏笔不要也罢。

"接下来……"萌太见众人并无反应，略显沮丧，只能继续刚才的话题。

"暴力世界的势力可以被分解为七名'杀之名'与六名'咒之名'——正如字面意思所示，杀之名聚集的都是杀人能力者；而咒之名则是非杀人能力者。但原本杀之名与咒之名其实是一回事。"

"一回事？"

"应该说他们的起源相同吧，就像鸟类与哺乳动物都是从爬行动物进化而来的一样。虽同根同源，干的行径也没什么区别，但杀之名与咒之名关系恶劣。"

萌太的语气中带着轻蔑与嘲弄。

他也正是讥讽之意吧。

"接下来总算进入主题——杀之名拥有七名,也就是说,存在着七个杀之名——首先是名副其实的第一顺位,囊括众多分家的最大杀手组织'匂宫'——餍寐奇术集团匂宫杂技团。伊兄提过的出梦就是匂宫杂技团旗下的一位名将。"

"……出梦啊。"哀川小姐感叹道,"'他'的确很强,那家伙……以单纯的强度来评判的话,大概是我至今为止碰到过的最强对手。"

"是啊……"

"排名第二的则是崩子的老家'暗口'。暗口是一个隐秘性极高且充满谜题的组织。接下来是在杀之名内部也最受忌讳的杀人者集团'零崎'——零崎一贼,不过伊兄所说的名为零崎人识的杀人者,我和崩子倒是都没有听说过。"

"……"

"……"

哀川小姐与我均陷入沉默。

我应该询问她吗?

你是否杀死了零崎人识?

"你们也给我一点回应嘛,搞得我很自讨没趣。介绍完引人注目的前三名,接下来的四个杀之名在对比之下就遗憾地显得有些微不足道了,不像暗口,连样子都不让人看一眼却还扎眼得很,真搞不清楚他们到底想不想被人知道。对吧,崩子?"

"……"

"连妹妹都不搭理我,我真是不受欢迎啊。唉,算了,剩下的四个就是'薄野''墓森''天吹'。至于我曾经所在的'石凪'则是规模小到偶尔甚至会被归类到咒之名的超小型组织。"

"那么关键是，这七个组织之间究竟有什么区别？"

"匂宫是杀手，暗口是暗杀者，零崎是杀人者，薄野是终结者，墓森是虐杀师，天吹是扫除人，石凪则是死神。"

"——嗯。"

薄野、墓森和天吹对我来说是初次耳闻，但即便把这七个名字放在一起，死神果然也还是其中独树一帜的。

"所以说，他们的行为是一致的。"萌太说，"不同的是动机。"

"动机……"

"匂宫受人委托杀人，因此是杀手。暗口则是为了某个特定的人而杀人，所以是暗杀者。薄野是为了正义而杀人，所以是终结者。墓森是为了世人而杀人，所以是虐杀师。天吹是为了净化世界而杀人，因此是扫除人。石凪只杀不该存在于世之人，所以是死神。"

"……这就是所谓杀人的动机吗？"

"当然，这只是方便外行人区分的粗略分类，事实上不可一概而论。我现在是完全按团体来分类的，但其实每个人都有自己的性格。对了伊兄，单凭刚才的说明来看，薄野、墓森、天吹和石凪还是很难区分吧？但是，正义与仁义与洁癖与命运，是完全不同的哦。"

"死是一种命运吗？"

"对石凪来说是这样。"

"对萌太来说呢？"

"我已经舍弃死神之身,啊不对——并非舍弃,我自始至终就从未成为过死神。"

"……"

"机会难得,我也一并将咒之名介绍一遍吧?还是说,你们已经厌倦这个话题了?"

"不——"我回答道,"……毕竟会牵扯到时宫时刻和奇野赖知,说不定能为之后的战斗提供一些知识储备。"

"好的。"

萌太点头示意。

话虽如此——

这话题却令人沉闷不堪。

杀人。

杀人者。

不管说什么——结果都不会改变吗?

崩子与萌太虽出身于杀之名,却丝毫不具备作战经验——尽管如此,此时此处,他们也是足以一战的人了。

他们是有能力杀人的人。

当然,我也可以杀人。

我也有能力杀人。

无论是为了别人还是为了自己。

我可以杀戮。

我也可以破坏。

唉……思考这些也毫无意义。

这些根本就没有解答。

即便存在解答，我也无法得到。

正如五月时——

将杀人者与杀人犯置于天秤的两端，无论如何挣扎，不管怎样追溯，终究无法得到简明易懂、令所有人信服的解答。

我明白。

可是，这有什么错吗？

这真的有那么不可原谅吗？

追求简明易懂的解答。

追逐理想。

……大概的确是错的吧。

毕竟有时候，理想是丑恶的。

即便冠以理想之名，也不见得全是高尚之事。

狐面男子的理想——

他所追求的解答，能回答所有疑问。既是最初亦是最后的解答，是故事的完结——意同于世界的灭亡。

惹人麻烦。

多管闲事。

追求理想，追逐理念，也许的确不是什么穷凶极恶之事——尽管不是坏事，却可能成为"最恶"。

我要将此牢记心中，不能忘怀。

……不过,虽然今日不同往事,但这一路走来,又让我回想起六月的事情。

嗯……

说起来,平安渡过那起事件的学生们,在那之后去了哪里呢?应该并未全数回归日常吧。不过对她们来说,澄百合学园的生活也许才是日常。

事到如今已无法回头。

无法回归日常,也无法回到原点。

不过在这一点上——

大家或多或少都有些相似吧。

出身与教育。

出生与抚育。

姓名与家庭。

每个人均为之束缚。

萌太如此,崩子如此。

就连我也如此——

哀川润也如此。

多半就连狐面男子也如此。

他的双胞胎姐姐们也如此。

他下落不明的双胞胎姐姐。

话说回来,我并没有调查过那对姐妹的名字……

"嗯?"

咦?

说起来——萌太点头示意后怎么就没再说话了呢,关于咒之名的说明呢,等了半天怎么也没听到呢,是一时没想起来吗?

我快速地确认前方。

空无一人。

慌乱之间——我立即回头。

身后亦是空无一人。

"什……什么?!"

"请冷静一些,戏言哥哥。"

"——崩……"

崩子还在右侧,在我身边。

她紧紧地握着我的右手。

"看来——我们不小心走入了敌方的陷阱。"

"陷阱?究、究竟是什么陷阱——"

"请冷静一点。"

"我、我知道——可是萌太和哀川小姐居然突然不见了!"

"请您冷静!"

接着,崩子用了一种我没料到的方式。

"……"

我瞬间冷静。

效果立现。

"……呃,怎么说呢,那个……崩子——你有没有感觉身体有异?"

"没有,哥哥呢?"

"我也没有。"

看起来,我们并不像是遭了毒手,并未听到异响,也没有看到异样。

可是——

那两人究竟为何消失?

哀川小姐与萌太为何会突然消失?

等等,我过去也曾有过相似的体验——没错,初次与杂音在地铁内相遇时——意识切换的那一瞬间——除我与他二人外的其他乘客全部消失不见。

突如其来地。

难道说,是他动了什么手脚吗?不,他已经不可能再战斗了。他虽还未断气,但也已身受重伤奄奄一息,不可能再有办法对我们下手。

既然如此——不对。

啊,对了!

出梦不是告诉过我吗?

"空间制作——"

"……一里塚木之实吗?"

"有可能……那次在地铁里也是,让乘客消失的也许并非杂音弟弟,而是一里塚木之实——她的确拥有分散敌人、灵活运用地利、

321

制作场地的异能……"

空间制作——

原来是这个意思啊。

作为敌人的我也不禁为此叹服。

不知不觉间——我们组成的阵形便被完全瓦解。

我们既已深陷对方的陷阱，再去思考他们使用了什么手段也毫无意义。此时唯一可以确定的是，这并非转动钥匙锁上门锁那般单纯的因果逻辑——不，陷阱本身也许出奇的简单，但对无法从内部观测到陷阱全貌的我们来说，不可能有破解之法。

"萌太的声音是突然消失的——应该不是时宫的操想术。所以恐怕正如哥哥所说，那应该就是空间制作的分断术吧。"

"可是——这究竟是怎么办到的？我们的阵形之间明明毫无空隙，那两人也并无破绽，她到底是如何将萌太与哀川小姐带走的？"

萌太与哀川小姐虽然看起来一副漫不经心的样子，实际的性格也的确不拘小节，可他们绝不会在这种状况下分心。我虽不知道空间制作是什么能力，但想必也是与操想术类似的催眠术，绝不可能涉及物理，也无法将意识控制之外的人分离。

萌太先姑且不论——至少哀川润，她绝不可能被控制。

能将哀川润夺走的异能绝不存在。

只有一人还好说，可现在两人竟同时消失。

在我们察觉之前轻松地夺走两人。

"不，哥哥。"崩子面朝来时的方向，指着走廊，"——被分离的好像是我们这边呢。"

"啊？"

"你看，这一段路都只有我们两人的脚印。"

满是灰尘的走廊上清晰地残留着脚印。

两人的脚印。

我与崩子两人的脚印。

"……正如哥哥所说，我们不可能走了这么长的路才发现眼前的萌太消失不见，所以我觉得被带走的应该是我们两个。"

"我……"

是我大意了。

我听着萌太对杀之名的讲解便沉湎于回忆，精神上到处是间隙。

这才让空间制作有了可乘之机。

"我也很惭愧，萌太说的都是些我知道的事情，所以就不自觉地开了小差。至于殿后的哀川小姐，我从一开始就没太注意……"

"所以有机可乘。"

"是啊。"

"……"

空间制作如果名副其实，那么从设置机关的角度来说，比起分别带走前锋与殿后，一口气将中间的两个人分割出来，的确更简单一些……也可能因为我与崩子一直牵着手，对方无法将我们分离吧。

我回归冷静，重新拉住崩子的手。

"哥哥？"

"我们两个不能再被分开了。"

"啊——是这样。"

"不过话说回来,在前面探路的萌太也就算了——怎么连殿后的哀川小姐也没能察觉到呢?空间制作有那么巧妙吗……说实话,要想瞒过哀川润,可比瞒过我们要难得多啊。"

"……"

"怎么了,你好像有话要说?"

"呃……我倒觉得,那个人多半已经察觉到了。"

"……为什么这么觉得?"

"这只是我的推测,如果哀川润真如传闻般厉害,我想对方不可能趁她意识清晰的时候当着她的面把人掳走,而她还毫无意识。"

"可是——"

如果是这样,她一定会出手相助。

她绝不可能眼睁睁地看着我们被分隔。

"不是吗?"

"你说的没错,可若是你对哀川润有所了解就应该知道,那个人相当在乎自己的伙伴,绝不可能明知我们陷入危机还袖手旁观。"

"……戏言哥哥曾这样被她救过吗?"

"那当然了,那个人可是相当可靠的。"

从四月与她相遇以来——

五月也是。

六月也是。

七月也是。

八月也是——

"……咦?"

……我好像并没有被她救过啊。

她对我的帮助好像总是有头无尾。

要不就是不到最后关头绝不出马。

啊?

"看起来那个人在乎伙伴的方式与我有所不同。"崩子说,"也许她觉得分成两组行动效率更高吧。"

"……"

对了……我忘记了一件重要的事情。

那个人——

她总是会对他人评价过高。

她将他人与自己置于同一标准。

她无所顾忌地高谈阔论。

"接下来怎么办呢,哥哥?"

"我也想问……"

"我想我们应该还没有被分开多久吧,沿着脚印往回走,说不定可以与他们重新会合。"

"嗯……"

"萌太也不是会主动来寻找我们的性格,所以要想与他们会合,必须靠我们自己采取行动。"

"不……"我犹豫再三决定不采用她的提议,"虽然我这么说有些不识好歹,但是留在哀川小姐身边,情况反而容易失去控制。"

"失去控制?"

"强大的力量会伴随着引力,对我这样的人来说适得其反,上次来这里的时候也是如此……所以与其为了会合而大费周章,倒不如分成进攻组与防守组各自行动。当然由他们那组来负责进攻——我们则是找准时机深入敌营。简而言之,就是诱饵作战,哀川小姐与萌太那边应该无须担心。"

"可是,我……"

"有崩子在身边,我很放心。"

我握紧崩子的手。

"走吧。"

"……好的,戏言哥哥。"

没想到,崩子爽快地同意了我的提议。啊对了,毕竟她与我缔结了主仆契约……我差点都忘了。怪不得她总说"只要我同意就好"之类的话。

嗯……

"崩子。"

"什么事?"

"那个主仆契约一旦缔结就无法解除吗?"

"嗯……哥哥是什么意思？"

"你刚才不是在车上说了嘛，你没办法单方面地解除主仆契约之类的。"

"嗯……确实如此，一旦缔结了主仆契约，我是无法凭个人意志单方面解除的，不过……"

"不过？"

"……"

"不过？"

"呜呜。"

"别想蒙混过关。"

就算你泫然欲泣、欲言又止，用仿佛正在忍受屈辱的表情和迷离的眼神看着我，我也不知该如何回应啊。

我总觉得……

崩子的人设正在朝奇怪的方向发展。

放任她这么下去搞不好会变成春日井二代。

我必须想办法挽救她。

"如果……"崩子总算开口说，"如果是戏言哥哥，随时都能解除契约。"

"……啊，是这样啊。"

"契约的缔结是由我暗口一方发起的。与之相反，解除契约则是哥哥的权利，这便是所谓主仆关系。"

"唔，原来如此。"我点头道，"那么等这件事结束，我就赶紧帮你解除契约吧,就像冷却期[1]那样。"

"……可是,之后也有可能发生各种事情。"

"之后?"

"之后如果再发生同样的事,我总不可能置身事外吧?"

"谁也不能保证危险就到此为止了。"崩子说。

的确如她所说。

"我知道——可是只要崩子解除与我的契约,就能再去寻找更合适的人了。虽然我知道你是为了美衣子小姐才不得不就近选择我,但这样的选择实在是太草率了,就算与萌太缔结也比我强啊。"

"萌太与我是同父异母的兄妹,血脉相连。"

"啊,不能与有血缘关系的人缔结吗?"原来如此,难怪选择了我,"但我也不是一个好选择哦,你要是真的无条件服从我,我可不知道会对你干出什么事来,更何况崩子还那么可爱,我也没有那么绅士……对了,我想到了一个好办法,崩子可以和美衣子小姐缔结契约啊——"

"那只是萌太一厢情愿的说法罢了。"崩子打断我说,"我是经过了深思熟虑才选择了哥哥,并非无奈之举。"

"……"

深思熟虑……

你到底考虑了什么?

---

[1] 这是指冷却期制度(Cooling-off),是在签订分期付款的合约后也能在一定时间内撤回或解除合约的制度。——译者注

"我的确是为了规避哥哥在三十日前出院的风险——但是排除这一点,我也会选择与哥哥缔结契约。这是我的决定,没有任何问题。"

"可是——"

"作为萌太老师讲解后的课后补充——哥哥,所谓暗口,也就是我的出身——"

"不就是暗杀者吗?像忠贞不渝的忍者一般仅为主人行动的杀人集团吧。"出梦曾经如此评价过,像战士般,如忍者般。

然而崩子用冰冷的语气继续说:"如果让我来评价——所谓暗口,不过是一个专门培养奴隶的组织罢了。"

"奴隶……"

"虽然暗口众人自认为是能为他们所选择的人生之主奉献忠贞的高尚一族,但那不过是自我安慰。只能为主人发挥力量——并且对主人无条件服从,这不是奴隶是什么?诞生于暗口家的每一个人,从出生开始就注定是天生的奴隶。这就是所谓暗口。十三阶梯的襦衣前辈也不例外。"

"……"

"我曾经也想成为例外。我讨厌暗口,讨厌得无可救药,所以才和萌太一起离家出走。虽然我因此失去了故乡与家人,可我从未后悔过。"

"崩子……"

"我不想成为任何人的奴隶。"

"嗯……我能理解你的心情，不管崩子曾经受过怎样的教育，我都不觉得你的想法有任何问题。"

"但是……"

崩子停下了脚步。

与她双手相握的我也停住脚步。

我望向崩子。

我注视着崩子的双眼。

"如果我无论如何都要成为某个人的奴隶的话，我会选择哥哥。我不想服从任何人——除了哥哥。"

崩子——

她抬头凝望着我。

"我信赖着哥哥。虽然这一次也是为了美衣姐——可如果是为了哥哥，我一定会做出同样的选择。为了不再眼睁睁地看着哥哥受伤，我已经下定决心，所以哥哥也要相信自己，相信我的眼光，并且无条件地信任我。我会为了哥哥竭尽全力。"

"……那看来我是白担心了。"

"可不是嘛。"

崩子轻点玉首。

"那么……崩子，接下来怎么办？"

"嗯……为了避免再次被空间制作分割，姑且先牵着手看看——"

"两位要是没什么事，可以先陪陪我吗？"

身后传来声音。

我与崩子同时转身回头。

因为牵着手,我们转得有些别扭。

在我们身后——

方才确认脚印时还空无一人的身后站着一个人——身着一袭白衣的人影。

白衣——

那是十三阶梯!

"我是绘本园树——十三阶梯的第三阶,如你们所见是个医生,你们也可以叫我 Doctor。"绘本园树用清澈的声音说,"阿伊——有个人想要见你一面哦。"

第八幕　医生的忧郁

绘本园树
EMOTO SONOKI
医生

0

若是要做想做之事，便不得不做不想做之事；若是不做不想做之事，就做不了想做之事。

1

"出梦——你很强吧？"

"不是很强，是仅次于'人类最强'的强。"

"那——你教我两招吧。"

九州，博多——

出梦居住的公寓。

我住的骨董公寓的月租是一万日元。考虑到地理位置，这个房间的月租大概是五千日元吧——不过房间内设施相当完备，应该不至于那么便宜。

总之，我与出梦正身处于公寓内一室。

听完出梦的讲解，果然已经过了末班车的时间。我只得与出梦躺在一张床上共眠。虽然出梦从人格上来说是男性，但毕竟拥有女性的身体，我原本想睡地板了事，却被'他'制止了。无论是现在，还是在上个月，我都能看出来——出梦其实挺会照顾人的。不过毕竟有那么麻烦的妹妹，养成这种习惯也不奇怪……

关上电灯。

我与出梦躺在狭窄的单人床上。

我们彼此之间算不上熟识，这样躺着实在让我难以入眠，而且面对出梦多少让我有些紧张——为了缓解气氛，我便主动同'他'搭话。

"你想学什么？"

"变强的方法。"

"啊……"出梦长叹一声。

房间内灯光已暗，窗外的月光也被遮蔽于单薄的窗帘之下。福冈郊外的夜晚不似京都市内般灯火通明，还未习惯黑暗的我，无法看清出梦的表情。

"你那问题就像是问蜈蚣怎么走路一样。"

"也是，出梦也不好回答吧？毕竟对你来说强是与生俱来的。"

"这只是其中一个原因，我的意思是——如果你没有一百只脚，就算知道蜈蚣怎么走也没有用。"出梦不耐烦地说，"别一时兴起问我这种无聊的问题啦，反正我们的异能与鬼先生的常识无法相容。"

"我不是一时兴起,也不是出于好奇。你看——我毕竟要和十三阶梯战斗,而且前阵子,我不是也和你开玩笑似的互殴过嘛。"

"啊,也是呢,我好像确实有和你开玩笑似的互殴过。"

"但是我完全打不过你啊。"

"好像是呢。"

"先不说十三阶梯的杀手和暗杀者,即便是为了与其他非战斗者正常交手……呃,说得简单一点,我也需要一些立竿见影的突破性成长。"

"你不是三十日就要和十三阶梯见面了吗?如果鬼先生能在三四天之内突飞猛进,别说是我了,你让其他杀手的面子往哪儿搁啊?"

"话是这么说,难道你就没有什么必杀技吗?"

"……啊,所以说……这基本上是关乎于人生的问题了。所谓人类的能力,在大多数时候都是指'获取能力'——不过这只是我的个人理论,你听听就好。"

"获取能力?"

"就是指后天的学习能力。"

"我真没想到你会这么认为……"

诞生于暗黑世界之人。

存在于暗幕世界之人。

那与生俱来的才能竟不是他们的天性,亦非命运的产物。

我还以为——

至少他们本人不会这样认为。

"呃，当然也有特殊情况啦，比如零崎一贼就是如此，因为他们是忽然间在毫无征兆的情况下变成杀人者的——不过在我看来，这也不能算是与生俱来的天性……嗯，如果要用鬼先生也能明白的方式来说呢，你先在脑子里想几个'厉害的家伙'吧，不一定是像我这样的杀之名，也可以是普通世界的居民。"

"厉害的家伙吗？"

那我倒是见过不少。

从那座岛上的天才们，到现在躺在我身边的前杀手，仅是计算这半年内遇到的就已数不胜数。

"你仔细去观察那些所谓厉害的家伙——围绕在他们身边的人也不会差，倒也不是物以类聚吧，但在大多数情况下，人总是以他周围的环境为基础塑造成型，从人际关系里汲取能力——总之，环境尤为关键。"

"你是想说'自我'是由他人决定的吗？"

"不，自我是最重要的。但是，倘若排除他人仅考虑自我，自我就会变得动荡不定，就好比打破匂宫出梦与匂宫理澄之间的平衡一般。所以——如果你身边压根儿不存在杀手或狂战士，那么你就没有获取战斗能力的对象——自然也不可能战胜在那种环境中成长起来的杀之名。"

"……"

的确如此——

我的确从最近才开始与那个世界产生关联。六年前，我唯独没有接触过那个暴力世界——毕竟我连它的存在都不曾知晓。

不曾知晓——

因此我也从未想过要涉足其中。

那是传说或梦境。

"不过，你的身材看起来还算结实——以前练过什么吧？在道场里学过格斗？要是有我寸步不离的指导，不出三年你应该可以达到与杀之名一战的水平，但你要想速成那可就难了。"

"三年啊……"

三年也太长了。

时间不等人啊。

"那就没办法了，只能跟现在一样了。不过……一人两人的倒还好说，十三阶梯可是有十二个人，加上狐狸先生就有十三个了，说不定还有更多的敌人在等着你呢。要想光靠嘴皮子就搞定这些人也未免太难了吧……"

若是子荻，说不定能赢。

她的战斗能力并未超出普通人的水准，然而她的才略足以压倒众生。她是第一个并未拥有任何一项值得称道的特殊技能，却能立于澄百合学园顶点的人。

这既是空前，亦是绝后。

不过……要想与那位才智过人、料事如神的子荻妹妹同台对擂，无异于痴人说梦……她可是独一无二的例外，例外中的例外。

不过，仔细回想当时的情景，我好像也并未惨败于她……我当时到底用了什么招数来着……

嗯。

看来也并非绝无可能。

"啊——我想到了一个办法。"出梦忽然说，"一个只能用一次，并且条件严苛的方法——但它能让你与包含杀之名在内的十三阶梯战斗人员有一战之力。"

"……是什么方法？"

"嗯……虽然是几乎与自暴无异的方法……但的确存在。"

"教教我吧。"

"你决定得也太快了吧……唔，好吧……"出梦观察着我的反应，"嗯……你有那份胆量与韧性，说不定能成功……"

"我不值得你这般夸赞……不过，如果真有你说的那种招数，请务必传授给我。"

"十秒。"出梦停顿片刻，"有一个办法可以让你大幅提高战斗力——但是只能维持十秒。"

"十秒？"

"那是一种只能维持最初十秒的极端秘技，十秒之后立即失效。若要解释其理论——身为杀之名的我们必须持续地杀人——持续战斗是我们的宿命，是并非杀死一人、二人、三人、四人就能终结的一生的宿命。除非像我这样隐退，又或者像理澄一样消失于这个世界——否则杀之名们就必须一直杀戮下去，你明白吗？"

"我明白。"

零崎人识也好——

紫木一姬也罢，均无法逃离这个宿命。

"持续作战是杀之名的优势——但是相反，我们并不擅长短时间战斗。因为不需要，所以我们不擅长瞬间杀人。当然——这只是相对于持续作战来说的不擅长，对付一般常识下的人还绰绰有余。不过，破绽就是破绽。"

"唔……原来如此。"

"总之呢，杀之名就像是长跑运动员，做好了长时间奔跑的心理准备，像鬼先生这样的一般人若是要与杀之名对抗——就必须以短跑决一胜负。"

"短跑啊……"

所以是十秒吗？

限时十秒的短距离赛跑。

"凭借获取能力——我们已经掌握了持续作战的本领。因此，我们面对有一战之力的对手时，自然而然就会选择对我们来说了然于心的战斗方式——那便是露出破绽之时。"出梦说，"你要做的就是——首先，在这十秒的前两秒内屏住呼吸。"

"停止……呼吸吗？"

"短跑选手在百米冲刺的时候也会屏住呼吸吧？同样的道理啦，呼吸其实相当消耗能量哦，若是能在短时间内，刹那间停止呼吸，反而能够显著地提升能力。"

"……"

短距离赛跑——

原来如此,出梦的解释令我信服,人在全力冲刺时的确会停止呼吸。不只是百米赛跑,凡是将精力集中于一点时,人都会自然地屏住呼吸。归根结底,呼吸的功能不过是"供给氧气",十秒所需的氧气对人体的存量来说绰绰有余。

"鬼先生至今为止应该也有类似的行为吧,不管是有意也好,无意也罢——你可以有意地去重复这个过程,彻底地、带有强烈的意识地屏住呼吸。你的意识具有决定性的作用,只要它足够强烈,身体就能变得无比轻盈——力量也会得到一定提升。"

"可是——对方也能采取同样的招数啊……"

"除了零崎一贼那群亡命之徒,其他杀之名基本不会这么做,因为我们已经习惯需要'继续'战斗的生活,也早已学会了高效的呼吸方式。这就像在游泳时换气一样,虽然高效,可若是限制在短时间内,不换气比换气要游得快吧?就像让你去和世界长跑冠军比赛百米冲刺,就算赢不了也不会输得太难看啦。不过——"

出梦话锋一转,"可想而知,人在屏住呼吸百米冲刺后会陷入无法战斗的缺氧状态,而保持时刻可以战斗的状态,便是我们杀之名的作战方式——"

"所以,十秒的战斗方法只能使用一次吗?"

"没错,而且如果你与敌人实力过于悬殊,它最多也只能缩小实力间的差距……与其用十秒放手一搏,倒不如全力逃跑。在压倒性的力量面前舍命相搏，于对方而言也不过是班门弄斧——比如我，大概可以停止呼吸战斗十分钟吧。"

"……"

你这个怪物。

明明身材如此娇小，究竟是怎么做到的啊……

"不过，我是因为曾经碰到过'不呼吸'的敌人，才作为防御获取了这项技能，并非与生俱来，所以实际上能停止呼吸的家伙应该不多——当然了，使用与否还得取决于你本人的胆量与斗志。"

"好吧……多谢你教我这招，我会见机行事的。"

"不用谢。"

"没想到出梦你人还挺好的。"

"与我相处过，才能体会到我的优点哦。"

"看来确实如此。"

说完，我长叹一口气。

"那么究竟是怎么一回事呢……"

我陷入沉思。

彼时——三天前，二十七日深夜。

此时——九月三十日。

我在澄百合学园的校舍内再度陷入同样的思考。

我握着崩子的手。

我与十三阶梯的一员正面相对。

十三阶梯的第三阶——绘本园树医生。

"你听不到我说话吗，阿伊？那我就再说一遍哦——请随我来，有人很想见你一面。"

没想到绘本园树竟然是位女性。

声音严肃而优雅，端正且知性的面容上佩戴着一副颇具时尚感的眼镜，她身材修长，比一般女性更加高挑，看起来二十五岁左右，与哀川小姐年纪相仿。身着一袭白衣的她浑身上下散发着的气息仿佛在昭告所有人她的医生身份，让我不禁联想到在美国的 ER 计划求学期间的导师——三好心视老师。

只不过……

也许是这位绘本小姐的审美超前吧，她的穿衣风格实在是过于独特，令人不解。

白衣底下穿的是泳装。

连衣裙式的泳装，设计相当可爱。

腰间还缠绕着轻飘飘的海滩纱巾。

"……"

"哥哥……你该不会对白衣加泳装这对意外的组合心动了吧。"

"怎么可能？你说话要讲证据哦，真是没礼貌。"

面对崩子小声的无情讽刺，我用同样微弱的声音反驳。而且……别说心不心动了，她这身异常的打扮在此刻的非常状况下，甚至有些恐怖。匂宫兄妹的拘束衣打扮虽也令我心有余悸，但绘本小姐的异常性显然凌驾于匀宫兄妹之上。虽然我的确有些心跳加快，但那应该是出于戒备之心吧。

崩子也紧张地用力握紧了我的右手。

绘本园树医生。

我竟一时大意，因为一个男性化的名字便认定她是男性，而没向出梦确认⋯⋯

总之——

我只能保持沉默，等待对方先表态。

她是个医生，应该没有什么战斗能力，据出梦所说——她也并未对狐面男子产生任何爱意。

视情况发展，说不定能让她带我们去找狐面男子——可我又有些放不下她口中那个想见我的人。那人若是狐面男子，她应该不用绕这个弯子吧，所以想见我的应该另有其人。

"呜、呜呜。"

正当我思考时——

绘本小姐说出了下一句台词。

不——那并非台词，而是呜咽。

"呜呜呜呜⋯⋯"

绘本小姐突然倒在走廊里，泪珠从眼眶中滚落。她并未掩去自己的表情——自顾自地哭了起来。

"为、为什么，为什么，为什么啊⋯⋯我、我，明明好好说了，好好跟你们说了，就、就是不跟我走，我、我明明，都拜托你们了⋯⋯

为什么，为什么不、不肯跟我走？为什么，不愿意，跟、跟我一起走啊……是、是我没有说清楚吗？是我舌头打结了吗？可是，可是你为什么一句话也不说，一句话也不跟我说啊？为什么一直不说话，为什么？为什么无视我，为什么啊？快说句话啊……"

"……"

原本端正的五官扭曲在一起——

绝望的眼泪簌簌地落下来。

我与崩子哑口无言。

"为、为什么，你们谁也，不听我说话，一句话也不听我说？讨厌，讨厌，讨厌啦！搞什么，跟我走不就好了吗？回、回答我啊，说句话啊，呜、呜、呜呜呜呜……"

"……"

"呜、呜呜呜，啊、啊啊啊啊，你、你们，你们是不是也讨厌我？你们一定也很讨厌我吧？是、是不是觉得我是一个奇装异服的疯女人，才、才没有呢？你们好好看看，我、我就是喜欢打扮成这样，有什么不可以吗？又不会影响你们，难道我出现在你们眼里都不行吗？你、你们是不是觉得我这种人还不如去死算了？你们一定是这么想的，不用说我也知道啦。别、别以为我是笨蛋，我、我、我早就看穿你们的心思了……为什么？为什么你们，轻易地就想让人去死啊？简、简直不敢相信！好，我这就去死。但是我要诅咒你们，诅咒你们，诅咒你们。呜、呜，呜哇，啊啊啊。"

外表二十多岁的成年女性——并且是一位容姿端庄的美人，竟不顾颜面地号啕大哭，这景象令人有些毛骨悚然。我至今为止遇到过形形色色的怪人——可这位绘本小姐实在是前所未有的人物。

这可不是单纯的情绪不稳定。

"那、那个——"

"不、不要啊！对不起、对不起、对不起，不要生气啊！不、不要打我，别、别揍我，我、我、我怕痛啊！我、我不哭了，我不哭了啦，对、对不起，我、我刚才说的都是假的！请、请原谅我！啊、啊啊，不、不要，不要，不要过来，好可怕、好可怕，我、我什么都可以做的，求、求求你们不要生气，啊、啊啊，爸、爸爸妈妈，不要过来，救……救救我，谁、谁来救救我啊，救救我吧……呜、呜啊啊啊啊。"

"……"

"为、为什么，为什么不说话啊？为什么待在那边不说话啊？别、别这样啊，说句话啊！都、都是我不好，求、求求你们了，不要讨厌我，不要讨厌我，不要这么讨厌我好不好。我、我会，我会乖乖的，会乖乖听话的。不、不要这样，不要这么、这么讨厌我啊。我、我真的会乖乖听话的，不会再哭了，不会再哭了啦！我、我在笑。你看，喂，你看，看呀，看呀，快、快看啊，我、我也可以笑的啦！我、我笑起来的时候，也很可爱啊！我……嘿、嘿嘿，啊，啊哈哈……"

绘本小姐露出了歇斯底里般的笑容。

……

出梦。

麻烦你务必提前告诉我好吗?

唉……可能他也难以开口吧。

毕竟也……受了对方不少照顾。

"呃……我们不会伤害你的啦,所以那个,你可以先站起来——"

"你、你、你你你、你骗人,骗人!你这么说就是想骗我吧?总、总是这样,我总是被人骗!我、我知道的,我都知道!别、别以为我是个傻子,嘴、嘴上说得好听,其、其实你们都一个样!你、你们想干吗?想、想从我这里抢走什么东西啊?我、我、我身上已经什么都没有了,什么都没有了啊!真、真的,你们相信我!"

"……"

"不、不对!不、不是这样的,呃……那个,我、我没有怀疑你们啦,对、对不起,对不起、对不起!我、我是个讨厌的女人吧?好、好不容易有人对我这么友好,我、我居然还怀疑你们,可、可是、可是,你、你们别这副表情啊!不、不要这个样子看着我嘛,别、别讨厌我好不好,我、我平常不是这个样子的,只、只是现在,有点混乱而已。不、不对,我其实不是这个样子的。对、对不起,对不起……我不是这样的……不是的、不是的、不是的……"

她双手抱头蜷着身子。

她继续不停地抽泣。

她一动不动地自顾自流泪。

毫无经验的我该如何应对。

"……"

此时——

崩子默默松开我的手，毫不客气地向绘本小姐走近。我正想着她会做些什么的时候，只见她以纤细的手臂狠狠地拉起绘本小姐，然后用另一只手给了她一巴掌。

"啪"的一声，她毫不留情。

"别在哥哥面前哭了。"

"……"

"他这个人很容易被别人影响情绪。"

说着，崩子以同样的速度回到我身边，重新牵起我的手。

她一副若无其事的表情。

绘本小姐——

她愣愣地盯了崩子好一会儿，接着终于站了起来。白色的衣袂布满尘埃，露出的双腿上也染上了灰尘，但她本人似乎不以为意。

"对不起。"

这次，她利索地道了歉。

她的声音与身体虽然仍在颤抖，但总算是冷静下来了。

"……可、可以跟我走吗？"

"好的。"我不假思索立即回答道，"请你带路。"

"嗯，请往这边走。"

绘本小姐迈着碎步疾走到前面，背对我们。从背影来看，她就只是普通的白衣打扮了。

"多谢了……崩子，我一个人肯定应付不了她。"

"哪里……"

我们用尽量不会让绘本小姐听到的微弱音量交谈。

"不过……她到底打算把我们带去哪儿呢？"

"谁知道呢……不过我们本就没有什么计划或目的，跟她去也没什么坏处吧……"

"阿伊。"

绘本小姐并未回头，只是叫我的名字。

"在、在……"

"你的腹部……受伤了吧？"

"啊，是……"

我被崩子用刀刃所伤。

伤口虽然多少有些疼痛，但并无行动上的障碍——真不愧是医生，仅凭这些接触就能察觉到我的伤。

"你、你要是痛的话，就告诉我……我有止痛药。"

"……"

"我、我带了很多啦。"

带了很多吗？

不愧是医生……

"我、我是不是多管闲事了……"

"啊，没有、没有，谢谢你了。"

我不禁为狐面男子感到担忧。

他究竟是如何将这种怪人收入麾下的……虽然他的性格让他在怪人间游刃有余，但这位绘本小姐也太异常了……

"除、除此以外，只要我能帮上忙，不管有什么需要都可以找我。啊，有烦心事也可以和我说，我是医生啦，精神科方面的病也可以医哦。"

"……"

真希望你可以先医一下自己。

所谓医者不能自医，就是这个意思吗？

"那个……绘本小姐。"

"我、我在，怎么了？"

"那个想见我的人究竟是谁？"

"……对、对不起，他让我替他保密，所、所以——"

"没关系，不说也可以。"

"别、别那么失望嘛……我是不是太铁面无私了……"

"……"

我明明尽量注意语气不让她多想了……

沟通真是艰难啊。

她要是年纪比我小倒还好处理……

"那你能告诉我，我们现在要去哪里吗？这座校舍的构造错综复杂，很容易迷路吧。"

"我、我们要去校舍内的美术教室。我们之前就把这里当作据点了,所以不会迷路。"

"这样子啊……狐面男子在那里?"

……我原本与杂音初次见面后就打算直接来这里,可是被崩子所伤,不得不今天才到……

"那、那个……"

绘本小姐同我搭话。

"阿伊……你、你是一个好人,所以我想告诉你一些事……"

"好……"

呃……

不知道是不是她性格如此,竟轻易地将我判为"好人"。

"我、我加入十三阶梯已经有段时间了……啊,我没有骗你哦,这是真的。"

"我也是这么听说的。"

"要说原因的话,呃,我想大概是因为狐狸先生的身边经常会有人受伤吧。"

"……"

"我、我喜欢给别人疗伤。"绘本小姐说,"这样能让我感觉到自己的价值。"

"所以你才待在狐狸先生身边吗?"

"嗯。从我还没来十三阶梯前开始——狐狸先生的身边就总会出现许多伤患,甚至死者。但是,自从我加入之后,死亡率就降低了不少。"

"……"

"出、出梦杀死的对手,我也悄悄把他们救活。"

你还干过这种事……要是出梦知道了也会吓一跳吧。

"所以你可以放心。"

"放心……什么?"

"只要在这座学园的范围内,不、不管你受了什么样的伤——我都可以帮你医好。"绘本小姐转过头来瞥了我们一眼,"不管是阿伊,还是边上的女孩。"

"……那真是谢谢你了……不过,你姑且也算是我们的敌人吧?"

"十三阶梯……只是狐狸先生为了凑人数随便组成的集团而已……我对他并没有那么忠心……只要能让我治病就好。"

"……"

"医治的对象是谁都好,我只想救死扶伤。"

"这样啊……"

的确——她的思考方式如出梦所说,与"他"非常接近。

只想杀人夺命的出梦与只想救死扶伤的绘本小姐。

二人的确有相通之处。

"呃……绘本小姐。"

"什、什么事?"她用怯懦的声音应道。

"不管你问我什么……我都会老实回答的,所、所以,请不要打我……"

"……对世界的终结——对狐狸先生所说的故事的终结，你是怎么想的？"

我在问奇野这个问题的时候——

他告诉我他不感兴趣。

他只对狐面男子本人感兴趣。

"嗯，我是怎么想的呢……"

绘本小姐接下来的话令我惊讶。

"……你不是……想要救死扶伤吗？"

"我想要医治他人，是因为我不忍心看到他们受伤。"

不忍心。

不忍心看到他人受伤。

无法忍受他人的创伤。

"我讨厌受伤啊……虽然我喜欢替他人疗伤，即便我能因此得到存在感，甚至获得人生的意义，可我还是讨厌受伤，讨厌创伤，讨厌流血——讨厌、讨厌、讨厌！"

"……"

"人只要死了，就不会再受伤了哦……只要去死，只要死了，就不会再有人受伤了……死亡明明比生存更美好，可是谁都不想死……真是不可思议……"

我的右手被崩子紧紧握住。

她小声提醒着我。

"千万别和那个人说话。"

"呃,可是……"

"我们多半没法和她沟通……这个人从刚才开始就只会说一些支离破碎的内容,虽然和杂音情况不同……但哥哥的戏言应该对她没用——就算能传达给她,也只会被巧妙地曲解。"

"曲解戏言啊……"

这就难办了。

这世上不存在比戏言的影响还糟糕的事情。

"啊……对了,我想起来了。"

绘本小姐停下脚步,转过身来,我与崩子随之自然地摆出架势,她却并未在意,而是捣鼓起自己的衣服口袋。

接着——

"给你。"

她向我丢来了什么东西。

我正条件反射地准备接过来,却被崩子先一步抢下。她再三确认后才递给我。

那是包装好的药丸。

……

这是止痛药吗?

"这是可以解奇野的毒的……解药。"

"……啊?"

"只要吃下去……很快就会好的。"

她是指美衣子小姐中的毒吗?

只要吃下去，美衣子小姐就能恢复健康吗？

这就是解药？

"骗人的吧？"崩子说。

"她没理由现在就把解药给我们。"

"我……我没骗你们……"

"就算你哭给我看，我也不会信的。"

"我、我没骗人、我没骗人、我没骗人啊……为、为什么你们都不愿意相信我呢……就连小孩子都把我当成傻子……我、我明明，明明不会骗你们，明明一次谎都没有说过，明明一点都不想骗你们，我、我……"

"我相信你。"我对绘本小姐说。

"哥哥——"崩子用力拉了一下我的手，"你又这么轻易地……"

"没关系的，崩子。"

我安慰完崩子，再一次向绘本小姐重复道，"我相信你，绘本小姐。"

"骗、骗人……"绘本小姐颤抖着身体说，"反、反正你肯定是装作相信我的样子……我、我知道的，你想干吗，这次又想利用我做什么啊——我、我才不会屈服于你们的暴力……你、你这个满嘴谎言的家伙……"

"没有骗你哦，我只是想知道你为什么会把解药给我们，这对你来说意味着什么，绘本小姐？"

"……生病也是受伤的一种，所以我想治好她。"她说，"我无法眼睁睁看着他人受病痛折磨。"

"可是——"

这只是出自你的个人动机，绝非狐面男子的理由。

想要见证终结的男人——那个想要见证一切终结的男人，才不会把他人的区区伤痛放在眼里。

既然如此，他为何——

"所以，这是你的独断专行吗？"

"唔。"

她如孩子般摇了摇头。

接着，她转回身去继续前行。

"狐狸先生让我在见到你时就把解药给你。"

"原来……是这样。"

他究竟有何居心？

他是为了提升我与他为敌的动机才攻击美衣子小姐的——那为什么现在反而要给我解药来降低我的动力呢？

"他说，已经无所谓了……"绘本小姐说，"那个叫作浅野的女人已经没用了……她是死是活都是一回事。"

"……"

"既然故事已经加速到这里——你就算得到解药也不会回去的。"

说完，她恢复沉默——步入校舍的更深处。

……

我嘴上虽说相信她——可这只是为了让她不再崩溃痛哭的权宜之计，我并不确定她给我的到底是不是真的解药。所以，为了辨明解药的真伪，我就必须找到奇野或狐面男子加以确认。

因此，我跟随绘本小姐一路前行。

我只是为了解药。

我只是为了美衣子小姐。

仅此而已。

我身于此处的理由仅是如此——只要能确认这是真的解药，我便会即刻离开这座学园。

狐面男子——

这一次，我会让你失算。

我的确视你为敌——然而我并不打算按照你的意图行事。

我也不会在这里多留一秒。

"……狐狸先生在哪里？"

"我不知道……"

登场时那严肃而优雅的姿态现已荡然无存，绘本小姐用稚童般软弱的语气支支吾吾地回答道。看来，她又要因为我的提问潸然泪下了。

"我、我没有骗你啊，我是真的不知道……为、为什么你们都不相信我说的话呢……哼，我、我只是个没什么地位的废物，怎么可能知道狐狸先生在哪里……你、你明明知道还来问我，我根本不可能知道狐狸先生的藏身之处……我只知道他应该就在学校的某个地方……"

"那你知道刚才和我们一起的那两个人在哪里吗？"

"不知道……"

"……"

"我、我真的不知道啦，想、想知道的话就去问木之实啊……都是她干的啦！我也只是偶然，偶然才碰到你们的……"

"是偶然吗？"

这便是狐面男子口中的命运吗？

"那……你能告诉我有关十三阶梯其他成员的事情吗？先不管解药的事，我打算再见一次奇野先生……"

"……啊，那个。"

"怎么了？"

"可、可以是可以，但是你千万不能生气哦。我、我可没有干什么坏事……啊！我这么说是不是很像在推卸责任？不、不是的，我是真的没做什么……别、别误会啊！我不是想把过错推给别人，难、难道说真的是我的错吗？对不起……"

"那个……绘本小姐，你多大了？"

"啊！"

她干吗又突然蜷起身子……

绘本小姐小心翼翼地转过头来，确认我与她之间保持的距离后才又重整精神，若无其事地继续前行。

"二十七岁。"

"这样啊……"

我还以为她说不定只是看起来像个成年人呢。

二十七岁……年纪与光小姐相仿。

二人的言行举止却大相径庭……

就性格而言，绘本小姐大概还没有崩子成熟。

嗯……

不幸被崩子言中，我的情绪正一点点地被绘本小姐影响，这可不行啊，若是产生精神上的间隙，可是会被其他的十三阶梯……操想术师时宫时刻或空间制作的一里塚木之实乘虚而入的。

"绘本小姐，其他的十三阶梯在哪儿？你们都不会一起行动吗？"

"不……呃，说是也是，说不是也不是……阿伊，关、关于奇野啊……"

"怎么了？"

"奇野今天缺席了。"

"缺席？"

"不只是奇野……好多人都没有来，狐狸先生说今天太危险了。"

"太危险了？"

什么意思啊？

我都带着觉悟前来赴宴了，十三阶梯倒是打起了退堂鼓？

"狐狸先生好像打算做一些危险的事情，所以奇野和古枪先生……还有架城先生、宴小姐都没有来。"

"那么反过来看——"

除去杂音弟弟，此时此刻身处于澄百合学园内的，就只有一里塚木之实、澪标高海、澪标深空、暗口濡衣，还有时宫时刻和右下露蕾洛了吧？

"我们本来是打算一起来迎接狐狸先生的敌人的……"

"嗯，狐狸先生和我也是这么说的。"

按照哀川小姐说的，架城明乐已不存在于世，可即便把他排除在外，也有三个人缺席——而且奇野竟然不在，真是意料之外。

这究竟是怎么回事？

狐面男子……西东天。

难道说……

他还不打算与我决一胜负吗？

事已至此，他还未下定决心吗？

难道——

向我报上名来的所谓时机还未来临吗？

"总之——"崩子说，"学园内的敌人，包括绘本小姐在内——总共有九人。"

"唔……对了，你们把校门前那个男孩撞晕了吧。"绘本小姐说，"不用担心哦，我已经帮他医治好了。"

"我们倒是没有担心他……"

只是将他扔在那儿，我们有些过意不去而已。

"替人疗伤真的很开心，治疗被车碾压的人更是别有一番风味，让人其乐无穷啊……嘻嘻。"

"……"

"啊,到了,就是这里。"

绘本小姐停下脚步,指着右手边教室门上的金属铭牌说。

铭牌上写着"美术教室"。

……可是,这所学校的美术教室……

澄百合学园的美术教室到底会教些什么内容呢?

虽然事到如今也不得而知了,可我还是有些许在意。

"我回来啦……把人也带来了哦。"

绘本小姐这一次并未观察我们的反应,而是普通地、正常地打开门,走入美术教室。虽然有些疑惑,我与崩子还是追上她的步伐,一同迈入美术教室。

教室内有三个人。

澪标高海、澪标深空,还有匂宫出梦。

2

澪标姐妹——

我当即反应过来,那二人便是澪标高海与澪标深空。我并不清楚她们的外表特征,但既然两个人长得一模一样,那就只能是澪标姐妹了。

穿着一致。

容貌相同。

她们令人无法区分。

谁是泞标高海——

谁又是泞标深空。

然而我也无须辨别。

她们两人是一个整体。

她们的穿着让人怎么说呢……是所谓袈裟吗？我在和美衣子小姐一起参拜神社佛堂时见过，设计虽有所改良，但从尺寸来看应该是僧尼三衣里的僧伽梨[1]。

废弃的学园内出现身着袈裟之人实属怪异，不过……比起白衣与泳装的搭配，泞标姐妹二人的装束倒还简单且更让人好接受一些。

问题是——那二人此时正翻着白眼四脚朝天地躺在美术教室的地板上。两人均失去意识——被摞在一起。

此外，问题中的问题是——

面对着泞标姐妹的少女——不，是"少年"匂宫出梦。

"嗨——"

出梦看到我，率先向我打了招呼。

---

[1] 依佛教戒律规定，出家人可穿三种衣服，称为三衣，即僧伽梨、郁多罗僧、安陀会。其中僧伽梨为外出或其他庄严仪式穿着，是三衣中最大者，也被称为"大衣"。——译者注

"好久不见！"

"哪有好久不见……"

"好像也是啦，哦，医生，没想到你真的把他带来了，谢啦！"

"呃、嗯。"医生绘本园树回答道，她垂着头，双眼隐藏在刘海后，看起来有些不好意思的样子，"我也没想到这么快就能找到他们……我只是碰巧看到有脚印，才跟着他们的足迹找到的……"

"所以，你还没见到木之实吧？"

"嗯，需要我把她也叫来吗？"

"饶了我吧，我都说了我讨厌她了。"

"啊，是、是我忘了，对不起。"

"用不着道歉啦……啊，对了，差点忘了。"出梦用脚指了指翻倒在地的澪标姐妹，"医生刚出去找鬼先生，这两个家伙就找上门来，我就当打发时间把她们干掉了。"

"啊，原来如此……"绘本小姐说，"我想小高海和小深空怎么会躺在地板上睡觉呢……我可以为她们疗伤吗？"

"随便你啦，不过我没有杀死她们，也没让她们受伤，所以今天的杀戮还没有完成，哈哈哈！"

出梦放声大笑。

"出梦……"

"嗯？"

"餍寐奇术集团匂宫杂技团第十八号团员，第十三期培育议会的功罪之子，一人即是两人、两人即是一人的匂宫兄妹中与'汉尼拔'理澄相对的另一个人格'饕餮者'出梦——上个月的事件之后，你不是已经对外宣告死亡过上归隐生活了吗，怎么会出现在这里？"

"……你那又臭又长的解说词是怎么回事？"

没什么。

那是解释给崩子听的，虽然她应该也能从外貌特征辨认出来。

"所以……你到底为什么会来这儿？"

"啊？这还用问吗——当然是来拯救鬼先生于水火的啊！你一个人不会感觉到很孤单、很寂寞吗？呃……嗯？"

出梦这才留意到崩子的存在。崩子本就身材娇小，还躲在我身后，也难怪出梦一直没注意到她。

"这是鬼先生的女儿吗？"

"我看起来能有这么大的女儿吗？"

"你看起来像是能做出这种事的人。"

"……"

这是什么鬼话。

闲话莫提……接下来我该怎么说呢？

我记得出梦对暗口是相当厌恶的……

虽说崩子已与暗口一族再无瓜葛，可她毕竟生于暗口家，我该如实介绍她的身份吗？

"啊，她是鬼先生的帮手吧？虽然只是个小鬼，但看起来也不像是个简单角色啊！什么啊，你这可就过分啦，鬼先生居然瞒着我，你也太见外了吧，亏我还像英雄降临一样来救你！"

"虽然我说过你很会照顾人——但我也不觉得你会对我这么好吧，出梦？"

"是啊……"

出梦露出了恶作剧般的笑容。

"不过，我说来帮你可是千真万确的——至少现在的我，正有意与狐狸先生为敌。"说着，出梦再次用脚指了指倒在地板上的澪标姐妹，"躺在地上的这两个人，不就是最好的证据？"

"绘本小姐……"

我呼唤绘本小姐的名字，而她正不顾脏污，蹲在布满灰尘的地板上为澪标姐妹诊治。

"我、我在！"仿佛是被暴脾气老师呵斥的小学生般，绘本小姐应声道，"怎、怎么了？我、我正在做诊断哦……可没有干什么坏事。不、不过，也是啊，是我的言行影响到你的心情了吧？我这种人只要出现在别人面前就会给人带来麻烦，是我太不知好歹了，对、对不起……"

"……"

不妙。

我开始觉得有趣了。

"绘本小姐——那两个人情况如何？"

"呃，她们俩的情况啊……"

"她们当真昏过去了吗？"

"唔、嗯……虽然不知道你为什么这么问……啊,对不起,我不是想刨根问底啦。可、可是,你也别那样瞪着我啊。不、不管你有多讨厌我……太、太过分了。为什么要这样对我啊?好过分,好过分!为什么受伤的总是我……为什么我总要承受这些不公平的待遇啊?我明明一直、一直都在努力,一直在认真活着,我只是想做一个称职的医生而已……"

"……她们失去意识的原因是?"

"是、是脑震荡……"

"多谢指点。"

我再次转向出梦。

出梦默默地笑着。

"这就够了吗?说不定我和医生是在合伙骗你呢,毕竟我们曾经捧的是同一个饭碗,关系不是一般的铁哦!"

"我没打算怀疑你啦,只不过……你与澪标姐妹姑且是本家与分家的关系,我只是比较在意这一点罢了。"

"哈——正因为是本家与分家,我才会把她们揍成这样啦。分家的那群家伙可是最看不上本家的人了!真是的,我明明都已经隐退了……不过我又转念一想,狐狸先生实在是太过分了,居然拿这种杂鱼和我相提并论……这两个家伙说不定连鬼先生都赢不了!"

"可是——"

我瞥了一眼正专心致志地为两人诊疗的绘本小姐,对出梦说。

"——你并没有杀死她们呢。"

"因为杀戮的限制是一日一小时。"

"我不觉得这是唯一的理由。"

"我已经累了,不想再做无谓的杀戮了。"出梦郁郁而言,"我已经彻底厌烦了,不想再对付这些不堪一击的残兵弱将了,我早就劝他们再凑五十九亿九千九百九十九万九千九百九十九人,可他们就是不听。"

"你的劝告听起来和挑衅有什么区别……不过,你为什么说你累了?"

"我刚刚才到这座学园哦,没想到这个地方如此错综复杂,只能滴水不漏地逐一检查了。后来又听到车祸的声音,我想估计是鬼先生你们到了,就准备先来与你们会合,可在这儿也太容易迷路了!还好偶然碰到医生,拜托她去找鬼先生,我才能喘口气休息休息。所以那时我就已经筋疲力尽了,再加上出了不少汗,简直成了足音先生,可以先走一步了。[1]"

"出梦说起冷笑话来也是个性十足啊。"

谁能跟得上你的节奏啊。

---

[1] 这是出梦讲的冷笑话,筋疲力尽的日语是"へとへと",出了汗加上浊音的两个点则变成"べとべと,べとべとさん"(Betobeto先生),是日本妖怪的一种,译为"足音先生",本意是指穿木屐走路发出的脚步声。你独自走在深夜的路上,感觉有人跟在自己背后,而一回头发现背后并没有人,这种情形可能就是被足音先生跟踪。这时候你只要说"请您先走",足音先生的脚步就会越过你往前面走去,随后慢慢消失,所以出梦才说可以先走一步。——译者注

"不过啊，当天从福冈赶来的确会很疲劳，那你提早一天过来不就好了？"

"我哪有那个时间，你才刚从我家离开，我就立马追出去了。"

"……"

呃……

福冈到京都。

要跑三天……出梦是这么说的吧？

可是，我从福冈回来才过了两天……

……

"他"花了两天时间跑过来的？！

"没搞错吧……从福冈到京都的最短距离也有五百公里啊……"

"关门海峡可真是惊险啊……"

"你是游过来的？！"

"哈哈，鬼先生可真是个白痴，我怎么可能把体力浪费在这种地方！关门海峡可是有海底隧道的，我是从隧道跑过来的啦，你也用点脑子啊。"

"拜托你坐电车好吗！"

出梦是在那种情况下与澪标姐妹战斗的吗？

并且，"他"还击败了她们。

这家伙的战斗力简直超标……

"说起来，"崩子突然吐槽道，"其实也不用特地冒险从机动车道跑过来的，关门海峡里是有供行人步行的隧道的。"[1]

"……"

啊。

出梦别开视线。

看来"他"是第一次听说。

"他"害羞了……

有、有点可爱？

"呃、那个……可是啊，出梦。"绘本小姐开口说，"既然如此，你不如回到十三阶梯吧。我、我之前听狐狸先生说出梦和理澄已经死了……现在再次看到你真的好意外，我也不知道该怎么说，可既然你们还活着——"

"理澄已经死了，在我心里。"出梦利落爽快地说。

"他"好像是说给自己听一样。

"既然理澄已经不在——那我待在狐狸先生身边也没有意义。"

"怎、怎么会……出、出梦你也讨厌我吗？好吧，原来是这样，我还以为只有出梦不会讨厌我，对、对不起，我很自以为是，给你添麻烦了吧，我、我真是个笨蛋啊，究竟要重复失败多少次才会懂啊……呜呜呜。"

"……别哭了啦，我哪里说讨厌你啊？唉，这性格可真是麻烦

---

[1] 关门海峡即马关海峡，关门隧道是连接本州和九州的海底隧道。隧道分为两层，上层供汽车通行，下层供行人和非机动车使用。隧道的车道全长3461米。关门海峡据说是世界上最早的海底隧道之一。——译者注

啊，鬼先生也这么觉得吧？"

"不……我开始有点喜欢了……"

怎么回事……

从内心深处涌现的这份心痒难耐的情感。

视线无法从她身上离开。

"难道说，这就是恋爱……"

我被狠狠踩了一脚。

脚趾被踩得生疼。

踩我的人是崩子。

"哥哥……"

"在……"

呜哇。

她面无表情到令人脊背发凉。

"唉……我该说些什么好！你能不能改一改你那自来熟的性格……哥哥也太没有紧迫感了吧。"

"我、我才不是那种性格。"

"你听明白了没？"

崩子踩住我的脚再三蹂躏。

脚好痛。

出梦看着我与崩子，歪着脑袋发出了疑问的声音。

"……这孩子是你的妹妹吗？你不是说你妹妹已经死了吗？"

"啊，不，她住在我家附近——"

"我叫暗口崩子。"

崩子——

她轻描淡写地报上名号。

"您好，匂宫出梦。"

"你是暗口吗？"

笑容从出梦的脸上逐渐消失。

不，冷静一点……只不过姓氏相同罢了，出梦不可能下结论。我直到前天都没能察觉到崩子的身份，更何况是初次见面的出梦呢。"他"应该还处于半信半疑的阶段吧——

"原来如此，怪不得让人感觉不简单，原来是暗杀者啊。"

出梦轻易地就看穿了。

……果然，是之前的我太迟钝了吗？

"这是怎么一回事，鬼先生？"

出梦将矛头转向了我。

既然"他"已然看破，我也只能老实交代了。崩子已经与暗口本家断绝一切关系，现在已与暗口之名毫无关联，我就此向出梦两次三番地重复强调。

出梦像是发现了珍稀物种一般，对着崩子上下打量。

崩子则只是静静地注视着出梦。

"……好吧。"出梦说，"既然她是鬼先生的同伴——那就不是我的敌人。"

"出梦……"

"不过，崩子妹妹。"出梦朝着崩子说，"我会将鬼先生的敌人——暗口家的暗口濡衣全力绞杀。"

"请便。"崩子漠然回道，"这与我无关。"

"……同样是妹妹——你的性格和我的妹妹还真是截然不同。"

面对崩子的回应，出梦颇感惊讶，仰天感叹道。我倒很想说，其实两个哥哥的性格也是天差地别，但为了避免复杂化还是少说为妙。

唔……

还好，出梦是个妹控。我暗自想。

"……总之这么一来，包含绘本小姐在内，留在这座学园内的十三阶梯总共还有五人啊……"

明明什么都没干，敌人的数量却减少了一大半。

这就是所谓以德服人吗？

"这就是所谓狗屎运吧。"崩子直截了当地讽刺道。

不过她说得没错。

那五人中应该还有几个正在对付哀川小姐。接下来真正需要我去对付的充其量也不过一两个人，而我这边还有崩子与出梦作为盟友……

照这个势头来看——问题应该不大。虽说还有狐面男子本人这一隐患……但既然我已得到了解药（疑似），接下来只要能逃出去就好。事实上，哀川小姐的敞篷跑车因遭受正面撞击以冒着火花之态宣告报废，那多半是她刚买不久的二手车，落得如此下场也真是悲壮。也因此，我们现在已经没有返程的交通工具了……

不过——

狐面男子所谓将我视为"敌人"就仅是如此吗？

他所追求的仅仅是这种程度的把戏吗？

只是这种程度的话——六年前我也曾经历过。

六年前发生的事虽情况不同，可是——

这就是狐面男子期望的状况吗？

这就是西东天所追逐的故事吗？

世界的终结若仅是如此……

故事的终结若仅是如此……

这种事我早就看够了。

"哥哥，你怎么了？"

"不——没什么。"面对崩子的问话，我若无其事地摊开双手，"那么出梦打算怎么做？不对，应该问你想怎么做。反正我是打算去找寻狐狸先生的藏身之处。"

"我也一样。"

"那么——你要不要跟我们一起？"

"你就这么轻易地相信我？"

"当然，我早就习惯被人背叛了。"我回答道，"只要从一开始就做好被人背叛的心理准备，自然可以轻易地相信别人。"

"那是戏言吧?"

"是戏言,没错。"我说,"我爱你,出梦。"

"……少给我灌迷魂汤。"

出梦哈哈地笑着,绕开澪标姐妹与绘本小姐,穿过我们身侧迈出美术教室。

"医生,那两个人就交给你了。"

"嗯,交给我吧,我会努力的。"

"拜托你啦。"

说完,出梦便独自一人先行离去。对方有善于分割战场的空间制作师,在黑暗的校舍里也不宜分开行动,于是我准备立刻追上出梦的脚步,然而崩子却拉住了我。

"嗯。"

"……"

"嗯嗯。"

"怎么了?"

"……嗯嗯嗯。"

"你怎么了?干吗用手指戳自己的脸?"

"哼!"

崩子使出十成功力狠狠地要往我脚上踩。

好在被我勉强躲过,她在地板上踩了个空。

我还、还以为我的脚趾要在此粉碎……

"怎么了啊……你的表情从刚才开始就很可怕?"

"……戏言哥哥你啊,是对上了钓的鱼就不再给饵食的类型吗?"

"嗯?不啊,我很少钓鱼,上一次钓鱼是在什么时候来着……"

"……不用回忆了。"崩子拉起我的手,打算走出美术教室,"走吧。"

"嗯,等一下嘛。"

我真是搞不懂她。

她总说些莫名其妙的话。

……不过说起来,这座澄百合学园即使已经荒废,也还是只会聚集一堆怪人啊。就我一个人在认真,反倒像个白痴一样。

我踏出美术教室,关上教室门。

"……"

"哥哥?"

"稍微等一下。"

以防万一,我微微打开一条门缝,张望门内的情况,只听见——

"呜呜呜,大、大、大家都走了,大家都出门了,他、他们一定是讨厌我才走的吧,为、为什么我一点氛围都不会看?明明知道大家都讨厌我,要、要是我先自觉地离开就好了……我真是个笨蛋,他、他们只是因为人好才愿意陪我,我却自以为是地还想和他们成为朋友,啊,啊哈哈,不、不行,我不能哭,出、出梦让我不要哭,我、我必须笑,啊哈、啊哈哈,嘻、嘻嘻。可是,他们就那么想把我排除在外吗?好过分啊,他们现在一定在外面说我的坏话吧?一定在嘲笑我的打扮很奇怪吧？为、为什么受伤的总是我啊……"

绘本小姐的呜咽声从门内传来。

有缘我们再会吧。

总有一天，我们能好好单独聊聊。

我暗自在心中立下重逢的誓约，拉着崩子的手离开美术教室，追寻出梦的足迹。

我们很快就追上了"他"。

一里塚木之实应该已经不在附近了。

"对了，鬼先生啊。"

"什么事？"

"哀川润来了吗？"

"嗯，来了。"

"啊，果然。"

"果然？"

"我与那家伙虽然只简单说过几句话，不过我觉得自己相当了解她哦。"出梦说，"那个女人绝不会错过这种重要场合。"

"你很懂她嘛。"

"不过她在这里吗？"

"怎么？你还想找她报仇吗？"

"不是啦，我都说了我已经放弃了。不过——"出梦话显踟蹰，"我觉得他们还是不要见面比较好。"

"……你说狐狸先生和哀川小姐吗？为什么？"

"这个嘛……"

"别含糊其词。"

"之前我也说过,我并没有父母,可即便如此——我也知道父母该是什么样的。"

"嗯。"

"以我的观点来看——狐狸先生算不上是个父亲。"出梦冷静地说,话语中不掺杂任何感情,"不管从哪个层面上来看——那个人都算不上父亲,他根本就没有养育他人的概念。"

"……这一点我倒是了解。"

"既不抚养,亦不教育,更不在乎——那个人估计早就把女儿的事忘得一干二净了吧?我好像从没听他提起过女儿这两个字。"

"唔……"

我好像也从未听过。

在我的记忆里,他仅有一次将哀川小姐称作女儿。

"他那个人对亲情就是如此淡泊吧,说是淡泊……倒不如说是偏执,偏执过头反倒对其他事情变得冷漠。过于将精力集中于一处,周遭的其他事情都入不了他的眼。你看,上个月不也是这样,那个副教授和拥有不死之身的女人,明明一直心系狐狸先生,可他直到你提起才想到她们俩吧?"

"的确如此。"

"一般哪会这样。"

"一般确实不会这样。"

哀川润——

对狐面男子而言,他与哀川小姐恐怕在十年前便已斩断因缘,那个男人并不会沉湎于过往。

勿论过往,他亦不会拘泥于现在或未来。

对他来说,过往也好,现在或未来也罢,都是一回事。

唯一有意义的只有终结。

在世界的终结这一命题面前,抚养小孩这种话实在显得有些不合时宜。

"没错——并且,那个人也不会执着于过程。副教授或拥有不死之身的女人,哀川润或 MS2,当然也包含我与理澄……甚至是零崎人识,我们都仅仅只是他人生中的过客。"

"出梦……"

出梦独自大步走在我们前面,我和崩子则牵着手追在"他"身后。"他"对目的地的位置似乎已了然于心,以毫不踟蹰的步伐向前迈进。

之前我就在想……出梦和零崎,应该是认识的吧?虽然零崎几乎未曾提及有关杀之名的话题,出梦也从未直接说到过零崎,不过从"他"言谈之中,总能听出他们关系不浅……将零崎人识的存在透露给狐狸先生的人也是出梦。若是他们本就认识,那意义就完全不同了……

这纯粹是我的直觉。

出梦之所以会来到这所学园说不定也和零崎人识有关。

虽然只是直觉——我却有根据。

三天前——

我在出梦的公寓内告诉"他",狐面男子并没有选择零崎人识,而是将我这个戏言跟班选作"敌人"之时——"他"显然有些郁闷。

与其说是郁闷——倒不如说是失望。

接着——出梦说。

"鬼先生和零崎人识,完全不一样。"

我们完全不一样。

我与他不同——

"对了,出梦……"

"怎么?"

"你走得那么快,是不是已经知道目的地的方位了?我们这是要去哪儿?"

"去体育馆。"

"哦,为什么?"

"'哀川润差不多快到第二体育馆了,你这个已经死过一次的杀手,就让我们为你拉上退场的幕布,干脆利落地了结你吧,匂宫兄妹'——刚才澪标姐妹那龙套般的台词就是这么说的,所以就先去体育馆看看。"

"好吧。"

也不至于说她们是龙套吧……

不过,谁叫她们的对手是出梦呢。

既然已经被揍成脑震荡,至少今晚她们不会再出现了吧,暂且可以放心。

仔细一想，正在照顾澪标姐妹的绘本小姐，也是敌人阵营的一员吧？

让她们在一起没关系吗？

"嗯，原来如此，难怪你一点也不犹豫往哪儿走，这我就放心了。我还以为你是漫无目的地随便碰运气呢……"

"怎么可能，我都累得不行了，哪有力气浪费精力。"

"说得也是，那么，前往第二体育馆的路线想必也是澪标姐妹告诉你的吧？"

"不，但是我猜应该就是这个方向。"

我从背后踹了"他"一脚。

出梦滚下楼梯。

"哥哥……我可以理解你的心情，但'他'可是穷凶极恶的杀手啊。"

崩子一脸愕然。

出梦一个漂亮的落地后，在楼道下朝我抱怨道："喂喂，你干吗突然踹我！""他"甚至并不觉得自己遭受了攻击。我和崩子沿楼道走下，与"他"一同站在平台上。

"出梦。"

"怎么啦？"

"……要想去体育馆，首先得先走出校舍吧。"

"对哦。"

"往上爬楼梯是走不出校舍的。"

"嗯，你好聪明啊。"

"出梦。"

"怎么啦？"

"在后面跟着我。"

趁"他"走在后头，最好再让一里塚木之实用空间制作把"他"带去别的地方。

真是的……

这么一直迷路下去可如何是好。

我甚至不知道我们现在在几楼。

包里放着小姬的丝线，之前我们的确使用丝线垂降逃生……不过，即使没有丝线，出梦和崩子应该也有办法从楼上跳下去。而我则不想再次体验垂降的经历，决定把这个提案藏在心里，将丝线的存在也当作秘密吧。

不过得知哀川小姐身处体育馆，倒是一个意外收获，萌太应该还和她在一起吧。体育馆在学园众多建筑物里是比较显眼的，作为会合地点来说并不算坏，敌方阵营的人数已减少至寥寥无几（我已经将绘本小姐划出了敌方阵营——那个人只会将心思用于医治，多半不会与任何人为敌），我们也没必要再分开行动了。

话虽如此……

这里还真是容易迷路啊。

过早地击败作为带路人的杂音弟弟（而且完全丧失带路能力，

可恶），真是一次失败啊。哀川小姐真是无论做什么都会过火……

啊——

对了——这么一来。

对我方来说，这倒成了绝佳时机。

龙套被淘汰出局。

主角齐齐登场。

最重要的是——

女儿的失误理应由父亲来承担。

管你是不是被因果定律驱逐之人——

为客人带路乃是主人待客的义务。

"哟——我的敌人。"

在楼梯的最底端——狐面男子驻足而立。

真不愧是他——

他完美地掌握了登场时机。

他绝不会错过重要场面。

啊——这对父女还真会折磨人。

"我的派对还算有趣吗？"

"我还什么都没做呢。"

"既然如此——"狐面男子说道，"——跟我来吧，我要让至今为止无所事事、毫无作为的你不得不做些什么。"

第九幕 中断的结局

YAMIGUCHI HOUKO 少女
暗口崩子

0

遐想未来时,往往会设想过去。
人类总是将过去称作未来。

1

六年前——
我想成为怎样的人呢?
我想对玖渚友做什么?
究竟想要做什么呢?
我想破坏她。
我想杀死她。
我想毁灭她。
我想推开她。
我想爱她。

我大概想要成为一个英雄吧。

一个想要成为正义伙伴的孩子。

我想通过守护玖渚友来对抗玖渚机关。

我虽毫无自觉——

回顾过去，那也不过是一时兴起，但我一定是想通过对玖渚友的守护，来消耗内心深处的某种情绪吧。

想要消耗，想要消磨，想要消除。

我想要忘却。

忘却复仇之念，摒弃赎罪之心。

最初是因为妹妹的事。

我不觉得玖渚友是替代品。

我并没有把她视作妹妹的替代品。

她对我来说是独一无二的。

然而结果——

我却将她破坏。

我把她杀死。

我让她毁灭。

我将她推开。

我没能爱上她。

玖渚友——

她的强大超越了我的想象。

她是一个例外。

而当时的我毫无察觉。

我一无所知。

我一无所知——所以恐惧至极。

我惧怕着玖渚友。

我并非因溃败而逃离。

我是因为恐惧而逃避。

无论何时都在逃避。

无论何地都在逃避。

然而我——

纵然逃到天涯海角，等着我的依然是无尽的重复——

"呵呵呵。"

狐面男子——

他看着我们，露出了愉悦的笑容。

视线扫过暗口崩子与匂宫出梦——最后看着我笑了。

"真是了不起啊——竟然能让杀之名排名第一的匂宫，与第二的暗口同时陪伴在你左右，我十九岁的时候可没有如此可靠的同伴。"

"……还不是因为你缺乏人望？"我说，"或者是因为品行不端？"

"人望？品行？这些东西有或没有都是一回事。"

狐面男子转过身去，背对着我们迈开步伐——

他并不在意我们是否跟上他，便朝着第二体育馆的方向走下楼梯。

无须多言，我们并无其他选择。

这也在他的计算之中。

"……"

然而——

他明明看到昔日的部下出梦加入了敌方阵营——他却一言未发。虽然我对此早有预料，但他的反应平淡到异乎寻常。即便是狐面男子，也不可能对出梦的出现毫无讶异——

……还是说，这并非意外？

难道——他从一开始就是为此才让我去往福冈的吗？

"哥哥……"崩子小声对我说。

"他就是哥哥的敌人吗？"

"嗯……应该说我是他的敌人吧，如果他没有伤害美衣子小姐的话。"

"……他看起来满是破绽呢。"崩子说，"我不会在哥哥面前杀人，但是我想——我现在就可以立刻让他陷入昏迷。"

"……"

"要怎么做？"

"不……"我紧紧握住崩子的手，"别动手，对那家伙不可以轻举妄动。"

"可是——一旦让他与其他的十三阶梯会合就麻烦了。从哥哥的话来判断——那个人大概持有干预并影响他人内在的才能，可以将他人的力量最大限度发挥出来。"

"若是如你所说——"

那不正好是我的反面吗？

与他相反，我能阻碍他人发挥内在能力。

"总而言之，崩子，还有出梦，你们先别出手，我想再观望一会儿。"

"嗯，那我就不出'手'了。"

出梦听闻后讪笑道。

"狐狸先生，"接着，我冲着他的背影说，"老实说，我对你没有什么兴趣。"

"……"

"只是因为理澄很喜欢你，与她共有同一具身体的我才不得不服从你——话虽如此，我对你也并非毫无感激，只不过你到底为什么放弃了零崎人识，而选择鬼先生作为你的敌人？这么一来——理澄做的那些事情，又算是什么？"

"啊啊……"

狐面男子忽然回过头来。

接着，他好像现在才想起来似的。

"好久不见啊，出梦。"他如此说。

"……"

"硬是将你这个隐居之人拖回来，真是抱歉啊——我也曾想遵从你和理澄的愿望，不再多加打扰——可我这边也发生了一些意外情况，而你的力量是不可或缺的。"

"不可或缺？"

"是啊，与我敌对也没关系，待在我身边吧。"

狐面男子理所当然地口吐傲慢之语。

同时，他重新迈开大步。

老实说，听完狐面男子的话，我还战战兢兢地以为出梦会大发雷霆。说起来，我只见过理澄与狐面男子对话的场景，还未曾见过出梦与他交谈。虽然我也多少有所料想……但他们之间的关系比我想的还要糟糕。

不过——狐面男子口中的"意外情况"是指什么？

我有些在意。

那是指……哀川小姐吗？

"喂……狐狸先生。"

"怎么了，我的敌人？"

"你已经见到哀川小姐了吗？"

"……"

狐面男子头也不回。

"哦？那家伙也来了吗？"

"你……你不知道吗？"

"我只是看你们想去第二体育馆才出来带路的——怎么，我的女儿也正要去体育馆吗？要是这样——我又不得不更改我的计划了。"

"你想说的就只有这些吗？"

"'你想说的就只有这些吗'，呵。"狐面男子说，"那么你觉得……我还需要说什么别的吗？那个女人——我的女儿与我相同，既然已被因果定律所放逐——那么也就与故事的终结再无关联。"

"你说哀川小姐吗？"

她也被因果定律所放逐了吗？

开什么玩笑。

她是何等存在感鲜明的人物。

"所以那家伙才会成为承包人。"

"……"

"若原本就是像我这般软弱无力的人也就罢了——我那曾是世间最强完全体的女儿在被因果定律放逐后，竟也变成了那副莫名其妙的鬼样子。亏她还是'人类最强'，一个人却什么也办不到。不过嘛，我的女儿原本就被制造于故事之外，与因果定律无关。因此，这一切也是理所当然的。"

"你说故事之外？"

"之前我没提到过吗？我的女儿是继朽叶之后的第二项研究，她是为了破坏故事而被制造出来的。"

下一个阶段。

他曾说过这样的话。

"失败——实在是太失败了,拜其所赐——我至今仍被因果定律所驱逐。拖着这被驱逐之身,我也做了不少尝试,可那次失败实在令人痛心疾首,无法忘怀。我从未想过要从头再来,即便想要尝试也绝无可能。"

"为什么这么说?"

"因为我与我女儿的因缘已被完全斩断,即是所谓绝缘。"

绝缘——

曾几何时,我也曾用这个词形容过零崎人识。

那家伙的存在——绝缘体本身。

这么说来,我也与他相同。

"我也是绝缘体吗?"

"非也。"狐面男子说,"你怎么可能是绝缘体呢?你啊——你将自身作为媒介,将自己作为中间人,把我与我女儿之间的缘分重新联结起来——"

"……"

"我对我的女儿已经毫不在乎——但你的存在颇具意义,所以你才是我的敌人。"

"……你太自私了。"我说。

我的内心怒不可遏。

"你竟然说对自己的女儿毫不在乎。"

"'你竟然说对自己的女儿毫不在乎',呵。"狐面男子一脸无趣地笑道,"要我说的话,父母如何处置孩子是父母的权利,反正我的女儿本来就是我的一部分。"

"她不是你的亲生女儿吧？"

哀川小姐由三人共同抚养长大。

然而，她并非那三人中任何一人的亲生女儿。

哀川小姐她——

"哀川小姐不是你姐姐的孩子吗？"

"她既是我姐姐的孩子——也是我的孩子。"狐面男子说，"不过我直到最后也没搞清楚她到底是哪个姐姐生的。"

一瞬间，我没明白他的意思。

刹那间，我又顿然理解。

"你、你把自己的姐姐……"

"搞什么啊，我的女儿没告诉你吗？那家伙对你隐瞒了啊。呵呵呵——那么，让我再告诉你一个有趣的秘密吧。我那两个姐姐啊——虽然名字的写法不同，但是读起来都是一样的哦，西东准与西东顺。"

"……"

"她从纯哉那里继承的就只有姓氏而已。"[1]

"……你真是疯了。"

"这有什么好惊讶的，又不是和父亲或母亲发生关系——对你而言是妹妹，对我来说则是两个姐姐……呵呵呵，你不应该感同身受吗——出梦？"

---

[1] "准""顺""润"与"纯"的日语发音均相同。——译者注

"……呸。"出梦狠狠地咒骂道,"别把我跟你相提并论!"

"我做的事情和你们有什么区别嘛。哎呀……在小孩面前说这样的话题的确有些太辛辣了。对吧,崩子小妹妹?"

崩子突然被点名道——

她扭过头去,并不理睬。

"看来我是被讨厌了啊。"狐面男子若无其事地笑笑,"啊,对了……我的敌人,有件事我得向你道歉。那个……叫什么来着,对了——那个叫七七见奈波的女人——"

"……你是想说浅野美衣子吗?"

"啊,没错,是谁都无所谓。我把那个叫作浅野美衣子的女人牵连进来真是抱歉了,我发自内心地反省过哦。"

"……"

显而易见的谎言。

我甚至懒得揭穿它。

"我想,你应该已经从医生园树那里拿到解药了吧,要是还没拿到的话——"

"我已经拿到了。"我回答道,"但我并没有打算就此原谅你。"

"'我并没有打算就此原谅你',呵,随便你——你原谅我与否都是一回事。不过对她下手的确是多此一举了——故事并未因此加速,反而停滞不前,完全脱离了我原来的目的。所以,请务必让我向你道歉。"

"……"

"就算要我跪下也在所不惜。可你要是因为那种无趣的执念才决定与我决一胜负,那可就伤脑筋了。"

"你竟然说无趣……"我的声音正在颤抖,"你到底准备自说自话到什么地步……你以为自己是谁?"

"彼此彼此吧。而且,我也真没料到——你竟然已经知道了。"狐面男子以平淡的口吻说,"我原以为你没有机会得知我与你之间的因缘——所以我本打算亲口告诉你。而你却好像早就已经知道了啊。"

"……"

奇野袭击医院之日乃是十六日。

同时,他将毒转移给美衣子小姐。

在那个时候——

我的确尚且不知。

直到那一天——

光小姐或者明子小姐,在那座酒店内告诉我西东天与哀川润的关系时,我才终于意识到。

我终于领会到——

我,必然会成为狐面男子的敌人。

这是不可逆转的命运。

"我花了大把时间才搞清楚你和那个女仆在宾馆里到底说了什么——你们为了提防我也是费了不少精力啊,这种时候,真希望理澄还在。好在还有濡衣在,暗杀者不愧是暗杀者——物尽其用嘛,我也是直到昨天才知道你已经知道了这件事,我早就猜到你会调查我,不过你竟然能查到那种地步,也的确超出了我的预期。我本想尝试修改计划,可惜那时杂音已经与你见过面了。我这也只是派对开启前的马后炮罢了。"

"……到现在,你还在说这些漂亮话。"

"不过,赖知所转移的是毒性比较弱的毒——那并不会造成什么大碍,若是生命力顽强,大概一周就能自行痊愈。你回去之后就赶紧让她服下解药吧,应该很快就能恢复健康。"

"……你这个人除了自己,真是对谁都毫不在意吗?"

"我对我自己也并不在意,你不也一样吗?"

"不,我与你不同。"

"没差别啦,你也就比我年轻一些。"狐面男子说。

"当然,有些事情只能趁着年轻去做……我已经追悔莫及,你可要好好记住了哦,崩子小妹妹。"

"……别那样叫我,显得我们很熟一样。"崩子终于开口回应,且毫不留情,"你说得没错——我最讨厌你这样的人了。"

"呦,"狐面男子耸了耸肩,"奇怪了,我可是很受小姑娘欢迎的啊,还是说你年纪太小,无法感受到我的魅力啊,崩子小妹妹。"

"我最讨厌你这种人了——内心没有任何想要守护的东西。"

"这不是暗口的台词吗?可真不符合你离家少女的设定啊!呵呵。"狐面男子嗤笑道,"你可千万别为情所动迷失大局啊!即便随波逐流也只应该听从命运的安排。"

"你既然那么想看到故事的结局,就赶紧去自杀吧,已死之人还像幽灵一样飘浮在人世——只会给人添麻烦,你的存在对任何人来说都很碍眼。"

"别不高兴嘛,崩子小妹妹——你这么泼辣,可是会被最喜欢的哥哥嫌弃的哦。"

"……"

崩子缄默不语。

怎么……不还嘴了?

既然是兄妹,崩子喜欢萌太自不用说,萌太也绝对不可能会讨厌崩子,这不是明摆着的嘛。

真是奇怪。

嗯,也就是说,狐面男子也已经发现萌太在这座学园里了吗?不过既然已经看到了崩子,也不难猜测。

终于——我们走出了校舍。

"这边,从后面绕过去。"说着,狐面男子沿着校舍边的花坛前行。花坛已许久无人打理,这里凌乱不堪,杂草丛生,可即便如此——依然有花朵盛开。

花团锦簇,鲜艳动人。

"前面就是体育馆了,不过……"狐面男子此时独自一人喃喃自语道,"真是不可思议啊。"

"有什么不可思议的?"

"你们是有你们的理由,才想前往第二体育馆的吧?"

"的确是这样……"

我们是为了与哀川小姐会合。

"嗯，而我女儿呢，也有她的理由——才朝那座体育馆前进，没错吧？"

"呃……"

我转向出梦。

他闷闷不乐地摆出一副生人勿近的模样，我只得转回头去。

唉，从澪标姐妹的话里是无法得知哀川小姐的用意的。但既然是哀川小姐，就一定会基于某种根据才采取行动。

"并且——"狐面男子说，"我之所以前往体育馆也有我自己的原因。"

"……啊？"

"因为我不得不更改我的计划。刚才我说我是看你们想去第二体育馆才出来带路的——不过事到如今我也可以告诉你们，我之所以想把我的敌人带去体育馆，也是有原因的。"

"……"

"不可思议吧，明明每个人都怀揣着各自不同的目的——最终却又会会聚至同一个目的地。"

"所以你从一开始。"

"我从一开始就计划让杂音带你们来体育馆啊，是你们自己把他给撞飞了。"

"……"

"亏你们能干出这种事来——我除了让杂音去为你们带路以外,本来就没给十三阶梯的其他人分配任务——最多也就是让他们无聊的时候陪你们玩玩而已。"

"还真是随便玩玩呢。"

"那群家伙本来就不会乖乖服从命令,尤其是澪标姐妹……算了,多说无益,总之先去体育馆吧。"

走过转角——

突然,一座巨大的建筑物映入眼帘。

看来那就是体育馆了。

怎么说呢,与其说是体育馆,那建筑物散发的气息感觉更像是一座室内竞技场……在这座高耸的建筑物上,"澄百合学园第二体育馆"几个大字赫然在目。

我们在建筑物外围迂回后,才进入它的内部。

接着,我们止步于体育馆内馆的门前。

"出梦。"狐面男子说,"把门破坏掉吧,这扇门上了锁,而我没有钥匙。"

"……别叫我。"出梦看也不看他一眼地说,"要让我此时出手,我绝对会先敲破你的脑门。"

"好吧,那我可经受不住。"狐面男子毫无波澜地说,"那么我的敌人,就拜托你用你带的那把开锁铁刃吧。"

"……为什么?"

你为什么会知道我带着开锁铁刃。我将疑问保留在心里,默默地掏出开锁铁刃交给狐面男子。他先将铁刃捧在手里，十分珍惜地观摩了一番。

"哦——原来如此。"

"怎么了？"

"这就是从零崎人识那里几经转手最终又到了你手里的开锁铁刃啊，真是令人感慨。"

"原来这是零崎的刀具——我倒是并不知情。"

"一开始应该是我的女儿在杀死零崎人识之后顺手牵羊所得，之后又转手至那位大怪盗石丸小呗之手——不过最后还是落到了你手里，真是有意思。"

"……"

"优秀的兵器会选择它的主人吧？"

"……这只是偶然吧。"

"'这只是偶然吧'，呵，你还是这么说——说起来，这把刀本是由十三阶梯的古枪头巾亲手打造的。"

"……是吗？"

"嗯，头巾还锻造了'自杀志愿'等名器，在这一领域是相当有名的老人——不过……算了，关于他的事就日后再提吧。"

狐面男子打开门锁，接着把刀还给我。我收好小刀，追上狐面男子进入体育馆内。

进入体育馆后，首先进入视线的是一个仓库一般的狭窄房间——不对，那应该曾是一个休息室，而我们正身处体育馆舞台的后方，在休息室内可以看到小阶梯的方向有一块巨大幕布，所以应该没有错。

"现在是几点？"

"啊？"

"我是说时间啦——现在是几点？"

"呃……"我看了眼手表，那是小姬给我的手表，"现在是……十一点五十分。"

"'十一点五十分'，呵，是晚上十一点五十分？"

"当然是晚上。"

不知不觉间，就已经这么晚了。今天是九月三十日，还有不到十分钟——

还有不到十分钟。

"还有不到十分钟，就进入十月了。"

"……嗯。"

"我的敌人，我喜欢九月。"

"……啊？"

他是什么意思？突然说一些意义不明的话。

"因为不会有人死去。"

"……"

"并且，我讨厌十月。十月有太多人会死去……为什么会这样呢？我的人生总是重复着相同的时间构造。至今为止，我身边从未有人在九月死去——然而即便能苟延残喘过九月，能活过十月的人屈指可数。"

"……难道说，那便是——"

那便是——

奇野所说的那句话的含义？

明知会有生命危险，却依然将我引至出梦所在的福冈——也是同样的理由？

……无聊。

简直无聊至极。

那充其量只是数字概率罢了。

那并无任何根据——

他竟基于这种理由，随意操纵生命……

虽然的确无人在九月丧命。

今天也没有人死去。

占卜师姬菜真姬小姐遇害也是在八月。

玖渚机关的内乱自从进入九月之后，也几乎不再有伤亡——传闻中已死的哀川小姐，也理所当然地好好活着。

不，那种规律——

它一定只是偶然。

它不过只是碰巧。

"接下来……"

狐面男子"呵呵呵"地笑着。

"在十月结束之时，十三阶梯究竟还能剩下几人呢？我的敌人，你身边的人又还能存活几个呢？"

"……"

"往这边走。"说着，狐面男子走上后方的小阶梯，"差不多，时机正好。"

"好……"

可是……狐面男子也讨厌有人死去吗？不，听起来并非如此，他的语气似乎只是觉得不合时宜。

不合时宜。

时机不当。

情况不利吗？

……时针，转向十一点五十一分。

我们一行四人，同时登上舞台。

幕布并未下降。

宽敞的体育馆视野开阔，场馆两侧甚至配备了观众席——果然这里更像是一座竞技场。从舞台上向下展望，虽然站的位置不高，却有一种迷幻感，宛若浮游，随时坠落地心的感觉。

狐面男子终于摘下狐狸面具，于舞台正中心盘腿坐下。而我沉默不语，坐在狐面男子附近，崩子在我身旁坐下，出梦则站立在我们的不远处。

在舞台的正面——

正面的最远处有一道铁门。

门扉紧闭。

它仿佛在阻止什么。

它仿若在拒绝什么。

体育馆内虽昏暗无光,但窗户比起刚才的校舍要大一些,采光没有问题,双眼适应后倒也不至于那般暗无天日。

"接下来——本月的高潮即将来临。"狐面男子终于开口说,"让我最后再告诉你一件无趣的事吧。"

"无趣的事——"

"谈谈我过去的失败之作,我的敌人,也就是你相当喜欢的那个人——我的女儿。"

"……"

"继朽叶之后的第二项研究——下一个阶段。我有两位协力者……也就是架城明乐与蓝川纯哉。"

"架城明乐——"我一边担心着原十三阶梯的出梦,一边说,"听哀川小姐说,他已经死了。"

"啊,事实如此。"狐面男子毫不犹豫地给予肯定的回答。

"但是,他永远活在我心里。"

"……"

"能在死后依然活在我心里的就只有那家伙一人。其他人死了也就罢了,像木贺峰或朽叶那样即便活着却在我心里已然死去的人倒是不少——"

"……听你说话,总觉得你对他人实在是过于冷漠。"

"'对他人实在是过于冷漠',呵,也许是吧,不过我曾经不是这样——至少那个时候，我还有朋友。"

"架城明乐和蓝川纯哉。"

"啊。"狐面男子说，"有一件事，我记得之前跟你和出梦说过，不过崩子小妹妹应该不太清楚，就简单地复习一下吧，有一个名为圆朽叶，拥有不死之身的少女——"

"我听过了。"崩子利落地插话道，"如果是为我，就不用说了。"

"……反应很快嘛，不过我这个人越是被讨厌就越是想捉弄对方——我已经决定了，必须完整地说一遍。"

"……"

这一点倒是和哀川小姐很像……

"不死之身的少女脱离于因果之外，不与任何人事产生任何关联，犹如被误植入故事内的少女——是她的存在告诉我世界本身就是一个故事。虽然我终究没能从她身上获得更多线索——但是她给予了我提示，也让我找到了接下来的方向——毁灭因果。"

"毁灭？"

"我曾认为毁灭因果便能终结世界，但是我错了。我差一点就能让因果灰飞烟灭——可故事并未因此终结……我彻头彻尾地失败了。"

"失败之后带来的后果。"

"后果是我死了，纯哉死了，明乐也死了——与之同时，为'毁灭因果'而被制造出来的我的女儿也死了。"

"……"

"然而，我与我的女儿存活了下来。纵然已死，纵然该死，我们却依然活了下来。啊……那是在九月还是十月发生的事呢……"狐面男子陷入对过往的追思，"唉，死里逃生就必须背负巨大的代价，我与我的女儿因此被因果定律所驱逐——失散离别，因缘随之被斩断。"

这便是框架。

这是我已知的部分。

"但是，我的敌人。怎么说呢……虽然我偶尔也会犹豫，但又总是会忍不住想自夸一番，我那并无特殊缘由，仅出于即兴的行为——在之后看来，真是出人意料地具有先见之明，虽然当时我并非有意为之，但结果的确令我咋舌。"

"……你这是什么意思？"

"举个例子——木贺峰与朽叶。我早就当她们俩已经死了，所以才没有杀她们。我对她们二人的宽恕无疑是令我追悔莫及的重大失误，但拜其所赐——我才能与你相遇啊，我的敌人。"

"……"

"当然，基于时间收敛——即便没有她们，我也注定会与你相遇，但那二人的存在无疑是我与你邂逅的最佳契机，并且加速了故事的进程。"

加速。

使故事加速。

"这次也是一样。我的女儿对我来说虽是一个瑕疵品——但她帮助了你成长。"

"何止是帮助。"

多亏了哀川小姐——我才能如此飞速地成长。

"还有一个例子——在我女儿为毁灭因果而诞生的过程中不可或缺的那个组织……或说是机构,也就是现在归属于ER3系统的MS-2——谁能料到他们居然再次来到这里——并且再次为我发挥了巨大的价值,大概也只有纯哉才能预料到这番因果轮回吧——"

"再一次发挥了价值?"

"别装傻了,我的敌人。"狐面男子露出了挑衅般的笑容,"那儿不正是我与你的因缘之地吗?"

"……"

"你应该已经知道了吧,"狐面男子说,"但凡与我这个已经接受因缘驱逐之人有半点关联的——每一个都是疯子。十三阶梯说到底,不过是由一群疯子组成的集团。然而这样一个十三阶梯在与你相遇之前,连一半人都尚未聚集,你觉得是为什么?"

"要想和你这个被因果定律驱逐之人建立起稳固的因缘,恐怕很难吧……"

"正是如此!所以——我很难测定你我之间的因缘到底有多强。对我来说,你是毋庸置疑的敌人——可我甚至无法与伙伴维持长久的因缘,又能与敌人保持多久敌对关系呢?不不不,答案我已了然于心,从经验来看,我与你的因缘绝对无法长久,因为维系你我因缘之人只有我的女儿——哀川润一人而已。"

正如我联结了西东天与哀川润之间的因缘，我与西东天之间的因缘亦由哀川润来联结。

然而——

仅仅如此是不够的。

"远远不够啊。"

"……所以你才对美衣子小姐出手。"

"不，那不过是以防万一。正如我刚才所说，我从很久之前就已经得知你我的因缘。我原本期待着亲口告诉你——但既然你已经知道，那就算了，不过是些细枝末节罢了。我是真的万万没想到，MS-2竟会在这里发挥它的作用。"

"……"

我已知晓狐面男子话中的意图。

心知肚明。

一清二楚。

了若指掌。

即便如此，我却不愿思考。

纵使这般，我却不愿回想。

住口吧！

别再继续说下去了。

别提起——

你别提起那家伙的名字。

"我在十年前脱离了ER2……也就是现在的ER3系统——既然死了,就不得不脱离——然而那群书呆子……那群疯子却让MS－2延续了下来。纯哉、明乐和我都已离开——他们却在我们留下的残渣之上将研究继续下去。"

"……"

"他们不可能获得任何成果。别说是他们,就连没成年的小毛孩都知道,没有我们,他们不可能继续这项研究——但是,我也能理解他们,因为我的女儿曾是'人类最强'。"

哀川润。

人类最强的承包人。

"他们的行为就像是守株待兔——话说回来,纯哉、明乐与我的存在对他们来说好比眼中钉、肉中刺,我们不在对他们来说反倒轻松。不过——"狐面男子像在围观恶作剧的孩童般,语气里掺杂着苦笑,"没有了我们,他们必定一事无成,毕竟资料全部都存在于我们三人脑内。换句话说,即便是我也只能制造出我女儿的三分之一,更何况是MS-2——抱着这样的想法。我对那群人不屑一顾,对他们的研究更是置若罔闻。"

"置若罔闻啊……"

"他们的情况与木贺峰和朽叶不同,我对那群家伙连同情都没有,而且,说句实话……"

"怎么说。"

"我把他们给忘了。"

"……"

"别露出那样的表情嘛,我听说你也是一个相当健忘的人啊。"

"在这方面,我远远比不上你……"

而且——

我连想要忘却之事都无法忘怀。

甚至无须回想,它们便存在于我记忆之中。

"先不提这个——"狐面男子毫不在意厚着脸皮继续说道,"然而,那个MS-2……在几年前创造了奇迹:他们竟然成功地完成了不可能之事——天方夜谭般地将我女儿的诞生重新化作现实。"

"关于这件事,应该没有人比你更清楚了吧。"

我只能沉默。

我理屈词穷,如鲠在喉。

我连一句戏言都说不出口。

狐面男子尚未向我报上名来,我即便使用戏言,也无法发挥任何作用。

"他们之所以可以创造奇迹——我想是因为你作为计划生赴美前往ER3系统。我是如此判断的,也是这样解释的——你与生俱来拥有着创造奇迹的才能。"

"你太看得起我了——你也好,哀川小姐也罢,为什么总会对他人做出偏激的评价，我明明什么都没有做——"

"我倒认为什么都不做，正是你的才能。"狐面男子说，"现在，你不也已经切身体会到了吗？"

"有吗……"

"我正式对你产生干涉是在九月十六日，将赖知送往你所在的医院。从那时起到现在，你应该什么都没有做吧。或许做过一些小动作——但具体而言，你什么都没有做。"

"……"

"明明什么都没有做——却让那么多人成了你的伙伴，各种各样的人都前来相助你，包含在场的出梦和崩子小妹妹在内，这半个月以来，你究竟接受了多少人的帮助？"

"……"

"你和我一样。"狐面男子说，"只不过你明明没有被因果定律驱使，却什么都不做——这可不行啊。"

"我并没有……什么也不做。"

"不，你有。不管是现在，还是当初在 ER 系统与我女儿的第二代一同胡闹之时——你都什么也没有做。"

"先不说现在……"我勉强反驳道，"ER 系统对我来说已经是很久之前的事了，和现在的我毫无关系。"

"你心里压根儿不是这么想的——你明明清楚得很。不过到头来，你与我的女儿可真是因缘不浅——零崎人识怕是远远不及你，幸亏我选择了你作为我的敌人。"

"……在我尚未得知你在 MS-2 究竟做了什么之前，我完全不知道那家伙是哀川小姐的第二代。我与哀川小姐的邂逅只是单纯的偶然，与那家伙的相遇也只是一个巧合。"

"那便是我与你之间的因缘啊。"狐面男子总结道，"正因为这些偶然，你才注定会成为我的敌人。"

"……"

"怎么样，你能听懂吗，崩子小妹妹？"

狐面男子跳过了我，而是询问崩子，崩子则带着兴趣索然的表情——

"真是自说自话。"崩子说，"总之——你的过去与哥哥的过去通过一个焦点联结在一起——是这样没错吧？因为这点小事就闹成这样……简直就像吹嘘哪个明星是自己亲戚一样。就算你女儿刚好认识哥哥，你女儿的第二代又恰好是哥哥的朋友——这又能证明什么？"

"证明不了什么。"狐面男子说，"呵呵呵，你竟然这么讨厌我，我倒是越来越喜欢你了，崩子小妹妹——怎么样，要不要加入十三阶梯？"

"……已经满人了吧。"

"没关系啊，人数本来就是我随便定的，只要把十三阶梯改成十四阶梯就好了。我会在第十四阶上刻上崩子小妹妹的名字，反正杂音也暂时派不上用场了……"

"……我都说了我讨厌你——不对，等一下。"

"怎么，改变主意了吗？"

"……你说要在第十四阶刻上我的名字？"

"没错，我是这么说的。"

"那……第十三阶到底是谁？"

崩子的话令我与出梦不寒而栗。

是啊——即便算上永远缺席的架城明乐，那封战书上也仅仅记载着十二个名字，虽然之前我们含糊其词地放过了这个疑问，把狐面男子算入了十三阶梯——但那是不可能的。

"……哎呀，我说漏嘴了……"狐面男子罕见地皱了皱眉头，"我这个人啊……明明一直保守着这个秘密。"

"什么秘密……"

"卡牌游戏里，一般都有隐藏卡牌。我可是很注重舞台剧的剧情发展的——为了让观众满意当然要准备意外惊喜啊。十三阶梯并非十三人，而是十二人——加一人啦。"

"那么，最后的那一个人是——"

我有一种糟糕的预感。

糟糕的预感一直伴随着我。

我早就意识到了。

我绝不可能毫无察觉。

然而我硬是充耳不闻，装聋作哑，佯装不知。

出梦曾向我抛来关于人数的疑问，我却说那没什么大不了的，故意轻描淡写地搪塞过去。

因为——

彼时的我，已然知晓。

我知道狐面男子曾在 MS-2 做过些什么。

"我的名字虽已从 ER3 系统中抹去——但那里仍有我不少旧识，稍加利用便能获取包含 MS-2 在内的不少信息。十三阶梯的成员都称呼你为阿伊吧，这当然是我教他们的。"

"……"

"我想你一定以为我是在揶揄玖渚友，其实不然，当然也并非想暗指你妹妹——用'阿伊'这个名字叫你的，不还有一个人吗——"

提示显而易见。

然而——

可是那家伙。

那家伙已经死了啊。

她死在我的眼前。

她被红莲业火燃烧殆尽。

她体无完肤地死亡。

"她的确死了——但是我与我的女儿也在十年前死了。生或死对我来说也好，对你来说也罢，均是无谓之事——生与死皆等价，重要的是——"狐面男子拾起身旁的面具，并重新将面具戴好，"她是否活在你心里。"

"我女儿的第二代，如今还依然活在你心里吧，那么——"

"砰"的一声。

声音从正门传来。

有人正向打开正门。

门缝间透着光线。

瞬间——光线照射进来。

"到时间了。"

狐面男子"呵呵呵"地笑着。

"我与我的女儿将迎来阔别十年的重逢——原本绝无可能的重逢。虽然无人对此抱有期待,但我与我女儿相拥的画面,想必会成为一幅名作吧——"

"哀川小姐。"

门扉后有两个人。

那是哀川润与石凪萌太。

从我们这里看过去,二人的身姿如剪影般清晰——虽说是深夜,毕竟是从室外突然闯入室内,为了让双眼习惯室内的昏暗还需数秒时间。

好在那两人看起来平安无事。

死神与承包人。

他们俩谈了些什么呢?

而且,他们究竟为何将体育馆作为目的地?

那两人的身后还有另外一人。

另一个人的剪影清晰可见。

像孩童般娇小的剪影。

反戴的棒球帽。

身着浴衣——戴着卡通图案的狐狸面具。

那是我在停车场见过的人。

是那个人。

"嗯……咦?"

然而,异乎寻常的是……哀川小姐与萌太对身后之人的存在竟浑然不知。

身份不明的人影明明近在身后,那两人却似乎毫不知情地踏入体育馆。

他们仿佛同行一般。

三人仿若结伴而来,从我的视角观察便只能得出这个答案。

否则,那个身着浴衣的孩子不可能出现在他们身边。

然而事实并非如此。

哀川小姐与萌太丝毫没有察觉到那孩子的存在。

"啊……哀川小姐?萌太?"

我想呼喊他们却无力发声。

怎么回事——这种感觉。

我知道这种感觉。

毛骨悚然。

胆战心惊。

恐慌。

惧怕。

失魂落魄。

恐怖至极。

然而——

心被揪紧,一种熟悉的感觉油然而生,像是和妹妹相遇时般的感觉,像是和玖渚邂逅时般的感觉,也像是和玖渚重逢时般的感觉。

那种苦楚。

明明痛苦——

我却不可饶恕。

此时此刻的我正怀揣着一种不可饶恕的情感。

内心涌起一股无法容忍的情感。

我即将与那家伙重逢。

我即将见到那家伙。

我无法形容。

如果这是一场噩梦——请让我不要醒来。

"九月三十日——差不多也快结束了,就让我向我女儿的第二代——我的孙女,下达第一道命令吧。"

狐面男子面无表情、不掺杂任何感情地说。

"能听到吗……我可爱的小狐狸(Fennec)——"

"——随你号令。"

那是终结的信号。

幼稚的狐狸面具被揭开。

浴衣被撕扯成碎布。

接着——

那双手伸向石凪萌太与哀川润。

"啊……啊啊啊!"

我失声惨叫。

我声嘶力竭地厉声惨叫。

同时,我彻底明白。

过去并未结束,一直延续至今。

并且——

从今往后的景象即将终结,再无延续。

这便是终结。

世界的终结。

故事的终结。

不再存续,是为终结。

我发自内心地恍然大悟。

那正是苦橙之种。

红之替代，想影真心。

Party is the end.

后　记

　　一般来说，幸福与不幸是两个对立的概念，实际看来这大概也是正确的判断。可如果单纯将幸福与不幸视作一组反义词，总会觉得哪里不对。并未感到幸福不等于不幸，不处于不幸的人也不代表他们幸福。无论身处怎样幸福的环境下，都会相应地感受到痛苦。"心"的构造让人类无法只感受到幸福的愉悦。伟大的文豪歌德曾说："我可以忍受世间的一切，唯独无法忍受每日延续的幸福。"他说得相当准确。然而这组因果关系的逻辑无法逆转。也就是说，人处于不幸的环境时，是无法确保能相应地获得幸福的。不幸不存在止境。它不仅无法带来相应的幸福，甚至总会招来更多的不幸，并久久不散。人一旦习惯幸福的环境，幸福便随之消失，但人永远无法适应不幸。二者之间的区别是关键且致命的，没想到幸福与不幸之间的关系竟如此复杂奇怪。幸福是有限的，但不幸是无限的——是否可以这样简单总结呢？若是将追求幸福与逃离不幸设定为人生的目的，那就等于是设立了一个永远不可能达成的目标。最多不过是中立，仅仅是能将幸福与不幸保持在合适的比例，大概已经是最理想的状态了。

　　本书是"戏言"系列最终三部曲的第一本。您既已浏览至此处，我所想表达的内容应该也已传达，无须赘述。

　　起始的终结等于终结的起始，终结的终结却并不等同于起始的起始。尽管如此，故事终究要画上终止符，只要分清楚那是句号还是逗号，即便日后重复阅读想必也不会觉得不协调吧。我便是怀着这样的心情，写下了《完全过激（上）：十三阶梯》。

　　距"戏言"系列完结仅剩两册，希望各位读者务必一直伴随至整个系列完结，下次再会。

西尾维新

图书在版编目（CIP）数据

完全过激．上，十三阶梯／（日）西尾维新著；王李蕙译．－－北京：国文出版社，2025．－－ISBN 978-7-5125-1717-2

Ⅰ．I313.45

中国国家版本馆 CIP 数据核字第 2024GT0200 号

北京市版权局著作合同登记号：图字 01-2024-5324

NEKOSOGI RAJIKARU(JOU) JUUSAN KAIDAN
© NISIOISIN 2009
All rights reserved.
Original Japanese edition published by KODANSHA LTD.
Publication rights for Simplified Chinese character edition arranged with KODANSHA LTD. through KODANSHA BEIJING CULTURE LTD.Beijing,China.
本书由日本讲谈社正式授权，版权所有，未经书面同意，不得以任何方式做全面或局部翻印、仿制或转载。

完全过激（上）十三阶梯

作　　者	［日］西尾维新
译　　者	王李蕙
责任编辑	于慧晶
责任校对	齐　月
策划编辑	林　将
插画绘制	take
封面设计	稚　梦
出版发行	国文出版社
经　　销	全国新华书店
印　　刷	北京盛通印刷股份有限公司
开　　本	880 毫米 ×1230 毫米　32 开 13.75 印张　275 千字
版　　次	2025 年 5 月第 1 版 2025 年 5 月第 1 次印刷
书　　号	ISBN 978-7-5125-1717-2
定　　价	48.00 元

国文出版社
北京市朝阳区东土城路乙 9 号　邮编：100013
总编室：（010）64270995　　传真：（010）64270995
销售热线：（010）64271187
传真：（010）64271187-800
E-mail：icpc@95777.sina.net